MIRA®

Umwelthinweis:
Dieses Buch wurde auf chlor- und säurefreiem Papier gedruckt.

Nora Roberts

Affäre im Paradies

Roman

Aus dem Amerikanischen von
Roy Gottwald

MIRA®

MIRA® TASCHENBUCH
Band 25189
1. Auflage: Juni 2006

MIRA® TASCHENBÜCHER
erscheinen in der Cora Verlag GmbH & Co. KG,
Axel-Springer-Platz 1, 20350 Hamburg
Deutsche Taschenbucherstausgabe

Titel der nordamerikanischen Originalausgabe:
Partners

erschienen bei: Silhouette Books, Toronto
Published by arrangement with
Harlequin Enterprises II B.V., Amsterdam

Konzeption/Reihengestaltung: fredeboldpartner.network, Köln
Umschlaggestaltung: pecher und soiron, Köln
Redaktion: Sarah Sporer
Titelabbildung: Corbis Images, Düsseldorf
Autorenfoto: © by Harlequin Enterprise S.A., Schweiz
Satz: Buch-Werkstatt GmbH, Bad Aibling
Druck und Bindearbeiten: Ebner & Spiegel, Ulm
Printed in Germany
ISBN 3-89941-282-6

www.mira-taschenbuch.de

1. KAPITEL

Ein Tollhaus. Ständig klingelten Telefone. Menschen schrien, murmelten oder fluchten, saßen irgendwo herum oder waren ständig in Bewegung. Aus allen Ecken kam das Geräusch klappernder Tastaturen, die mit unterschiedlicher Geschwindigkeit angeschlagen wurden. Die Luft war erfüllt vom Geruch abgestandenen Kaffees, frischen Brotes, von Tabakqualm und Schweiß. Ein Narrenhaus? Etliche der Anwesenden hätten dieser Bezeichnung für den Raum des ‚New Orleans Herald' zugestimmt, besonders zum Zeitpunkt des Redaktionsschlusses.

Die meisten der Angestellten achteten nicht weiter auf das Chaos, es war so selbstverständlich wie das Atemholen. Es gab Augenblicke, da ein jeder von ihnen von seinen eigenen täglichen Krisen oder Triumphen den Kopf zu voll hatte, als dass er die Dutzend anderen Krisen und Triumphe, die hier noch passierten, mitbekommen hätte. Nicht dass man gegeneinander gearbeitet hätte. Sie alle hingen an ihrer exklusiven Schar von Journalisten. Aber jeder Einzelne würde sich auf seine oder ihre eigene Story, seine eigenen Quellen und seinen individuellen Stil konzentrieren und eifersüchtig darüber wachen. Ein erfolgreicher Zeitungsreporter lebt von der

Schnelligkeit, dem Durcheinander und einer heißen Geschichte.

Matthew Bates hatte sich ganz dem Zeitungswesen verschrieben. Er hatte es von der Pike auf gelernt, als Zeitungsjunge auf der Lower East Side bis hin zum Reporter. Er hatte sich um den Kaffee gekümmert, Kopien gemacht, Nachrufe verfasst und über Blumenausstellungen berichtet.

Die Fähigkeit, eine Story aufzuspüren und sie erfolgreich zu vermarkten, hatte er nicht auf seinen Journalistiklehrgängen gelernt … er war damit geboren worden. Die Jahre seiner Seminare und Studien und seine Praxis hatten nur den Stil und die Technik seines Talentes verfeinert, das ebenso zu ihm gehörte wie die Farbe seiner Augen.

Im Alter von dreißig Jahren neigte Matthew gelegentlich zum Zynismus, besaß aber genügend Humor für das Auf und Ab des Lebens. Er mochte die Menschen, ohne sich Illusionen über sie zu machen. Er begriff und fand sich damit ab, dass Menschen von Grund auf lächerlich waren. Wie hätte er sonst in einem Raum voller Verrückter in einem Beruf arbeiten können, der ständig Menschen anprangerte und ausnutzte?

Vor einem Jahr hatte er New York verlassen, um diese Position beim ‚Herald‘ anzunehmen, weil er eine

Abwechslung wollte, vielleicht sogar brauchte. Ruhelos, dachte er jetzt bei sich. Er war ruhelos auf der Suche nach – irgendetwas. Und New Orleans war eine ebenso harte und spannendere Stadt wie New York, nur viel eleganter.

Er war Kriminalreporter, und sein Job gefiel ihm. Es war eine raue Welt, und Mord und Verzweiflung waren ein Teil davon, den man nicht ignorieren konnte. Der Mord, über den er gerade geschrieben hatte, war sinnlos und grausam gewesen. Aber so war das Leben – und so waren seine Geschichten. Jetzt verdrängte er den Tod des achtzehnjährigen Mädchens aus seinem Kopf. Zuallererst musste man objektiv sein, wenn man nicht einen neuen Beruf auszuprobieren gedachte. Aber er musste sich schon sehr anstrengen, um das Bild dieser Ermordeten aus seiner Erinnerung zu vertreiben.

Er sah nicht wie ein erfahrener, abgebrühter Reporter aus, und das wusste er auch. Als er noch um die zwanzig Jahre alt war, hatte ihn das sehr gestört, aber heute amüsierte er sich darüber.

Er war schlank und muskulös und fühlte sich in Jeans wohler als in Anzug. Seine Größe ließ ihn etwas schlaksig wirken. Sein dunkelblondes Haar zeigte nur selten den vorzüglichen Schnitt des guten Friseurs. Zumeist fiel es ihm in natürlichen Locken über die Ohren hinunter bis auf seinen Hemdkragen. Damit sah er noch mehr wie ein stiller, umgänglicher Mensch aus, der lieber am Strand saß als durch die Stadt raste. Mehr als eine Person hatte sich von seiner Fassade täuschen lassen, ohne den Menschen dahinter voll zu begreifen. Und wenn es dann – falls überhaupt – der Fall war, hatte Matthew seine Geschichte schon längst geschrieben.

Wenn er wollte, konnte er charmant, sogar elegant sein. Aber die sonst gutmütig dreinblickenden blauen Augen konnten vor Zorn blitzen oder, was noch gefährlicher war, seinen Gegenüber eiskalt anstarren. Hinter seiner aufgeschlossenen Art verbarg sich kalte, harte Entschlossenheit und aufbrausendes Temperament. Matthew fand sich mit einem Schulterzucken damit ab.

Mit einem dünnen Lächeln auf den Lippen drehte er sich zu der jungen Frau um, die ihm gegenübersaß: Laurel Armand. Sie hatte ein Gesicht, das so romantisch wie ihr Name war. Sie wirkte zerbrechlich, was auf ihre Feingliedrigkeit und blasse Haut zurückzuführen war und was in einem Mann den Wunsch hervorrief, sie zu berühren. Ganz sanft zu berühren. Sie hatte leicht lockiges, dunkelbraunes, nach hinten gekämmtes Haar, das ihr bis zu den Schultern reichte. Haar, wie geschaffen dafür, seine Finger darin zu vergraben, sein Gesicht darin zu versenken. Ihre Augen besaßen die Farbe von dunklen, kostbaren Smaragden.

Es war das Gesicht einer Schönheit des neunzehnten Jahrhunderts, deren Leben sich um ein angenehmes Nichtstun und ihren vornehmen Hintergrund drehte. Und ihre Stimme war ebenfalls sehr weiblich, sehr ausgeglichen im Ton.

Diese Stimme, dachte Matthew, und sein Lächeln vertiefte sich, war ebenso trügerisch wie das Gesicht. Die Dame war eine gewitzte, ehrgeizige Reporterin mit einem Hang zur Hartnäckigkeit und einem heftigen Temperament, das er besonders gern herausforderte.

Mit zusammengezogenen Augenbrauen tippte sie die letzte Zeile ihrer Geschichte. Zufrieden riss Laurel das Blatt aus der Maschine und visierte dann den Mann ihr gegenüber an. Sie wusste im Voraus, dass er sie wieder ärgern und dass sie – leider – wieder darauf hereinfallen würde.

„Hast du ein Problem, Matthew?“ fragte sie sanft und leicht gelangweilt.

„Kein Problem, Laurellie.“ Er sah, wie sie ärgerlich wurde, weil er ihren vollen Namen gebraucht hatte.

„Hast du keinen Mord oder bewaffneten Überfall, mit dem du dich beschäftigen kannst?“

Er verzog den Mund zu einem breiten Lächeln und vertiefte so die Lachfalten in seinem Gesicht. „Im Moment nicht. Na, klappst du für heute dein Nähkörbchen zu?“

Sie biss die Zähne zusammen, um den Schwall wütender Worte zu unterdrücken, die ihr auf der Zunge lagen. Matthew brachte es stets fertig, sie der Gefühle wegen, die bei ihrer Arbeit mit einflossen, aufzuziehen, und sie verteidigte sie stets aufs Neue. Aber diesmal nicht, sagte sich Laurel, als sie unter ihrem Schreibtisch die Hände zu Fäusten ballte: „Ich überlasse den Zynismus dir, Matthew“, antwortete sie honigsüß, doch ihre blitzenden Augen straften ihren Ton Lügen. „Darin bist du ja Meister.“

„Ja. Wollen wir darum wetten, wessen Story auf der Titelseite erscheint?“

Sie verzog ihre schön geschwungenen Brauen – eine Geste, die er besonders bewunderte. „Ich möchte mich nicht auf deine Kosten bereichern, Matthew.“

„Mir würde es aber überhaupt nichts ausmachen.“ Lächelnd stand er auf, ging um ihren Schreibtisch herum und beugte sich zu ihrem Ohr hinunter. „Fünf Dollar. Obwohl deinem Vater die Zeitung gehört, kennen unsere Herausgeber doch den Unterschied zwischen einer Reportage und einer Hetzkampagne.“

Er sah, wie ihr die Siedehitze hochstieg, und vernahm das leise Ausatmen. Es war eine Versuchung, eine sehr große Versuchung, seinen Mund auf diese weichen, schmollenden Lippen zu pressen und den Zorn zu kosten. Doch trotz dieses drängenden Verlangens erinnerte Matthew sich, dass dies kein geeigneter Weg sei, sie zu überlisten.

„Wie du meinst, Matthew, aber setz zehn Dollar ein." Laurel stand auf. Es machte sie wütend, dass sie gezwungen war, ihren Kopf zurückzulegen, um ihm in die Augen schauen zu können. Und es machte sie noch wütender, dass diese Augen sie selbstsicher und belustigt ansahen. Laurel fiel wieder in ihre Gewohnheit zurück, ihn sich klein, dick und mit beginnender Glatze vorzustellen. „Falls das deine Möglichkeiten nicht übersteigen sollte", setzte sie hinzu.

„Dein ganz ergebener Diener, meine Liebe." Er wickelte eine ihrer Haarlocken um den Finger. „Und um dir zu beweisen, dass selbst Yankees ritterlich sein können, werde ich dich von meinem Gewinn zum Lunch einladen."

Sie lächelte ihn an und lehnte sich ein wenig an ihn heran, sodass ihre Körper sich leicht berührten. Matthew fühlte, wie eine überraschende Hitzewelle ihn durchlief. „Aber erst, wenn die Hölle gefriert", antwortete Laurel und schob ihn zur Seite.

Matthew sah ihr nach, wie sie davonstürmte, dann

steckte er lachend seine Hände in die Taschen. In dem Durcheinander um ihn herum fiel das keinem auf.

„Verdammt!“ fluchte Laurel, während sie ihr Auto durch den stockenden Verkehr in die Innenstadt manövrierte. Matthew Bates war der irritierendste Mann, den sie je getroffen hatte. Sie rutschte gerade noch bei Gelb durch und haderte mit ihrem Schicksal. Wenn ihr Bruder Curt ihn nicht auf dem College kennen gelernt hätte, dann hätte Matthew niemals die Stellung beim ... ‚Herald‘ angetreten. Dann wäre er in New York unerträglich, statt Tag für Tag nur einen Meter von ihr entfernt unerträglich zu sein.

Nur widerwillig gestand sie sich ein, dass er der beste Reporter von allen war. Er war gründlich, seine Berichte waren aufschlussreich, und er besaß den Instinkt eines Bluthundes. Aber das machte den Umgang mit ihm nicht einfacher.

Matthews Artikel über den Mord war fundiert und brachte die Geschichte auf den Punkt. Am liebsten hätte sie ihm seine zehn Dollar in den Hals gestopft. Das hätte es ihm erschwert, sich damit zu brüsten.

In den zwölf Monaten, die sie ihn kannte und mit ihm arbeitete, hatte er nie so auf sie reagiert, wie es die anderen Männer taten. Er hatte keine Hochachtung vor ihr, sein Blick drückte keine Bewunderung aus. Sie hasste es zwar, ehrerbietig behandelt zu werden, aber seine Gleichgültigkeit fand sie ebenso abscheulich.

Er hatte sie niemals eingeladen … Nicht, dass sie das von ihm erwartet hätte, betonte Laurel vor sich selbst. Aber leider entging ihr so auch das Vergnügen, ihm eine Abfuhr zu erteilen. Obwohl er in ihr Wohnhaus gezogen war und direkt neben ihr wohnte, hatte er doch niemals, nicht einmal unter dem kleinsten Vorwand, an ihre Tür geklopft. Ein Jahr lang hatte sie gehofft, er möge es tun … damit sie ihm die Tür vor der Nase zuknallen konnte.

Stattdessen, dachte sie, und ihre Lippen wurden ganz schmal dabei, fällt er mir auf ein Dutzend andere Arten lästig. Er ließ boshafte, kleine Bemerkungen über ihre Freunde fallen – die noch irritierender waren, weil sie unweigerlich zutrafen. Im Augenblick war Jerry Cartier sein bevorzugtes Opfer, ein ultrakonservatives, irgendwie schwerfälliges Mitglied des Stadtrates. Laurel traf sich mit ihm nur, weil sie viel zu gutmütig war, um es zu unterlassen, und gelegentlich brachte er sie auf eine Spur, die sie in ihrem Artikel verwerten konnte. Aber Matthew versetzte sie in die unverzeihliche Lage, Jerry wider besseres Wissen verteidigen zu müssen.

Das Leben wäre leichter, dachte sie, wenn Matthew Bates noch immer in Manhattan an seinen Artikeln basteln würde. Und wenn er nicht so unglaublich attraktiv wäre. Laurel verbannte Matthew und auch ihre zehn Dollar, aus ihren Gedanken, während sie den dichten Strßenverkehr hinter sich ließ.

Obwohl die Sonne schon tief stand, leuchtete der Himmel noch immer. Die Wärme und das Licht flimmerten durch die Zypressen und ergossen sich auf die Straße. Tief zwischen den Bäumen lagen Schatten, ertönten die Geräusche von Insekten und Vögeln – den Tieren dieser Sumpflandschaft. Sie hatte immer gewusst, dass es in den Sümpfen Geheimnisse gab. Geheimnisse, Schatten, Gefahren. Sie trugen nur noch zu der Schönheit der Landschaft bei. Irgendwie war es aufregend zu wissen, dass so nahe an der Zivilisation noch eine andere Art von Leben – primitiv, räuberisch – existierte.

Als Laurel in die Straße einbog, die zu ihrem Familienstammsitz „Promesse d'Amour" führte, empfand sie das gewohnte Gefühl von Stolz und Ruhe. An jeder Seite der Auffahrt wuchsen Zedern, deren Kronen sich berührten und so die Straße in einen kühlen, dämmrigen Tunnel verwandelten.

Am Ende der Auffahrt hielt Laurel an und warf einen Blick auf das Gebäude. Es hatte zwei weitläufige Stockwerke und wurde von einer Fülle von Azaleen, Kamelien und Magnolien umgeben. Die zarten Farben der Blüten, ihr sanfter exotischer Duft – all das verstärkte den Eindruck der Zeit vor dem amerikanischen Bürgerkrieg und der Trägheit. Durch das heruntergekurbelte Fenster roch Laurel die Mischung aus Hitze und süßem Duft.

Die achtundzwanzig Säulen im dorischen Stil wirkten würdevoll und nicht im Mindesten prahlerisch. Jede Ecksäule war von Efeu überwuchert. Die schmiedeeisernen Muster des umlaufenden Balkons waren so zart wie schwarze Spitze, und französische Türen führten von dort in jeden Raum. Das Haus vermittelte den Eindruck von Beständigkeit, Sicherheit und Grazie. Laurel kam das Haus vor wie eine Dame, die mit den Jahren alt geworden war und jetzt über Charakter und Würde verfügte.

Sie nahm die Seitenstufen, die zur Veranda hinaufführten, und betrat das Haus, ohne anzuklopfen. Hier hatte sie ihre Kindheit und ihre Teenagerjahre verbracht. Ein breiter Korridor teilte das Haus in zwei Hälften und führte von der Vordertür bis in den hinteren Bereich. In der Luft hing der Geruch von Bienenwachs und Zitrone, der sich mit den Düften aus einer Schale voller Kamelienblüten vermischte. Auch ein Jahrhundert früher hätte dieser Geruch in der Halle gehangen. Laurel hielt nur kurz vor einem Drehspiegel, um sich die Haare aus dem Gesicht zu streichen, ehe sie in den vorderen Salon trat.

„Hallo, Papa." Laurel trat auf ihn zu, stellte sich auf

die Zehenspitzen und drückte ihm einen Kuss auf die Wange, auf der frische Bartstoppeln sprossen.

William Armand war hoch gewachsen und sah mit dem dunklen Haar, in dem sich nur vereinzelt graue Strähnen zeigten, gut aus. Während er seine Tageszeitung temperamentvoll und zielstrebig leitete, wählte er für sein Privatleben eine gemächlichere Gangart. Er roch nach gutem Whiskey und Tabak. Einer alten Gewohnheit zufolge zerzauste er Laurel das Haar, das sie sich soeben erst gerichtet hatte.

„Hallo, Prinzessin. Eine gute Story über den Bürgermeister." Verwirrt hob er eine Augenbraue, als ihm der plötzlich gereizte Ausdruck in ihrem Gesicht auffiel.

„Danke." Sie lächelte schnell, sodass ihr Vater glaubte, er habe sich die Irritation nur eingebildet. Laurel drehte sich um und sah die Frau an, die in dem königsblauen Sessel saß.

Ihr Haar war schneeweiß, aber so voll und dicht wie Laurels. Es umrahmte ein gealtertes, faltiges und stark geschminktes Gesicht. Olivia Armand schämte sich ihrer Vergangenheit nicht. Ihre Augen, die so funkelten und so grün waren wie die Smaragde an ihren Ohren, begegneten Laurels Blick.

„Grandma." Mit einem Seufzer beugte sich Laurel vor, um sie zu küssen. „Wirst du eigentlich nie alt?"

„Nicht, wenn ich etwas dabei zu sagen habe." Ihre Stimme klang altersrau und überraschend sinnlich. „Du bist nicht anders", fuhr sie fort und nahm Laurels Hand in ihre. „Das ist das gute Kreolenblut." Nachdem sie Laurel kurz die Hand gedrückt hatte, lehnte sie sich in ihren Sessel zurück. „William, mach dem Kind einen Drink und schenk mir nach, wenn du schon dabei bist. Was macht dein Liebesleben, Laurellie?"

Lächelnd ließ sich Laurel auf dem Hocker zu Füßen ihrer Großmutter nieder. „Nicht so abwechslungsreich wie deins." Ihr Vater blinzelte ihr zu, als er ihr das Glas reichte.

„Papperlapapp!" Olivia trank ihr Glas aus. „Ich werde dir sagen, was heutzutage mit der Welt nicht mehr stimmt: zu viel Geschäft und zu wenig Romantik. Dein Problem, Laurellie ...", sie hielt inne und wies mit dem Zeigefinger auf ihre Enkelin, „... ist, dass du deine Zeit mit diesem rückgratlosen Cartier verschwendest. Er besitzt kein feuriges Blut, um eine Frau im Bett zu wärmen."

„Dem Himmel sei Dank!" sagte Laurel mit einem dankbaren Blick zur Zimmerdecke. „Da möchte ich ihn am allerwenigsten haben."

„Es ist aber an der Zeit, dass du jemanden dort hast", erwiderte Olivia.

Laurel zog die Augenbraue hoch, und ihr Vater hätte sich beinahe an seinem Drink verschluckt. „Nicht jeder von uns“, sagte Laurel ruhig, „verfügt über deine unzüchtige Fantasie.“

Olivia brach in Lachen aus und klopfte vergnügt auf ihre Armlehne. „Nicht jeder von uns gibt das zu, das ist der Unterschied.“

Laurel lächelte, weil sie die Unverschämtheit ihrer Großmutter unwiderstehlich fand. „Curt sollte eigentlich schon hier sein, nicht wahr?“

„Ja, jeden Augenblick.“ William ließ sich in einen Sessel sinken. „Er rief an, kurz bevor du gekommen bist. Er bringt jemanden mit.“

„Eine Frau, will ich hoffen“, sagte Olivia unweigerlich, ehe sie ihr Whiskeyglas leerte. „Der Junge hat seine Nase in zu viele juristische Fachbücher gesteckt. Bei euch beiden“, fuhr sie fort und wandte sich wieder an Laurel, „werde ich wohl nie zur Urgroßmutter werden. Ihr beide seid viel zu sehr mit juristischen Fragen oder Zeitungen befasst, um einen Partner zu finden.“

„Ich bin noch nicht zur Ehe aufgelegt“, sagte Laurel ruhig und hielt ihr Glas gegen das Licht.

„Wer hat von Ehe gesprochen?“ Olivia seufzte laut auf und sah ihren Sohn an. „Die heutige Generation hat keine Ahnung.“

In Laurels Lachen mischte sich das Geräusch der zufallenden Vordertür. „Das wird Curt sein. Ich halte es für besser, ihn vorzuwarnen, in welchem Gemütszustand du dich befindest."

„Ein verdammt hübsches Mädchen", murmelte Olivia, als Laurel hinausging. „Sie ist dein Abbild", merkte ihr Sohn an, während er sich eine seiner Zigarren anzündete.

In dem Augenblick, als Laurel in die Halle kam, schwand ihr Lächeln, und sie biss die Zähne zusammen. Ihr Blick glitt von ihrem Bruder zu dem Mann an seiner Seite. „Oh, du bist es."

Matthew ergriff ihre Hand und hob sie an seine Lippen, ehe Laurel sie fortziehen konnte. „Ah, südliche Gastfreundschaft." Wirklich, dachte er, während sein Blick sie erfasste, sie ist schön. All diese Leidenschaft, all dieses Feuer, unter Elfenbein und Rosen. Eines Tages, Laurellie, schwor er sich im Stillen, setzen wir all das frei.

Laurel ignorierte die Wärme, die seine Lippen auf ihren Fingerknöcheln hinterlassen hatte, und wandte sich ihrem Bruder zu. Er hatte die eckigen und aristokratischen Gesichtszüge ihres Vaters und die Augen eines Träumers. Matthew fiel auf, dass der unterdrückte Groll in ihrem Gesicht liebevoller Zuneigung wich.

„Hallo." Sie legte ihrem Bruder die Hände auf die Schultern und küsste ihn. „Wie geht es dir?"

„Gut. Viel zu tun." Er lächelte sie abwesend an, als hätte er soeben erst gemerkt, wo er sich befand.

„Deine Arbeit könnte heute Abend Gesprächsstoff sein", erklärte sie mit einem Auflachen. „Grandma hat wieder ihre komischen fünf Minuten."

Er sah sie so gequält an, dass Laurel ihm noch einen Kuss gab. Armer Curt, dachte sie, er ist so scheu und so nett. Sie sah sich um und blickte direkt in Matthews Augen. Er beobachtete sie kühl, hinter seiner gleichgültigen Miene lag etwas Undefinierbares. Ein Schauer rann ihr über den Rücken, aber sie wich seinen Augen nicht aus.

Wer ist er wirklich? fragte sie sich, und das nicht zum ersten Male. Und warum weiß ich das nach einem vollen Jahr noch immer nicht mit Sicherheit? Es verwunderte sie stets, dass ein Mann mit seiner Energie, seinem Witz und Zynismus, so gut Freund mit ihrem sanften, verträumten Bruder blieb. Es verwunderte sie ebenfalls, dass sie ihn als Typ nicht unterbringen konnte. Vielleicht war das der Grund, warum er ihr so oft im Kopf herumspukte. Unwillkürlich glitt ihr Blick zu seinem Mund. Ein Lächeln zuckte um seine Lippen. Im Stillen fluchte sie.

„Ich denke, wir gehen jetzt hinein", sagte Curt, dem die Spannung um ihn herum nicht auffiel. Er lächelte auf eine schnelle, jungenhafte Art, die seine sanften Augen belebte. „Dass Matthew hier ist, sollte dich eigentlich ablenken. Frauen abzulenken ist eines seiner besten Talente."

Laurel schnaubte wenig damenhaft durch die Nase. „Darauf wette ich."

Während Curt in den Salon ging, nahm Matthew Laurels Hand und schob sie unter seinen Arm. „Eine neue Wette, Laurellie?" murmelte er. „Nenn mir den Einsatz."

Irgendwie klangen die leise gesprochenen Worte überheblich. Mit einer ärgerlichen Bewegung, die ihm sehr gefiel, warf sie den Kopf zurück. „Wenn du meine Hand nicht loslässt, werde ich …"

„Wirst du dich in Verlegenheit bringen", beendete Matthew den Satz für sie, als sie die Schwelle zum Salon überschritten.

Dieser Raum hatte Matthew schon immer gefallen – die verblassenden Farben und das glänzende alte Holz. Manchmal, wenn er hier war, vergaß Matthew die Jahre, die er im überfüllten dritten Stock eines billigen Mietshauses zugebracht hatte, mit einer Heizung, die mehr Krach als Wärme von sich gab. Dieser Teil seines Lebens war vorüber, dafür hatte er schon gesorgt. Schuhe, die zu klein waren, ein immer halb leerer Magen – ein Ehrgeiz, der zumeist größer als seine Erfolgsaussichten war. Nein, er würde den Erfolg nie als etwas Selbstverständliches betrachten. Er hatte zu viele Jahre darum kämpfen müssen.

„Du hast also den Yankee mitgebracht!" Olivia strahlte Matthew an und freute sich auf das, was kommen würde.

Curt begrüßte seinen Vater, küsste, wie es sich gehörte, Olivias Wange und beschäftigte sich dann mit den Drinks. Grandma hatte diesen ganz bestimmten Ausdruck in ihren Augen.

„Miss Olivia." Matthew ergriff die ihm gereichte Hand und hob sie an die Lippen. „Sie sind schöner denn je."

„Sie Schelm", schalt sie ihn, aber ihr Vergnügen war unüberhörbar. „Sie haben mich seit einem Monat nicht mehr aufgesucht ... eine gefährlich lange Zeit in meinem Alter."

Matthew küsste noch einmal ihre Hand und blickte ihr lächelnd in die blitzenden Augen. „Ich halte mich nur deshalb fern, weil Sie mich nicht heiraten wollen."

Laurel unterdrückte ein Lächeln und nahm am anderen Ende des Raumes Platz. Musste er so verdammt charmant sein?

Aus Olivias Lachen klang die reine, weibliche Wertschätzung. „Vor dreißig Jahren hätte ich Ihnen, Sie Verführer, vielleicht eine Chance gegeben, selbst wenn Sie ein Yankee sind."

Matthew nahm das Glas, welches Curt ihm mit einem dankbaren Blick reichteund wandte sich wieder Olivia zu. „Miss Olivia, ich hätte bestimmt nicht Reißaus genommen." Er stützte sich nun auf die Lehne ihres Sessels. Ganz wie ein Lieblingsneffe, dachte Laurel ärgerlich.

„Nun, dafür ist der Zeitpunkt jetzt verstrichen", entschied sie mit einem Seufzen, ehe sie zu Laurel hinüberschaute. „Warum lässt du dich nicht mit diesem Teufel ein, Laurellie? Er ist der richtige Mann, um das Blut einer Frau in Wallung zu bringen."

Laurels Wangen röteten sich vor Ärger und vor Verlegenheit, als Matthew sie angrinste. Sie verharrte in eisigem Schweigen und verfluchte ihre helle Haut.

„Nun, das ist ein feiner, weiblicher Trick", bemerkte ihre Großmutter und klopfte Matthew auf den Oberschenkel. „Und sehr gut für den Teint. Ich könnte doch tatsächlich auch heute noch auf Wunsch erröten, selbst nachdem ich einen Ehemann und drei Liebhaber hinter mich gebracht habe." Zufrieden mit dem vernichtenden Blick, den ihre Enkelin ihr zuwarf, sah Olivia wieder zu

Matthew hoch. „Sie ist ein gut aussehendes Mädchen, nicht wahr?"

„Reizend", pflichtete Matthew ihr bei und amüsierte sich ebenso königlich wie Olivia.

„Sie wird einmal prächtige Söhne in die Welt setzen."

„Möchtest du noch etwas zu trinken, Mutter?" fragte William, dem nicht entgangen war, dass seine Tochter kurz davor war aufzubrausen.

„Ein glänzender Vorschlag." Sie reichte ihm ihr leeres Glas. „Sie haben die Gartenanlagen noch gar nicht bewundert, Matthew. Sie sind jetzt am schönsten. Laurellie, bring diesen Yankee nach draußen und zeig ihm, wie ein richtiger Garten auszusehen hat."

Laurel sah ihre Großmutter eisig an. „Ich bin überzeugt, dass Matthew ..."

„... es gefallen würde", beendete er den Satz für sie und stand auf.

Sie richtete den Blick gelangweilt auf ihn. „Ich möchte nicht ..."

„... unhöflich sein", ergänzte er ruhig und half ihr aus dem Sessel.

O doch, genau das will ich, dachte Laurel, während sie die Tür zum Garten öffnete. Sie sehnte sich danach, unhöflich zu sein. Aber nicht vor ihrer Familie, und das wusste er.

„Mir scheint, das macht dir auch noch Spaß, nicht wahr?“ zischte sie ihn an, nachdem die Tür hinter ihnen zugefallen war.

„Macht mir was Spaß?“ entgegnete Matthew.

„Mich in Rage zu bringen.“

„Es ist ausgeschlossen, etwas nicht zu genießen, bei dem jemand Meister ist.“

Sie musste lachen und ärgerte sich darüber. „Nun schön, das ist der Garten.“ Sie machte eine ausholende Geste. „Und du willst ihn ebenso wenig sehen, wie ich ihn dir zeigen möchte.“

„Falsch“, sagte Matthew schlicht und nahm wieder ihre Hand.

„Lass das sein!“ Wütend wollte Laurel ihm die Hand entreißen, was ihr aber nicht gelang. „Das ist eine ganz neue Sitte, die du dir da angewöhnt hast.“

„Ich habe gerade herausgefunden, dass sie mir gefällt.“ Er zog Laurel von der Terrasse zu einem der schmalen Pfade, die sich durch die Blumenbeete wanden. „Außerdem, wenn du dich jetzt nicht von deiner besten Seite zeigst, lässt sich Olivia einfach etwas anderes einfallen.“

Allzu wahr, gestand Laurel sich ein. Sie würde sich mit dem Mann neben ihr abfinden müssen. Wenigstens gab es einen schönen Sonnenuntergang, und der Garten roch wie das Paradies. Es war schon lange her, dass sie sich die Zeit genommen hatte, ihn in der Abenddämmerung aufzusuchen.

„Zu dieser Tageszeit hat der Garten mir immer am besten gefallen", sagte Laurel, ohne nachzudenken. „Es ist, als sähe man die Frauen mit ihren Reifröcken über die Wege rascheln. Im Pavillon hat ein kleines Orchester gespielt und überall hängen bunte Laternen."

Matthew wusste, dass sie eine romantische Ader besaß, einen Hauch der Verträumtheit ihres Bruders, aber sie hatte bisher sorgfältig darauf geachtet, das vor ihm zu verbergen. Instinktiv wusste er, dass es auch jetzt nicht ihre Absicht gewesen war, aber der Garten hatte sie schwach gemacht. Er fragte sich, während sein Daumen flüchtig über ihre Knöchel glitt, welche anderen Schwächen sie wohl noch haben mochte. „Er hätte damals nicht anders geduftet als heute Abend auch", murmelte Matthew und stellte fest, wie exquisit ihre Haut im goldenen Licht der untergehenden Sonne leuchtete. „Heiß und süß und geheimnisvoll."

„Als ich noch ein Mädchen war, bin ich manchmal in der Dämmerung hier herausgekommen und habe mir eingebildet, mit jemandem verabredet zu sein." Die Erinnerung ließ sie lächeln, ein wenig verträumt, ein wenig sehnsüchtig. „Manchmal war er dunkel und stürmisch, manchmal groß und blond, aber immer gefährlich und unpassend. Die Art von Mann, aus dessen Fängen der Vater des jungen Mädchens sie befreien würde." Sie lachte und ließ ihre Finger über eine wächserne, weiße Kamelienblüte gleiten. „Eigenartig, dass ich solche Träume hatte, wo mein Papa doch wusste, dass ich viel zu ehrgeizig und praktisch veranlagt war, um mein Herz an einen solchen ..."

Laurel verstummte, als sie sich umsah und Matthew dicht vor sich fand – so dicht, dass es an seinem Geruch lag, dass ihre Sinne sich regten, weniger an dem der Blüten. Es war sein Atem, den sie auf ihrer Haut spürte, und nicht die schwüle Abendluft. Das Licht war goldgetränkt und rosig angehaucht. Verschwommen, zauberhaft. In diesem Licht sah er aus wie einer der Männer, von denen sie geträumt hatte.

Matthew strich leicht über ihr Handgelenk. Ihr Puls ging nicht regelmäßig, aber jetzt war es nicht der Ärger, der ihn aus dem Rhythmus brachte. „Einen was?"

„An einen solchen Gauner zu verlieren", beendete Laurel nach einer Weile ihren Satz.

Sie sprachen leise, als verrieten sie sich Geheimnisse. Die Sonne sank tiefer und die Schatten wurden länger.

Sein Gesicht ist so schmal, dachte Laurel plötzlich. Es ist das Gesicht eines Mannes, der Schwierigkeiten nicht aus dem Weg gehen würde. Seine Augen waren wachsam, aber ihr war schon früher aufgefallen, wie leicht er seine Gedanken verbergen konnte. Vielleicht entlockte er deshalb den Leuten Informationen, ohne so zu wirken, als wäre das seine Absicht. Und sein Mund … Woran lag es, dass ihr nie aufgefallen war, wie verlockend, wie sinnlich seine Lippen waren? Oder hatte sie sich nur einfach eingeredet, es fiele ihr nicht auf? Er wäre bestimmt nicht weich, dachte sie, während ihr Blick an seinen Lippen hing. Sein Mund wäre bestimmt hart und hätte einen durchaus männlichen Geschmack. Sie könnte sich ein wenig näher zu ihm beugen und …

Als ihr auffiel, wohin ihre Gedanken glitten, riss Laurel verschreckt die Augen auf. Ihr Puls raste unter Matthews Fingern, und rasch entzog sie ihm die Hand. Himmel, was war nur in sie gefahren? Er würde sie monatelang aufziehen, wenn er auch nur im Mindesten wüsste, wie nahe sie gewesen war, einen Narren aus sich zu machen.

„Ich glaube, es ist besser, wir gehen zurück", sagte sie kühl. „Es ist beinahe Zeit fürs Dinner."

Matthew verspürte den Drang, sie an sich zu ziehen und sich den Kuss zu nehmen, den sie ihm fast gegeben hätte. Aber wenn er das täte, dann würde er auch den allerkleinsten Fortschritt vereiteln, den er gemacht hatte. Er hatte sie seit Langem gewollt – viel zu lange schon – und war klug genug zu wissen, dass sie die üblichen Annäherungsversuche des Erstbesten abweisen würde. Matthew hatte sich für eine unüblichere Annäherung entschieden und fand, auch das hatte seine Reize.

Die Geduld, erinnerte Matthew sich selbst, war ein wichtiger Teil des Erfolges.

Aber sie verdiente einen kleinen Seitenhieb, weil sie ihn dazu brachte, sich vor Verlangen und Frustration zu verzehren.

„So bald schon?“ Seine Stimme klang mild, seine Miene war ironisch. „Wenn Olivia dich mit Cartier hier herausgeschickt hätte, dann hättest du den Spaziergang wohl kaum so schnell beendet.“

„Sie hätte mich niemals mit Jerry hierher geschickt“, sagte Laurel, ehe sie begriff, was sie damit ausdrückte.

„Aha.“ Der Tonfall war beabsichtigt, sie zu verärgern.

„Fang nicht mit Jerry an“, fuhr Laurel auf.

Matthew lächelte sie unschuldig an. „Habe ich das?“

„Er ist ein sehr netter Mann“, fing sie erregt an. „Er hat gute Manieren und ist – harmlos.“

Matthew lachte mit zurückgeworfenem Kopf.

„Ich werde dir sagen, was du bist“, sagte sie mit leiser, zitternder Stimme. „Du bist unerträglich.“

„Viel besser.“ Er konnte nicht widerstehen, trat näher an sie heran und fasste ihr Haar mit einer Hand. „Ich habe nicht den Wunsch, nett, wohlerzogen oder harmlos zu sein.“

Sie wünschte sich, seine Finger hätten nicht ihren Nacken gestreift. Die Berührung löste einen eigenartigen kleinen Schauer aus. „Dein Wunsch sei dir erfüllt“, sagte sie, nicht ganz so ruhig. „Du bist lästig, flegelhaft und …“

„Gefährlich?“ half er ihr nach und senkte den Kopf, sodass ihre Lippen nur noch wenig voneinander entfernt waren.

„Leg mir keine Worte in den Mund, Matthew.“ Sie bemühte sich, gleichmäßig zu atmen, trat einen Schritt zurück und stieß an die Wand des Spaliers. Sie wäre ausgewichen, hätte er sich nicht so schnell bewegt und ihr den Weg abgeschnitten.

„Auf dem Rückzug, Laurellie?“ Nein, es lag nicht nur an ihrem Zorn, dachte er, als er den heftigen Pulsschlag an ihrem Hals sah. Dieses Mal nicht.

Sie wurde von Wärme erfüllt, wie von einem trägen Strom. Laurel richtete sich auf und hob das Kinn. „Ich habe es nicht nötig, den Rückzug vor dir anzutreten. Es ist schon schlimm genug, dass ich dich Tag für Tag beim ‚Herald‘ ertragen muss, aber ich habe es auch verdammt nicht nötig, hier herumzustehen und meine Zeit zu vertrödeln. Ich gehe hinein", sie schrie es beinahe, „weil ich hungrig bin!"

Sie schob ihn aus dem Weg und stürmte zum Haus zurück. Matthew blieb einen Moment stehen und sah ihr nach – dem wippenden Haar, den langen, graziösen Schritten, dem kochenden Zorn. Sie ist, dachte er, schon ein Teufelsweib. Sie zu lieben muss ein faszinierendes Erlebnis sein, dachte er. Er hatte die Absicht, diese Erfahrung zu machen, und sie auch, und zwar bald.

2. KAPITEL

Weil der Ärger des vergangenen Abends immer noch in ihr kochte, entschloss sich Laurel, zu Fuß in die Redaktion zu gehen. Eine halbe Stunde in der warmen Luft, ihr Weg inmitten der Menschen, Schaufenster betrachten, und hie und da etwas vom Gespräch der anderen Fußgänger aufschnappen – das alles würde ihre Erregung schnell besänftigen. Die Stadt war, wie das außerhalb gelegene Haus auf der Plantage, Laurels beständige Liebe. Sie betrachtete es nicht als Widerspruch, sich zu der eleganten Zeitlosigkeit von „Promesse d'Amour" ebenso hingezogen zu fühlen wie zu der hektischen Eile des Geschäftsverkehrs.

Solange sie sich erinnern konnte, hatte sie mit diesen beiden Welten zu tun gehabt und sich in beiden gleichermaßen wohl gefühlt. Sie war ehrgeizig – und sie war romantisch. Praktisches Denken und Verträumtheit waren beide ein Teil ihres Wesens, und das Hin und Her war ihr nie zu viel geworden. Im Augenblick fühlte sie sich mit dem Krach und der sie umgebenden Eile wohler als mit der Erinnerung an den dämmrigen Garten.

Worauf hatte Matthew es angelegt? fragte sie sich noch einmal und steckte die Hände in die Taschen. Laurel hatte das Gefühl, sie kenne Matthew gut genug, um zu verstehen, dass er selten etwas ohne verborgene Absichten tat. Er hatte sie in dieser Weise noch nie zuvor berührt. Stirnrunzelnd starrte sie in eine Auslage und rief sich in Erinnerung, dass Matthew Bates sie das ganze Jahr lang so gut wie nie berührt hatte. Und gestern Abend … Gestern Abend war etwas beinahe Unverfängliches an der Art gewesen, wie er mit den Fingern über ihren Nacken gestreift war und ihr Handgelenk gestreichelt hatte. Beinahe unverfänglich, wiederholte sie. Aber ihre Reaktion darauf war ganz und gar nicht verfänglich gewesen.

Offensichtlich hatte er sie doch in einem unbedachten Augenblick erwischt … Absichtlich, fand Laurel und runzelte die Stirn noch mehr. Sie hatte keine Aufregung oder Vorfreude verspürt, sondern einfach Überraschung, von der sie sich jetzt restlos erholt hatte. Der Garten war verträumt, romantisch gewesen. Sie war stets empfänglich für Stimmungen, und nur deshalb hatte sie ihm wohl diese dummen Sachen gesagt. Und darum hatte sie, wenn auch nur für eine Minute, herausfinden wollen, wie es wohl wäre, von ihm gehalten zu werden.

Blüten und Sonnenuntergang. In einer solchen Umgebung könnte eine Frau selbst den Teufel anziehend finden. Wenigstens zeitweilig.

Aber sie war nicht gewillt, sich von einem absurden

Vorfall in einer Traumwelt ihren Tag verderben zu lassen. Entschlossen, das alles zu vergessen und den Mann dazu, der das verursacht hatte, wollte sie weitergehen.

„Guten Morgen, Laurellie."

Vor Überraschung wäre Laurel fast gestolpert, aber eine Hand hielt sie am Arm fest. Gütiger Himmel, gab es in ganz New Orleans keinen Ort, wo man ihm nicht entkommen konnte? Sie drehte sich um und warf Matthew einen langen, kühlen Blick zu. „Pech mit dem Auto gehabt?"

Hochmut steht ihr gut, überlegte er, genau wie Zorn. „Es ist ein schöner Tag zum Laufen", entgegnete er glatt und hielt sie beim Arm, während sie die Straße überquerten. Er war nicht so dumm, ihr mitzuteilen, dass er sie das Haus zu Fuß hatte verlassen sehen und dem Impuls nachgegeben hatte, ihr zu folgen.

Laurel befreite sich aus seinem Griff, nachdem sie die andere Seite erreicht hatten. Warum, zum Teufel, hatte sie nicht ihren Wagen genommen, so wie sie es an jedem Morgen tat? Da sie es zu keiner Szene auf der Straße kommen lassen wollte, musste sie mit ihm weitergehen. Als sie ihn wieder ansah, fing sie seinen belustigten Blick auf, der wohl ausdrücken sollte, er habe ihre Gedanken genau erraten. Sie verwarf die Absicht, ihm ihre Handtasche über den Kopf zu hauen, und lächelte kalt.

„Nun, Matthew, mir scheint, du hast dich gestern Abend gut unterhalten."

„Ich mag deine Großmutter, sie ist sehr schön", sagte er so schlicht, dass sie auf der Stelle stehen blieb. Als ihre Brauen sich zusammenzogen, lächelte er und fuhr mit dem Finger ihren Nasenrücken entlang. „Ist das nicht erlaubt?"

Mit einem Schulterzucken nahm Laurel ihren Weg wieder auf. Wie sollte sie ihn verabscheuen, wenn er so reizend und ehrlich war? Doch Laurel unternahm einen neuen Versuch. „Du ermutigst sie."

„Sie braucht keine Ermutigung", stellte er präzise fest. „Aber es macht mir trotzdem Spaß."

Es gelang Laurel nicht, ein Lachen zu unterdrücken. Der Bürgersteig war so voller Menschen, dass sich ihre Arme beim Gehen zwangsläufig berührten. „Es scheint, als hättest du nichts dagegen, dass sie dich als meinen ..."

„... Liebhaber sieht?" schlug er mit seiner schrecklichen Angewohnheit, immer ihre Gedanken zu Ende zu führen, vor. „Ich glaube, Olivia hat, trotz ihrer, hm, liberalen Einstellung, etwas Dauerhaftes im Sinn. Sie hat das Haus aus gutem Grund erwähnt."

Verblüfft starrte Laurel ihn mit offenem Mund an. Er

lächelte, und ihr Sinn für Komik gewann die Oberhand. „Du solltest besser sicherstellen, dass sie auch noch etwas Bargeld dazuwirft. Der Unterhalt des Hauses kostet ein Vermögen!"

„Ich gebe zu, ich fühle mich versucht." Er fing die Spitzen von Laurels Haar mit den Fingern ein. „Das ... Haus", sagte er, als sie zu ihm aufsah, „ist nicht etwas, das ein Mann leicht ablehnt."

Sie warf ihm einen Blick zu, mit dem sie ihn noch nie angesehen hatte. Unter den Wimpern hervor, hitzig, belustigt und unwiderstehlich. „Matthew", sagte Laurel sanft grollend, „du bringst mich dazu, Jerry ernsthafter in Erwägung zu ziehen."

Dann, dachte er, während Verlangen in ihm erwachte, werde ich ihn um die Ecke bringen müssen. „Olivia würde dich enterben."

Laurel lachte und schob gedankenverloren ihren Arm unter den seinen. „Oh je, die Qual der Wahl, vor die eine Frau sich gestellt sieht. Mein Erbe oder meine Gefühle. Ich glaube, es ist höchst bedauerlich für uns beide, dass du nicht mein Typ bist."

Matthew hatte seine Hand schon am Griff der Glastür zum ‚Herald'-Gebäude, ehe Laurel sie aufziehen konnte. „Du bringst mich dazu, Laurellie", sagte er ruhig, „deine Ansichten zu ändern."

Sie hob eine Braue und war nicht mehr so selbstsicher, wie sie es noch vor einem Augenblick gewesen war. Warum waren ihr diese raschen Stimmungswechsel an ihm früher nie aufgefallen?

Die Wahrheit war, gestand sie sich ein, dass sie sich gezwungen hatte, so wenig wie möglich von ihm Kenntnis zu nehmen. Vom ersten Augenblick an, als er die Lokalredaktion betreten hatte, hatte sie entschieden, dies sei der sicherste Weg. Entschlossen, dieses Mal nicht die Oberhand zu verlieren, lächelte sie ihn an, während sie durch die Tür ging. „Keine Chance, Matthew."

Matthew ließ sie gehen, aber er sah ihr durch die überfüllte Eingangshalle hinterher. Wenn er sich nicht ohnehin schon von ihr angezogen gefühlt hätte, würde er sich durchgesetzt haben. Schwierigkeiten waren dazu da, sie zu überwinden. Und soweit es ihn betraf, hatte Laurel soeben ihre erste Herausforderung ausgesprochen. Mit einem etwas seltsamen Lächeln ging er auf die Fahrstühle zu.

Laurel verbrachte den ganzen Vormittag damit, den Direktor einer Autobahnmeisterei zu befragen. Eine Geschichte über Straßenbauarbeiten und Umleitungsschilder ist nicht gerade von großer Brisanz, dachte sie, aber eine Meldung ist eine Meldung. Es war ihre Aufgabe, die Fakten zusammenzutragen, so trocken sie auch sein mochten, und eine Geschichte daraus zu machen. Mit einigem Glück konnte ihre Story in der unteren Hälfte auf Seite zwei untergebracht werden. Vielleicht würde ihr der Nachmittag eine etwas aufregendere Sache bringen.

Die Korridore – so selten menschenleer – waren am späten Vormittag ruhig. Reporter kamen oder gingen, aber die meisten hatten bereits das Haus verlassen oder saßen an ihren Schreibtischen. Laurel winkte einem Kollegen flüchtig zu, der mit einem Imbiss aus dem Automaten an ihr vorübereilte, und fing an, ihren Leitartikel auszuarbeiten.

In Gedanken versunken wandte sie sich der Lokalredaktion zu und stieß mit einer anderen Frau zusammen. Der Inhalt ihrer Handtasche fiel in alle Richtungen auf den Boden.

„Verdammt!" Ohne hochzusehen, bückte Laurel sich und fing an, die Sachen zusammenzusuchen. „Es tut mir Leid, ich habe nicht aufgepasst."

„Das macht nichts."

Laurel sah eine sehr schmale Hand nach einem Briefumschlag greifen. Diese Hand zitterte stark. Beunruhigt blickte sie auf die bleiche Blondine mit dem hübschen Gesicht und den rot geränderten Augen. Ihre Lippen zitterten so stark wie ihre Hände.

„Habe ich Ihnen wehgetan?“ Instinktiv ergriff Laurel die Hände der Frau. Sie hatte es noch nie gekonnt, jemanden mit Problemen abzuweisen.

Die Frau öffnete den Mund, schloss ihn dann wieder und schüttelte heftig den Kopf. Die Finger in Laurels Hand zitterten hilflos. Als ihr die ersten Tränen über das blasse Gesicht rollten, vergaß Laurel den Krach und die Umgebung und ihre Notizen, die sie in ihrem Buch in der Handtasche hatte. Sie half der Frau hoch und brachte sie durch den Wirrwarr der Schreibtische in das verglaste Büro des Lokalredakteurs.

„Setzen Sie sich“, forderte sie die Blondine auf und zwang sie in einen verschlissenen Ledersessel. „Ich werde Ihnen etwas Wasser holen.“ Ohne auf ihre Zustimmung zu warten, verließ Laurel wieder den Raum. Als sie zurückkam, sah sie, dass die Frau zu weinen aufgehört hatte, aber ihr Gesicht hatte den verwundeten, verwirrten Ausdruck nicht verloren. „Bitte, nehmen Sie einen Schluck.“ Sie reichte ihr den Plastikbecher, setzte sich auf die Armlehne des Sessels und wartete.

Der gedämpfte Lärm der Aktivitäten im Redaktionsraum drang bis in das Büro. Es war noch zu früh, als dass überall Verzweiflung herrschte. Die Panik vorm Redaktionsschluss war noch Stunden entfernt. Nur die Blondine bemühte sich verzweifelt, ihren Atem unter Kontrolle zu bringen. Hunderte von Fragen schossen Laurel durch den Kopf, aber sie ließ der Frau Zeit.

„Es tut mir Leid.“ Sie zerknüllte den leer getrunkenen Plastikbecher in der Hand, ehe sie zu Laurel hochsah. „Im Allgemeinen lasse ich mich nicht so gehen.“

„Das ist schon in Ordnung.“ Laurel bemerkte, wie die Frau den Becher langsam und systematisch in kleine Stücke zerriss. „Ich bin Laurel Armand.“

„Susan Fisher.“ Ausdruckslos blickte sie auf die Schnitzel in ihrem Schoß.

„Kann ich Ihnen helfen, Susan?“

Beinahe hätte sie nun wieder zu weinen angefangen. Warum führten solch einfache Worte dazu, ihr wieder das Gefühl der Hilflosigkeit zu geben? „Ich weiß nicht, warum ich hergekommen bin“, begann Susan stammelnd. „Mir war nichts anderes eingefallen. Die Polizei …“

Laurel geriet in Widerspruch zwischen ihrer Spürnase als Reporterin und ihren Beschützerinstinkten. Beide waren viel zu selbstverständlich für sie, als dass sie ihr selbst bewusst geworden wären. Sie legte eine Hand auf Susans Schulter. „Ich arbeite hier. Sie können sich bei mir aussprechen. Worum geht es denn?“

Susan starrte zu ihr hoch. Sie wusste nicht mehr, wem

sie vertrauen konnte oder ob Vertrauen ein Wort war, dem sie glauben konnte. Diese Frau sah so vertrauenserweckend aus, so selbstsicher. Ihr Leben war nie durcheinander geraten. Warum sollte diese lebensfrohe Frau mit dem sicheren Auftreten ihr zuhören – oder ihr glauben?

Susans Augen waren sanft und blau, hell und verwundbar. Laurel wusste nicht, warum sie sie an Matthew erinnerten, an einen Mann, von dem sie überzeugt war, dass er überhaupt kein Feingefühl hatte, und doch taten sie es. Sie legte ihre Hand über Susans. „Ich will Ihnen helfen, wenn ich es kann."

„Meine Schwester." Die Worte brachen aus ihr heraus, dann hielt sie abrupt inne. Susan schluckte mühevoll und fing wieder an. „Meine Schwester Anne hat vor einem Jahr Louis Trulane kennen gelernt."

Louis? schoss es Laurel durch den Kopf und ihre Hand verkrampfte sich plötzlich über Susans Fingern. Bittersüße Erinnerungen, Zugehörigkeitsgefühl, wachsende Qualen. Was mochte diese verschreckte, in Tränen aufgelöste Frau mit Louis zu schaffen haben? „Reden Sie weiter", gelang es ihr zu sagen, und ihr Handgriff lockerte sich wieder.

„Sie heirateten kaum einen Monat, nachdem sie sich getroffen hatten. Anne war so verliebt. Wir hatten – wir teilten uns damals ein Apartment, und sie sprach überhaupt nur noch von Louis und davon, hierher zu kommen und in das prachtvolle alte Haus einzuziehen, das ihm gehört. ‚Heritage Oak'. Kennen Sie es?"

Laurel nickte, und war wieder mitten in ihren eigenen Erinnerungen. „Ja, ich kenne es."

„Sie schickte mir Bilder davon. Ich konnte mir nicht vorstellen, dass Anne dort lebte, als Herrin des Hauses. In ihren Briefen schrieb sie nur darüber – und natürlich über Louis." Susan atmete zitternd ein. „Sie war so glücklich. Sie sprachen bereits davon, eine Familie zu gründen. Endlich gelang es mir, Urlaub zu nehmen. Ich wollte sie besuchen, als ich Louis' Brief erhielt."

Laurel nahm Susans Hand fester in ihre eigene. „Susan, ich weiß ..."

„Sie war tot." Die Feststellung klang teilnahmslos, aber der Schock war noch immer herauszuhören. „Anne war tot. Louis schrieb – er schrieb, dass sie allein das Haus verlassen habe, nach Einbruch der Dunkelheit, und in die Sümpfe gegangen sei. Der Biss einer Mokassinschlange, sagte er. Wenn man sie eher entdeckt hätte ... aber man fand sie erst am nächsten Morgen, und da war es zu spät." Susan kniff ihre Lippen zusammen und zwang sich, nicht mehr zu weinen. Die Zeit für Tränen war vorüber. „Sie war erst einundzwanzig und so hübsch."

„Susan, es muss furchtbar für Sie gewesen sein, auf

diese Weise davon zu hören. Es war ein schrecklicher Unfall."

„Mord", sagte Susan mit tödlich ruhiger Stimme. „Es war Mord."

Laurel starrte Susan volle zehn Sekunden lang an. Ihr erster Impuls, sie zu beruhigen und zu trösten, schwand und wurde durch einen Hauch Zweifel, einer Andeutung von Interesse ersetzt. „Anne Trulane starb an einem Schlangenbiss und Unterkühlung. Warum nennen Sie es Mord?"

Susan stand auf und ging zum Fenster. Laurel hatte ihr nicht die Hand gestreichelt, keine leeren Worte gemacht. Sie hörte ihr noch immer zu, und Susan fühlte einen Hoffnungsschimmer. „Ich werde Ihnen sagen, was ich auch Louis gesagt habe, was ich der Polizei gesagt habe." Sie brauchte einen Moment, um ruhig durchzuatmen. „Anne und ich standen uns sehr nahe. Sie war stets liebenswürdig, empfindsam. Sie besaß eine kindliche Niedlichkeit, ohne kindisch zu sein. Ich möchte, dass Sie begreifen, dass ich Anne so gut wie mich selbst kannte."

Laurel dachte an Curt und nickte. „Ich verstehe."

Susan reagierte auf dieses Zeichen von Verständnis mit einem Seufzer. „Seit sie ein kleines Kind war, litt Anne unter Angstzuständen, sie hatte Angst vorm Dunkeln. Wenn sie nachts ein Zimmer betreten musste, griff sie erst nach dem Lichtschalter. Das war mehr als nur eine Angewohnheit, es war eine jener kleinen Ängste, die manche von uns verlieren. Verstehen Sie, was ich meine?"

Laurel dachte an ihre eigenen Angstzustände und nickte wieder. „Ja, ich weiß."

Susan trat vom Fenster zurück. „Sosehr Anne dieses Haus liebte, beunruhigte es sie doch, dass die Sümpfe so nah waren. Sie hatte mir geschrieben, sie seien wie ein dunkler Raum – etwas, wo sie selbst im Tageslicht nicht hineingehen würde. Sie liebte Louis und wollte ihm gefallen, aber sie hätte es nicht einmal seinetwegen getan."

Sie drehte sich zu Laurel um, und ihre Augen blickten nicht mehr länger ruhig, sondern flehend drein. „Sie müssen begreifen, dass sie ihn anbetete, aber um nichts in der Welt würde sie, konnte sie das für ihn tun. Es war wie eine Besessenheit. Anne glaubte, die Sümpfe seien verwunschen ... sie hatte sich so sehr in diese Vorstellung hineingesteigert, dass sie sogar Lichter dort draußen sah. Niemals wäre Anne nachts allein dort hingegangen."

Laurel wartete einen Moment, während Fakten und Ideen ihr durch den Kopf schossen. „Aber sie wurde dort gefunden."

„Weil jemand sie hingebracht hat."

Schweigend schätzte Laurel die Frau ab, die ihr gegenüberstand. Der hilflose Blick war nicht mehr da. Obwohl ihre Augen noch geschwollen und rot umrandet waren, stand jetzt Entschlossenheit darin und die Aufforderung, ihr zu glauben. Der Schock und die Loyalität der älteren Schwester vielleicht, überlegte Laurel, aber sie ließ sich Einzelheiten der Geschichte durch den Kopf gehen, mitsamt dem, was sie über Anne Trulanes Tod wusste.

Es war nie klar geworden, warum die junge Braut sich allein in die Sümpfe gewagt hatte. Obwohl Laurel mit den Sümpfen und Mooren groß geworden war, wusste sie, wie tückisch sie waren, besonders bei Nacht und für jemanden, der sich nicht auskannte. Insekten, Morast … Schlangen.

Sie erinnerte sich auch daran, wie Louis Trulane nach der Tragödie der Presse eine Abfuhr erteilt hatte – keine Interviews, kein Kommentar. Kaum war die Leichenschau vorüber, hatte er sich nach „Heritage Oak“ zurückgezogen.

Laurel dachte an Louis, dann sah sie Susan an. Ihre Loyalität wurde gefordert. Und dennoch, der Reporterinstinkt, mit dem sie geboren worden war, regte sich in ihr. Das Warum im Leben verlangte immer nach einer Antwort.

„Sagen Sie, warum sind Sie zum ‚Herald' gekommen, Susan?"

„Sobald ich gestern in der Stadt angekommen war, habe ich Louis aufgesucht. Er wollte mir nicht zuhören. Heute früh war ich bei der Polizei." Sie hob die Hände mit einer Geste der Hoffnungslosigkeit. „Der Fall war abgeschlossen. Ehe ich noch recht darüber nachgedacht hatte, war ich hier. Vielleicht sollte ich einen Privatdetektiv beauftragen, aber …" Sie brach ab und schüttelte den Kopf. „Selbst wenn das der richtigere Weg wäre, hätte ich doch nicht das Geld dafür. Ich weiß, die Trulanes sind eine mächtige, angesehene Familie, aber es muss einen Weg geben, die Wahrheit herauszufinden. Meine Schwester wurde ermordet." Dieses Mal zitterte ihre Stimme bei der Behauptung und die Röte, die ihr vor Erregung in die Wangen gestiegen war, schwand.

Sie ist nicht so stark, wie sie sein möchte, stellte Laurel fest, als sie aufstand. „Susan, würden Sie mir vertrauen, wenn ich mich mit dem Fall befasste?"

Susan fuhr sich mit der Hand durch das Haar. Sie wollte jetzt nicht die Nerven verlieren, nicht in dem Augenblick, da ihr jemand die Hilfe anbot, die so dringend brauchte. „Irgendjemandem muss ich ja trauen."

„Ich habe ein paar Dinge zu erledigen." Abrupt wurde

Laurel sachlich. Wenn da eine Geschichte lag, und sie roch sie förmlich, durfte sie nicht an alte Bindungen, alte Erinnerungen denken. „Im Aufenthaltsraum steht eine Kaffeemaschine. Holen Sie sich eine Tasse und warten Sie dort auf mich. Sobald ich fertig bin, werden wir uns etwas zu essen besorgen – und uns weiter unterhalten."

Susan stellte keine Fragen, nahm ihre Handtasche und sah den Papierfetzen nach, die beim Aufstehen auf den Fußboden fielen. „Vielen Dank."

„Danken Sie mir noch nicht", riet Laurel ihr. „Ich habe noch nichts getan."

Susan blieb an der Tür stehen und sah über die Schulter zurück. „Doch, das haben Sie."

Gedankenverloren verzog Laurel die Lippen und sah Susan hinterher, die sich ihren Weg zwischen den Schreibtischen der Redaktion hindurchbahnte. Anne Trulane, dachte sie und seufzte. Louis. Gütiger Himmel, in welches Wespennest stach sie da?

Ehe Laurel eine Antwort parat hatte, trat der Redaktionsleiter ein, sein dünnes Gesicht in ärgerliche Falten gelegt, seine müden Augen blickten böse drein. „Verdammt, Laurel, dies ist eine Zeitung und kein Kummerkasten für einsame Herzen. Wenn eine deiner Freundinnen Streit mit ihrem Freund hat, dann lass das Büro von jemand anderem in Tränen versinken. Und jetzt verschwinde!“ Er schwang sich hinter seinen übervollen Schreibtisch. „Du hast einen Artikel zu schreiben.“

Laurel ging zum Schreibtisch hinüber und setzte sich auf die Kante. Don Ballinger war ihr Patenonkel, ein Mann, der sie oft auf seinen Knien gewiegt hatte. Falls es zu einer Entscheidung zwischen seiner persönlichen Zuneigung und einer Zeitungsmeldung kam, würde die Meldung immer zuerst kommen. Laurel hätte es auch nicht anders erwartet. „Das war Anne Trulanes Schwester“, sagte sie milde, als er den Mund aufmachte, um sie anzubrüllen.

„Trulane“, wiederholte er und zog seine buschigen Augenbrauen zusammen. „Was wollte sie denn?“

Laurel hob einen Kristallstein auf, den Don als Briefbeschwerer benutzte, und ließ ihn von einer Hand in die andere gleiten. „Beweisen, dass ihre Schwester ermordet wurde.“

Sein kurzes Lachen klang wie ein spöttisches Bellen. Don holte aus der Schreibtischschublade eine Zigarette und strich liebevoll über sie. Er streichelte sie, liebkoste sie, aber er zündete sie nicht an. Er hatte sich seit sechzehn Tagen, zehn Stunden … und zweiundzwanzig Minuten keine mehr angesteckt. „Ein Schlangenbiss“, sagte Don einfach, „und eine Nacht im Freien laufen nicht auf Mord hinaus. Was macht die Geschichte über die Autobahnmeisterei?"

„Die Schwester erzählte mir, Anne habe im Dunklen an Angstzuständen gelitten", fuhr Laurel fort. „Anne hat vermutlich die Sümpfe, in denen sie umkam, in ihren Briefen erwähnt. Sie hatte nie einen Fuß hineingesetzt und hatte auch nicht die Absicht, es zu tun."

„Offensichtlich hat sie ihre Meinung geändert."

„Oder jemand hat die Meinung für sie geändert."

„Laurel ..."

„Don, lass mich der Sache nachgehen." Laurel betrachtete eingehend den glitzernden Briefbeschwerer, während sie sprach. Die Dinge waren nicht immer so, wie es den Anschein hatte, grübelte sie. Fast nie. „Es könnte nicht schaden. Ich könnte immer noch eine packende Story daraus machen."

Don sah mit gerunzelter Stirn auf seine Zigarette und fuhr mit einem Finger bis zur Spitze. „Trulane würde das nicht gefallen."

„Mit Louis komme ich klar", sagte sie mit größerer Überzeugung, als sie empfand. „Irgendetwas ist hier faul, Don. Es hat nie einen guten Grund dafür gegeben, dass Anne Trulane allein dort hingegangen ist. Sie hatte sich bereits zum Schlafengehen umgekleidet."

Sie kannte beide Gerüchte – dass Anne sich mit

einem Liebhaber treffen wollte, dass Louis sie so lange im Haus festgehalten hatte, bis sie blindlings davongestürzt war und sich verirrt hatte. Don steckte sich die Zigarette zwischen die Lippen und kaute auf dem Filter herum. Die Trulanes waren immer für eine Story gut. „Hör dich um“, sagte er nach einer Weile. „Die Meldung ist immer noch frisch.“ Doch ehe Laurel sich zu sehr freuen konnte, dass sie die erste Runde gewonnen hatte, ließ er die Bombe platzen. „Bates hat darüber berichtet, arbeite mit ihm zusammen.“

„Mit Bates zusammenarbeiten?“ wiederholte sie. „Ich brauche ihn nicht. Das ist meine Spur, meine Geschichte.“

„Es war sein Aufmacher“, fuhr Don fort, „und es ist niemandes Geschichte, bis es eine gibt.“

„Verdammt, Don, der Mann ist unerträglich. Ich bin doch keine Anfängerin mehr, die einen Vorgesetzten braucht, und ...“

„Und er verfügt über die Kontakte, die Quellen und kennt vor allem den Hintergrund.“ Er stand auf, während Laurel vor Zorn kochte. „Wir tragen beim ‚Herald‘ keine persönlichen Fehden aus, Laurel. Wir arbeiten Hand in Hand.“ Nachdem er ihr einen letzten Blick zugeworfen hatte, steckte er den Kopf zur Tür hinaus. „Bates!“

„Man kann keine persönlichen Fehden mit jemandem

austragen, der gar keine Persönlichkeit hat", murmelte Laurel. „Ich bin diejenige, die die Trulanes kennt. Er wird mir nur im Wege sein."

„Laurel, zu schmollen war schon immer eine deiner schlechten Angewohnheiten", bemerkte Don und ging hinter seinen Schreibtisch zurück.

„Ich schmolle nicht!" protestierte sie, als Matthew durch die Tür kam.

Er warf einen Blick auf Laurels wütendes Gesicht, hob eine Augenbraue und lächelte. „Probleme?"

Laurel unterdrückte den Wunsch, ihn anzufauchen, und ließ sich auf den Stuhl fallen. Matthew Bates war das Problem.

„Lächle", riet ihr Matthew einige Minuten später. „Wenn dies vorbei ist, könntest du etwas dazugelernt haben."

„Ich habe es nicht nötig, irgendetwas von dir zu lernen." Laurel ging auf den Fahrstuhl zu.

„Das", murmelte er und freute sich über die Art, wie sie die Lippen zu einem Schmollmund verzog, „wird sich noch herausstellen müssen."

„Du wirst keinen Lehrling bei dir haben, Matthew, sondern eine Partnerin." Sie vergrub ihre Hände tief in den Taschen. „Don bestand darauf, weil du über die Ermittlungen und die gerichtlichen Untersuchungen geschrieben hast. Du könntest es für uns beide leichter machen, wenn du mir deine Notizen zur Verfügung stellen würdest.“

„Das Letzte, was ich täte“, sagte Matthew sanft, „wäre, dir meine Unterlagen zu überlassen.“

„Und das Letzte, was ich brauche, ist, dich ständig auf den Hacken zu haben. Das ist meine Story.“

„Das hat wohl gesessen, nicht wahr?“ Gleichgültig drückte er auf den Knopf des Fahrstuhls und drehte sich dann zu ihr um. „Hat dein Papa dir nie gesagt, dass teilen gut ist?“

Wütend stieg sie in den Lift und drückte den Knopf für das Erdgeschoss. „Fahr zur Hölle.“

Laurel hatte nicht gewusst, dass Matthew sich so schnell bewegen konnte. Vielleicht war dies ihre erste Lektion. Ehe sie auch nur ahnen konnte, was er tat, presste Matthew einen Knopf und hielt den Aufzug mitten zwischen den Stockwerken an. Ihr Mund blieb vor Überraschung offen stehen, als er sie gegen die Wand der Kabine drängte. „Sieh dich vor, wie weit du es treibst“, warnte er leise, „es sei denn, du bist willens, selbst ein paar Stöße hinzunehmen.“

Ihre Kehle war so trocken, dass es schmerzte. Noch nie hatte sie erlebt, dass seine Augen so eisig blicken konnten. Es war erschreckend. Faszinierend. Seltsam, sie hatte sich eingeredet, er habe kein Temperament, aber nun, da es kurz vor dem Ausbruch stand, war sie nicht einmal überrascht. Nein, es war nicht Überraschung, die ihr einen Schauer über die Haut rieseln ließ.

Sie fürchtet sich, stellte Matthew fest. Aber sie schreckt nicht zurück. Der gesunde Menschenverstand riet ihm, es jetzt gut sein zu lassen, nachdem er seinen Standpunkt klar gemacht hatte. Aber ein Jahr war eine sehr lange Zeit. „Ich glaube, es ist besser, ich werde das jetzt los, ehe wir anfangen."

Er sah, wie sich ihre Augen weiteten, verblüfft, als er den Kopf tief zu ihr hinunterbeugte. Belustigt zog er die Lippen leicht nach oben, während er sie kurz vor ihrem Mund schweben ließ. „Überrascht, Laurellie?"

Warum bewegte sie sich nicht? Ihr Körper wollte einfach ihrem Willen nicht folgen. Ihre Arme, die ihn eigentlich von sich stoßen wollten, gehorchten ihr nicht. Lieber Himmel, er hatte schöne Augen. Unglaublich schöne Augen. Sein Atem streifte ihre Haut, ihre Lippen, die sich wie von allein geöffnet hatten. Er roch schlicht und einfach nach ihm selber. Und das war wunderbar.

Im Bemühen, ihre Sinne wieder zu beruhigen, richtete Laurel sich an der Wand auf. „Wage es ja nicht ..."

Ihre Worte endeten in einem erstickten Laut des Entzückens, als seine Lippen über ihre glitten. Es war kein Kuss. Niemand würde das für einen Kuss halten können … eine flüchtige Berührung ohne Druck. Eigentlich mehr eine Andeutung – oder eine Drohung. Laurel fragte sich, ob jemand die Kabel des Aufzugs durchtrennt haben mochte.

Laurel bewegte sich nicht, nicht einen Muskel. Ihre Augen standen weit offen, ihr Verstand war gelähmt, während Matthew ein wenig näher an sie herantrat, bis sein Körper sie ganz berührte – fest, schlank, stark. Seine Lippen liebkosten noch immer so sanft, so unglaublich leicht ihren Mund, dass es ihr wie eine Einbildung erschien. Sie fühlte seine feuchte Zungenspitze die Linie ihrer Lippen verfolgen, dann sich dazwischen schieben, nur federleicht, um ihre eigene Zungenspitze zu berühren. Sie hielt den Atem an und stieß ihn zitternd aus.

Es war dieses stille, unwillkürliche Geräusch der Hingabe, das fast seine Beherrschung zunichte gemacht hätte. Wenn sie getobt und geschimpft hätte, wäre er leicht damit fertig geworden. Er war ärgerlich genug. Aber er hatte nicht mit diesem erstaunten Nachgeben gerechnet, nicht von Laurel. Sein Zorn wurde von einem verführerischen Machtgefühl überlagert, und dann einem nagenden, süßen Verlangen. Noch als er seine Zähne in ihre weiche Unterlippe grub, fragte er sich, ob er sie je wieder in so einer Situation erwischen würde.

Matthew wollte sie berühren, sie jetzt besitzen. Seit Monaten hatte er das gewollt. Während er ganz zart mit ihren Lippen spielte, dachte er, dass er sie hier auf dem Boden des Aufzuges haben könnte, noch ehe sie beide wieder zu Verstand gekommen wären. Es wäre verrückt, wundervoll verrückt. Aber er hatte sich etwas anderes ausgedacht für Laurel Armands Verführung.

Er berührte sie also nicht, sondern zog sich träge zurück. Nicht ein einziges Mal während dieser umwerfenden zwei Minuten hatte sie ihn aus den Augen gelassen. Laurel beobachtete, wie sich dieser clevere, geschwungene Mund zu einem Lächeln verzog, als Matthew den Knopf für das Erdgeschoss drückte. Ruckartig und rumpelnd setzte sich der Fahrstuhl in Bewegung.

„Schade, dass wir so wenig Zeit haben“, meinte Matthew leichthin, dann sah er sich achtlos in der Kabine um. „Und zu wenig Platz.“

Stück für Stück hoben sich die Schleier, die ihr die Sinne umnebelt hatten, bis sie wieder klar denken konnte. Ihre Augen waren glühende grüne Schlitze, ihre Elfenbeinhaut vor Zorn gerötet, als sie einen Schwall von Flüchen in einem so fließenden und mühelosen Ton ausstieß, dass er ganz beeindruckt war.

„Lass uns einen Waffenstillstand schließen, Laurel.“ Er hielt ihr die offene Hand hin, während sie Luft holte, um fortzufahren. „Wenigstens einen beruflichen, bis wir mit dieser Sache fertig sind. Wir können den privaten Krieg wiederaufnehmen, wenn wir außer Dienst sind."

Sie verschluckte eine Antwort und stand wütend da, als der Lift sanft anhielt. Es wäre nicht sehr vertrauenserweckend für Susan Fisher, wenn sie mitbekäme, wie sie sich zankten. „Eine Kampfpause, Matthew", willigte sie ein, während sie in die Halle traten. „Versuch das noch einmal, und dir werden ein paar Zähne fehlen."

Prüfend fuhr sich Matthew mit der Zungenspitze darüber. „Das klingt vernünftig." Er bot ihr die Hand, und obwohl Laurel seiner sachlichen Miene nicht recht traute, nahm sie an. „Es sieht so aus, als würde ich dich am Ende zum Lunch einladen."

Laurel entzog ihm ihre Hand und rückte ihre Umhängetasche zurecht. „Große Worte, und die Firma zahlt."

Lächelnd legte er ihr freundlich seinen Arm um die Schultern, als sie auf das Ende der Halle zugingen. „Sei nicht schlecht gelaunt, Laurellie, es ist unsere erste Verabredung."

Sie schnaubte und warf den Kopf zurück ... aber sie schob seinen Arm auch nicht weg.

3. KAPITEL

Matthew hatte ein lautes Restaurant im französischen Viertel von New Orleans ausgesucht, weil es grundsätzlich leichter war, Leute zum Reden zu bringen, wenn sie nicht befürchten mussten, jemand könne sie hören. Als sie sich bekannt machten, wurde ihm deutlich, dass Susan Fisher Vertrauen in Laurel setzte, während sie sich mit einem Urteil über ihn zurückhielt. Im Augenblick fand er es richtiger, Laurel das Gespräch zu überlassen.

Er war freundlich und mitfühlend, während er Susans Worte und Gestik auf sich wirken ließ. Sie war eine Frau, fand Matthew, die es im Leben schwer gehabt hatte und jetzt wieder nach oben kommen wollte. Das würde noch eine Weile dauern, aber in einem Punkt ließ sie sich nicht beirren. Sie hatte ihre Schwester gekannt. Susan war nicht gewillt, den Tod ihrer Schwester Anne ruhen zu lassen, bis nicht alle Fakten geklärt waren. Vielleicht bewunderte Matthew sie nur deshalb noch mehr, weil sie ihre Hände nicht ruhig halten konnte.

Er sah Laurel an und lächelte beinahe. Es hatte ihm stets gefallen, Seite an Seite mit ihr zu arbeiten, von Reporter zu Reporter. Und nach diesen zwei Minuten zwischen zwei Etagen im Aufzug nahm er an, würde sie wohl auch nicht vergessen, dass er ein Mann war. Dazu würde er ihr nicht die Gelegenheit geben.

Er schenkte Susan Kaffee nach und signalisierte dabei stumm zu Laurel hinüber, dass er jetzt an der Reihe sei. Ihr leichtes Schulterzucken bewies ihm, dass sie ihren Waffenstillstand noch einhielt. „Ihre Schwester ist vor fast einem Monat gestorben, Susan“, sagte Matthew leise und beobachtete ihr Gesicht. „Warum haben Sie so lange gewartet, bis Sie mit dieser Sache herausrückten?“

Susan sah auf ihren Teller hinunter, wo sie seit zwanzig Minuten in ihrem Essen herumgestochert hatte. Über ihren Kopf hinweg trafen sich Laurels und Matthews Blicke. Er hörte fast die unausgesprochene Frage in ihren Augen: Was, zum Teufel, soll das heißen? Aber sie kannte ihren Job. Er spürte, dass sie bereits Partner waren, ohne die Grundregeln festgelegt zu haben: Ich frage. Du tröstest.

„Susan.“ Laurel berührte nun sacht ihren Arm. „Wir möchten Ihnen helfen.“

„Ich weiß.“ Sie legte ihre Gabel nieder und sah wieder auf, zuerst zu Matthew hin und dann zu Laurel. „Es fällt schwer, es zuzugeben, aber ich bin nicht gut mit Annes Tod fertig geworden. Die Wahrheit ist, dass ich zusammengebrochen bin. Ich bin nicht mehr an mein Telefon gegangen – und habe meine Wohnung nicht verlassen.

Ich habe sogar meine Arbeit verloren." Sie kniff die Lippen zusammen. Als sie wieder zu sprechen begann, hatten Laurel und Matthew Mühe, sie über das fröhliche Getöse des Restaurants zu verstehen. „Das Schlimmste ist, dass ich noch nicht einmal zur Beerdigung hergekommen bin. Ich nehme an, ich habe mir vorgemacht, sie fände gar nicht statt. Ich war ihr einziges Familienmitglied, und ich war nicht anwesend."

„Das ist nicht wichtig. Nein, wirklich nicht", sagte Laurel nachdrücklich, als Susan sprechen wollte. „Sie haben sie geliebt. Am Ende ist es nur die Liebe, die wirklich zählt." Sie sah auf und bemerkte, dass Matthew sie beständig ansah. Einen Moment lang vergaß Laurel Susan, den Verdacht, die Geräusche und Gerüche des Restaurants. Sie hatte erwartet, Zynismus in seinen Augen zu sehen, vielleicht sogar ein schwaches, belustigtes Lächeln. Stattdessen sah sie Verständnis und eine Frage, auf die sie die Antwort nicht wusste.

Etwas verwirrt hob sie ihre Kaffeetasse und setzte sie sofort wieder ab, als ihr auffiel, dass ihre Hand nicht ganz ruhig war. Dieser eine, lange Blick hatte sie wirksamer aus der Fassung gebracht als dieser eigentümliche Kuss im Aufzug, der kein Kuss gewesen war. Sie hörte Susans Stimme wie aus der Ferne und zwang sich, ihr wieder zuzuhören.

„Es ist mir alles erst in der letzten Woche zu Bewusstsein gekommen. Ich nehme an, ich hatte den ersten Schock überwunden und fing an, über ihre Briefe nachzudenken. Es passte nicht zusammen." Dieses Mal sah sie Matthew um Verständnis heischend an. „Wann immer sie diese Sümpfe erwähnte, dann nur mit Abscheu. Wenn Sie wüssten, wie sehr sie die Dunkelheit hasste, dann wäre Ihnen klar, dass sie niemals allein in der Nacht dorthin gegangen sein könnte. Niemals. Jemand hat sie dahin gebracht, Mr. Bates. Jemand hat sie gezwungen."

„Weshalb?" Er lehnte sich vor und fragte klar, aber nicht unfreundlich: „Warum sollte jemand Ihre Schwester umbringen wollen?"

„Ich weiß es nicht." Ihre Fingerknöchel waren weiß, so sehr klammerte sie sich an die Tischkante.

„Ich habe über die gerichtliche Untersuchung geschrieben." Matthew nahm sich eine Zigarette und zündete sie mit den Streichhölzern des Restaurants an. „Ihre Schwester war weniger als ein Jahr hier und kannte so gut wie niemanden, da sie und ihr Mann selten ausgingen. Der Ansicht der Dienerschaft nach war sie ihm sehr ergeben, selten wurde ein böses Wort zwischen ihnen gewechselt. Die Grundmotive für einen Mord – Eifersucht, Habgier – kommen also nicht in Frage. Was könnte es sonst sein?"

„Das spielt keine Rolle." Susan wandte sich wieder an Laurel. „Nichts davon spielt eine Rolle."

„Wir wollen einen Schritt nach dem anderen machen", schlug Laurel vor. „Haben Sie immer noch die Briefe Ihrer Schwester?"

„Ja." Susan holte zitternd Luft. „In meinem Hotel."

Matthew drückte seine Zigarette aus. „Dann wollen wir hingehen und sie uns ansehen."

Als Susan außer Hörweite war, kam Laurel ganz nah an Matthew heran. „Sie mag den Schock überwunden haben", flüsterte sie, „aber sie ist noch nicht sehr stabil. Matthew, ich habe ein Gefühl dafür."

„Du hast zu viele Gefühle, Laurel."

Stirnrunzelnd sah sie ihn an, während sie sich zwischen den Tischen hindurchschlängelten. „Und was soll das heißen?"

„Wir müssen uns mit den Fakten auseinander setzen. Wenn du Pfadfinderin spielen willst, dann vernebelst du nur die Sache."

„Ich hätte es besser wissen müssen", stieß sie zwischen den Zähnen hervor. „Vor fünf Minuten dort am Tisch glaubte ich einen Funken Einfühlsamkeit bei dir entdeckt zu haben."

Er lächelte. „Ich bin mit Einfühlsamkeit geladen. Wir können darüber später bei einem Drink sprechen."

„Von wegen!“ Laurel ging hinter Susan durch die Tür und ignorierte Matthew absichtlich auf der Taxifahrt zum Hotel.

Es war schäbig – die Straßen waren eng, der Zement bröckelte, die Farbe am Treppengeländer löste sich. Feuchtigkeit sammelte sich auf den rostenden Balkonen und tropfte herunter. Der Anstrich der Gebäude hatte Sprünge und war durch die beständige Feuchtigkeit mit dichten Ruß und Schimmelschichten überzogen. Alle Farben schienen zu einer einzigen verblasst zu sein – einem schmutzigen Grau.

Die schmalen Gassen waren düster und dumpf. Laurel wusste, bei Nacht wäre diese Straße unheilvoll – die Sorte Straße, die man besser nicht betrat oder durch die man hindurchraste und sich ständig nach hinten umsah. Aus einem offenen Fenster auf der anderen Straßenseite übertönte ein lauter Streit die Töne einer kratzigen Jazzplatte. Eine abgemagerte Katze lag auf der Türschwelle und gab, als Susan die Tür öffnete, ein leises, unfreundliches Geräusch von sich.

Laurel ging vorsichtig um das Tier herum, und Susan lächelte sie entschuldigend an. „Dieser Ort hier hat seine eigene Atmosphäre.“

Matthew lächelte, als sein Blick über die düstere Eingangshalle glitt. „Sie hätten das Apartment sehen sollen, in dem ich in New York aufgewachsen bin.“

Susans gequältes Lächeln schwand, als sie sich zur Treppe wandte. „Nun, es war das erstbeste, und es war billig.“

Laurel ging hinter den beiden her und furchte die Stirn. Sie hatte einen weiteren Einblick in seine Einfühlsamkeit bekommen. Eigenartig. Und obwohl sie es nicht zugab, hatte seine sorglose Bemerkung über seine Jugend doch ihr Interesse geweckt. Wer war er gewesen? Wie hatte er gelebt? Sie hatte immer sorgsam darauf geachtet, nicht zu spekulieren.

Das Hotel war so ruhig, so leer, dass ihre Schritte auf den nackten Treppenstufen widerhallten. Abblätternde Farbe und Schmierereien an den Wänden. Laurel betrachtete Susans Profil, als sie die Tür aufschloss. Ich werde sie hier herausbekommen, versprach sie sich, noch heute Nachmittag. Sie fing Matthews amüsierten, wissenden Blick auf und funkelte ihn an.

„Bist du wieder auf einen neuen Verdienstorden aus, Laurellie?“ murmelte er.

„Halt den Mund.“ Er lachte in sich hinein, und Laurel betrat Susans engen, schattigen Raum. Dort stand ein schmales Bett, ein zerkratzter Ankleidetisch, und es fehlte jeglicher Charme.

„Das ist komisch, ich weiß genau, dass ich die Jalousien oben gelassen hatte." Susan ging durch das Zimmer, zog an der Schnur die staubige, weiße Blende hoch, und Sonnenlicht strömte in den Raum. Sie knipste den quietschenden Deckenventilator an, der die heiße Luft in Bewegung brachte. „Ich hole die Briefe."

Laurel setzte sich auf die Bettkante und sah zu Matthew hoch. „Aus welchem Teil New Yorks kommst du eigentlich?"

Er zog eine Augenbraue in die Höhe, wie er es immer tat, wenn er belustigt war – oder ausweichen wollte. „Du würdest ihn nicht kennen." Er verzog die Lippen und setzte sich neben Laurel auf das Bett. „Bist du je nördlich der Mason-Dixon-Linie gewesen, Laurel?"

„Ich bin verschiedentlich in New York gewesen", begann sie, gab aber mit einem Seufzer auf, als sein Lächeln noch breiter wurde. „Zweimal", korrigierte sie sich.

„Das Empire State Building, Ellis Island, die UNO, Tee im Plaza und eine Broadway-Show."

„Es gefällt dir, blasiert und überheblich zu sein, nicht wahr?"

Er strich mit einer Fingerspitze an ihrem Kinn entlang. „Aber ja doch."

Sie unterdrückte ein Lächeln. „Wusstest du eigentlich, dass du noch unerträglicher wirst, je länger man dich kennt?"

„Sei bloß vorsichtig", warnte Matthew. „Ich habe eine Schwäche für Schmeicheleien."

Er sah ihr in die lachenden Augen, hob ihre Hand hoch, mit der Fläche nach oben und küsste ihre Handfläche. Zufrieden bemerkte er, dass die Belustigung in ihrem Blick jetzt der Verwirrung wich. Hinter ihnen zog Susan nervös die Schubladen heraus. Beide merkten es nicht.

„Sie sind verschwunden!" Susan warf eine Hand voll Kleidungsstücke auf den Fußboden und starrte in die leere Schublade. „Sie sind nicht mehr da, kein einziger."

„Was?" Etwas benommen drehte Laurel sich zu ihr um. „Was ist nicht mehr da?"

„Die Briefe. Annes sämtliche Briefe."

Sofort sprang Laurel auf die Füße und kramte in Susans durchwühlten Sachen. „Vielleicht haben Sie sie irgendwo anders hingelegt."

„Nein – bestimmt nicht", sagte sie mit einem drohenden Unterton von Hysterie in der Stimme. „Ich habe sie alle in diese Schublade gelegt. Es waren zwölf."

„Susan", sagte Matthew so kühl, dass sie sich aufrichtete. „Sind Sie wirklich ganz sicher, dass Sie sie bei sich gehabt haben?“

Sie holte mehrere Male tief Luft, während ihr Blick von Laurel zu Matthew glitt. „Ich hatte jeden einzelnen von Annes Briefen bei mir, als ich mich in diesem Hotel anmeldete. Nachdem ich ausgepackt hatte, legte ich sie in diese Schublade. Da waren sie auch noch, als ich mich heute Morgen anzog.“

Matthew fiel auf, dass ihre Hände zitterten, aber ihre Augen ihn fest ansahen. Er nickte. „Ich werde mich bei der Anmeldung erkundigen.“

Nachdem er die Tür zugemacht hatte, starrte Susan auf die zerknüllte Bluse in ihren Händen. „Jemand muss hier im Zimmer gewesen sein“, sagte sie unsicher. „Ich weiß es.“

Laurel sah auf die von Susan hochgezogene Sonnenblende. „Vermissen Sie sonst noch etwas?“

„Nein.“ Mit einem Seufzer ließ Susan die Bluse fallen. „Hier ist nichts, was zu stehlen sich lohnen würde. Ich nehme an, das hat man auch gemerkt. Es ergibt keinen Sinn, dass man Annes Briefe gestohlen hat. Ich kann mir das überhaupt nicht erklären.“

„Matthew und ich werden dem nachgehen“, erklärte Laurel, ärgerte sich aber sogleich, dass sie sich so leichtfertig mit Matthew in Verbindung brachte. „In der Zwischenzeit …“ Sie bückte sich und fing an, Susans Sachen zusammenzusuchen. „Können Sie tippen?“

Susan starrte sie geistesabwesend an. „Nun, ja. Ich arbeite … Ich habe als Sprechstundenhilfe für einen Arzt gearbeitet.“

„Gut. Wo ist Ihr Koffer?“ fragte sie, während sie Susans Sachen auf dem Bett zusammenlegte.

„Im Schrank, aber …“

„Ich habe eine Möglichkeit für Sie zum Übernachten, und eine Arbeit – etwas in dieser Richtung. Oh, ist die hübsch.“ Sie hielt die von Susan zerknautschte Bluse hoch.

„Eine Arbeit? Ich verstehe nicht recht.“

„Meine Großmutter lebt außerhalb der Stadt. Da mein Bruder und ich nicht mehr bei ihr wohnen, fühlt sie sich einsam.“ Die Lüge kam ihr so selbstverständlich über die Lippen, dass man sie gar nicht in Zweifel ziehen konnte.

„Aber ich kann doch nicht einfach dort bleiben.“

„Sie werden dafür bezahlen.“ Laurel lächelte, als sie sich umdrehte. „Grandma droht schon seit Langem, ihre Memoiren zu schreiben, und mir fällt mittlerweile keine Ausrede mehr ein, um sie nicht für sie tippen zu müssen. Sie, Susan, würde es nicht langweilen. Grandma ist zweiundachtzig und hatte Männer, die … Nein ….

Wenn ich nicht so beschäftigt wäre, würde ich selbst es gern machen. Aber, so wie die Dinge liegen, würden Sie mir einen Gefallen tun."

„Warum tun Sie das für mich?" fragte Susan. „Sie kennen mich nicht einmal."

„Sie sind in Schwierigkeiten", sagte Laurel schlicht. „Und ich kann helfen."

„So einfach ist das?"

„Muss Hilfe denn kompliziert sein? Holen Sie Ihren Koffer", befahl Laurel, ehe Susan sich eine Antwort hatte einfallen lassen können. „Sie können packen, während ich nachsehe, was Matthew herausgefunden hat."

Sie trat in den Korridor und stieß mit Matthew zusammen. Sie zog die Tür hinter sich zu. „Nun?"

„Der Portier hat niemanden gesehen." Matthew lehnte sich gegen die Wand und zündete eine Zigarette an. „Aber er interessiert sich auch mehr für seine Betrügereien beim Kartenspiel im Hinterzimmer als dafür, was am Empfang passiert." Er blies den Rauch aus, der zur Decke stieg und dort hängen blieb. „Ich habe mich mit dem Zimmermädchen unterhalten. Sie hat die Jalousien nicht heruntergelassen."

„Dann war jemand anderer da drinnen."

„Vielleicht."

Laurel ignorierte die Bemerkung und starrte die Wand

gegenüber an. „Susan hält es für einen einfachen Diebstahl. In ihrer Verfassung ist das wohl auch das Beste.“

„Du spielst Mama, Laurel.“

„Das tue ich nicht.“ Ärgerlich sah sie ihn wieder an. „Es wird aber bestimmt um vieles leichter sein, diese Geschichte aufzuklären, wenn sie nicht glauben muss, dass jemand sie absichtlich aufhalten will.“

„Zum jetzigen Zeitpunkt hat sie dafür keinen Grund“, sagte Matthew gedämpft. „Was macht sie gerade?“

„Sie packt“, flüsterte Laurel.

Er nickte. Es war nicht gut für Susan, hier zu bleiben. „Wohin will sie?“

Laurel reckte das Kinn vor. „Zu meiner Großmutter.“

Ohne sein Lächeln zu unterdrücken, betrachtete Matthew eingehend die Spitze seiner Zigarette. „Ich verstehe.“

„Du verstehst gar nichts. Und fang ja nicht an, mir Vorhaltungen zu machen, ich würde mich in dieser Sache zu unprofessionell verhalten oder ...“

„Schon gut.“ Er trat die Zigarette auf dem schmutzigen, zerkratzten Fußboden aus. „Ich werde mir auch die Bemerkung verbeißen, dass du eine sehr reizende Person bist, ganz große Klasse. Ich werde ein Taxi rufen“, setzte er hinzu, als Laurel ihn nur anstarren konnte.

Gerade, wenn ich denke, ich begreife ihn, ging es ihr

durch den Kopf, dann schlägt er einen Haken. Wenn ich nicht aufpasse, fügte Laurel in Gedanken hinzu, wenn ich nicht sehr, sehr aufpasse, dann fange ich noch an, ihn zu mögen. Mit diesem Gedanken ging sie wieder zu Susan hinein, um sie zur Eile anzutreiben.

Nach noch nicht einmal zehn Minuten saß Laurel mit Matthew in einem Taxi und sah durch das Rückfenster auf das zweite Taxi, das Susan zu ihrer Großmutter bringen sollte.

„Hör auf, dich um sie zu sorgen", mahnte Matthew. „Olivia wird sie von ihrer Schwester ablenken und von allem anderen auch."

Mit einem Schulterzucken sah Laurel wieder nach vorn. „Daran zweifele ich nicht. Aber ich fange an zu bezweifeln, dass Anne Trulane allein in den Sumpf gegangen ist."

„Bleiben wir bei den Tatsachen. Beim Motiv." Geistesabwesend drehte er eine Locke von Laurels Haar um seinen Finger – eine Angewohnheit, die er neuerdings entwickelt hatte und sie zu genießen schien. „Es scheint keines zu geben. Aber Frauen lassen sich nicht grundlos in einen Sumpf locken."

„Es muss eins gegeben haben."

„Kein sexueller Überfall", fuhr Matthew mehr zu

sich selbst fort. „Sie hatte kein eigenes Geld – und ihre einzige Erbin wäre Susan gewesen ... oder ihr Mann. Er hat eine Schwester, aber auch da sehe ich keinen Gewinn."

„Die Leute, die ich am wenigsten eines Mordes verdächtigen würde, sind Louis oder Marion Trulane. Es gibt auch noch andere Motive für einen Mord als Sex und Geld."

Er hob eine Augenbraue bei ihrem Tonfall, aber er hörte nicht auf, mit ihrem Haar zu spielen. „Zugegeben, aber diese kommen einem zuerst in den Sinn. Die meisten von uns schätzen beides."

„Manche denken weiter als du, Matthew. Da wäre noch Eifersucht, wenn wir deine beiden Lieblingsmotive wieder in Betracht ziehen. Louis ist reich und attraktiv. Jemand anderes könnte sich ausgemalt haben, an Annes Stelle zu sein."

„Sag mal, kennst du ihn eigentlich gut?"

„Louis?" Ein zärtliches Lächeln umspielte ihre Lippen. Ihm fiel auf, dass Laurel ihn noch nie auf diese Art angesehen hatte. „So gut wie jeden anderen auch, nehme ich an – oder habe es angenommen. Er hat mir das Reiten beigebracht, als ich ein kleines Mädchen war, hat mich überall mitgenommen, als ich zehn war, und er war ein- oder zweiundzwanzig. Er war ein gut aussehender Mann – und sehr nachsichtig mit meiner mädchenhaften Schwärmerei.“

Als ihm auffiel, dass seine Finger sich verkrampften, ließ Matthew Laurels Haarlocke los. „Du hast sie überwunden, nehme ich an.“

Sie nahm Zynismus in seiner Stimme wahr und drehte sich ihm zu, das halbe Lächeln noch immer auf den Lippen. „Warst du denn nie verliebt, Matthew?“

Matthew sah sie lange und wachsam an, während verschiedene beunruhigende Gefühle ihn bewegten. Ihre Augen waren sanft, wie auch ihr Mund, ihre Haut. Wenn sie allein gewesen wären, hätte er vielleicht ihre Frage überhaupt nicht beantwortet, sondern sich einfach das genommen, was er so dringend haben wollte. „Nein“, sagte er nach einer ganzen Zeit.

„Irgendetwas in dir wird weicher, etwas das du immer für diesen bestimmten Menschen empfindest.“ Aufseufzend lehnte sie sich in ihren Sitz zurück. Es war schon lange her, dass sie sich die Erinnerungen daran gestattet hatte, wie schön es gewesen war – und wie schmerzlich. Sie war nur ein Kind gewesen, und obwohl ihre Träume nur Märchen waren, hatte sie daran geglaubt. „Louis hat mir sehr viel bedeutet. Ich suchte einen Ritter, und ich glaube, er hat das gut genug verstanden, um mich nicht auszulachen. Und als er heiratete …“ Sie hob die Hände und ließ sie wieder sinken. „Es brach mir das Herz. Hast du von seiner ersten Frau gehört?"

Matthew starrte auf ihre im Schoß liegenden Hände: schmale, elegante Hände mit blassrot lackierten Nägeln und einem rauchfarbenen Smaragd in einer ziselierten, alten Fassung an ihrem Finger. Ein Erbstück, dachte er. Sie besaß Erbstücke und vornehme Ahnen – und Erinnerungen an Reitstunden mit einem hoch gewachsenen jungen Mann, der aufregend genug aussah, um ihr Ritter zu sein.

„Das eine oder andere", murmelte Matthew, während das Taxi an den Bordstein fuhr. „Klär mich später auf."

Laurel stieg aus dem Taxi und glättete sorgfältig ihren Rock. „Das kommt einem Befehl gefährlich nahe, Matthew. Da Don uns keinerlei Verhaltensmaßregeln mitgegeben hat, sollten du und ich vielleicht selbst darauf achten."

„Fein." Er wusste nicht, warum er sich ärgerte. Mit zusammengekniffenen Augen gegen das grelle Licht der Sonne sah er Laurel prüfend an. „Das ist meine Geschichte."

Mühsam unterdrückte Laurel ihren aufsteigenden Zorn. „Aber meine Spur."

„Wenn du willst, dass sie dich irgendwohin führt", sagte er gleichmütig, „dann überlass mir bestimmte

Bereiche. Wann hast du zum letzten Mal mit der Bürokratie da drinnen zu tun gehabt?“ Mit dem Kopf wies Matthew auf die Polizeiwache neben ihnen.

„Ich habe mich schon früher mit dem Amtsschimmel auseinander setzen müssen.“

„Aber nicht da drinnen“, entgegnete er und nahm ihren Arm.

„Einen Augenblick, Matthew.“ Laurel schob seine Hand fort und sah ihm voll ins Gesicht. „Ein Punkt, den du begreifen musst, ist, dass ich vielleicht keine andere Wahl habe, als mit dir an dieser Story zusammenzuarbeiten, aber die Worte, auf die es ankommt, lauten ‚mit dir‘ und nicht ‚für dich‘. Für den Augenblick sind wir, sosehr es mich auch stört, Partner.“

Es schien ihn zu amüsieren, dass ihr Zorn zu einem verlegenen, kleinen Lächeln wechselte. „Das klingt nicht schlecht. Partner“, stimmte er zu und nahm ihre Hand. „Es könnte eine Gewohnheit daraus werden.“

„Die Chance dafür ist gleich null. Würdest du bitte aufhören, mich anzufassen?“

„Nein“, sagte er freundlich, während sie die Stufen hochgingen.

Die Polizeiwache war von Hektik erfüllt. Das alles kannte er bereits nur zu gut. Nach einem flüchtigen Blick durch den Raum schob Matthew sich durch die anwesenden Leute und Schreibtische. Die Polizisten, die Opfer, die Verdächtigen beachteten ihn ebenso wenig wie er sie.

Eine schlanke Brünette in einer zerknitterten Uniform klemmte sich ihr Telefon zwischen Hals und Schulter und hob grüßend die Hand. Matthew hockte sich auf die Kante ihres Schreibtisches. Laurel stand neben ihm und beobachtete zwei ältere Männer, die kurz vor einer Schlägerei standen, ehe man sie trennte.

„Nun, Matthew, schieß los, was führt dich in unser Paradies?" Die Brünette legte den Hörer auf und lächelte ihn an.

„Wie geht es dir, Sergeant?"

Die Brünette lehnte sich im Stuhl zurück und musterte ihn mit einem langen, durchdringenden Blick. „Ich habe meine Telefonnummer hier nicht geändert – oder die von zu Hause."

„Die Stadt hält uns beide ganz schön auf Trab, nicht wahr? Warst du kürzlich im ‚Nugget'?"

Sie hob einen Kugelschreiber auf und klopfte damit leicht gegen ihren Mund. „Seit letztem Monat nicht mehr. Willst du mich zu einem Drink einladen?"

„Du kannst Gedanken lesen, aber ich habe etwas anderes auf dem Herzen."

Die Polizistin lachte kurz auf und ließ ihren Schreiber

auf den voll gekritzelten Block vor sich fallen. „Natürlich. Was willst du, Matthew?"

„Einen raschen Blick auf die Akten eines Falles – eines abgeschlossenen Falles", fügte er hinzu. „Ich muss noch Nachforschungen für eine Geschichte machen, die ich geschrieben habe, vielleicht für eine Fortsetzung."

Ihre Augen verengten sich. „Welchen Fall?"

„Anne Trulane."

„Das ist heikles Feld, Matthew." Ihr Blick richtete sich auf Laurel.

„Laurel Armand, Sergeant Carolyn Baker. Laurel und ich arbeiten an dieser Sache zusammen", sagte Matthew aalglatt. „Sie ist eine alte Freundin der Trulanes. Ich dachte, wir könnten ein wenig tiefer schürfen. Der Fall ist abgeschlossen, Sergeant, aber zum Teufel, ich habe von Anfang bis Ende darüber berichtet."

„Du hast den Bericht schon gelesen."

„Dann kann es niemandem schaden, wenn ich ihn noch einmal einsehe." Er schenkte ihr ein charmantes Lächeln. „Du weißt, ich bin ein ehrlicher Mensch, Carolyn, und drucke keine vertraulichen Informationen, keine Mutmaßungen in einer Sache ab, die den Ermittlungen schaden könnten."

„Tja, Matthew, du bist wirklich ehrlich." Sie warf ihm einen Blick zu, der wie Laurel fand, eher etwas mit persönlichen als geschäftlichen Gefühlen zu tun hatte, dann zuckte sie die Schultern. „Die gerichtlichen Untersuchungen wurden der Öffentlichkeit bekannt gegeben." Sie stand auf und ging ins Nebenzimmer. Die beiden alten Männer neben ihnen warfen sich Beschimpfungen an den Kopf.

„Arbeitest du immer auf diese Weise, Matthew?"

Matthew drehte sich mit einem entwaffnenden Lächeln zu Laurel. „Auf welche Weise?" Als sie schwieg und ihn nur ansah, grinste er. „Eifersüchtig, meine Liebe? Du hältst mein Herz in deiner Hand."

„Ich hätte es lieber unter meinem Fuß."

„Gemein", murmelte er und erhob sich vom Schreibtisch, als Carolyn zurückkam.

„Du kannst die Akten einsehen, nimm sie in das erste Vernehmungszimmer mit. Es ist leer." Sie warf einen raschen Blick durch den belebten Raum. „Für den Augenblick", setzte sie trocken hinzu. Sie schlug ein Buch auf und drehte sich zu ihm hin. „Bitte, unterschreib hier."

„Ich bin in deiner Schuld, Sergeant."

Sie wartete, bis er unterschrieben hatte. „Du wirst sie begleichen."

Mit einem unterdrückten Lachen bahnte Matthew sich den Weg zum Vernehmungszimmer. Eine interessante Frau, diese Sergeant Baker. Seltsam, dass es niemals sie war, die ihm zu den ausgefallensten Zeiten in den Sinn kam. Weder sie noch eine andere … der interessanten Frauen, die er kannte. Nur eine einzige Frau.

„Setz dich“, bat Matthew Laurel, schloss die Tür und ließ damit den größten Lärm hinter ihnen. Der Stuhl, den er sich nahm, machte auf dem Fußboden ein kratzendes Geräusch, als er ihn unter dem langen, abgenutzten Tisch hervorzog.

„Ein erfreulicher Ort“, murmelte Laurel und musterte die faden weißen Wände und das abgetretene Linoleum.

„Du musst schon ins Rathaus gehen, wenn du saubere Büros und weiße Hemdkragen um dich haben willst.“ Er öffnete die Akte und blätterte sie rasch durch.

Er passt hierher, erkannte Laurel mit einem gewissen widerwilligen Respekt. Es gab mehr Seiten an ihm, als sie glauben mochte. Aber es war sicherer, ihn sich als einen oberflächlichen, scheinheiligen Mann vorzustellen, der zufälligerweise auch noch ein verdammt guter Reporter war.

„Hier ist nicht viel zu finden“, murmelte er, während er den Bericht durchblätterte. „Autopsiebefund … kein Sexualverbrechen, Quetschungen und Schnittwunden, die auf ihren Weg durch den Sumpf zurückzuführen sind. Die Mokassinschlange biss sie in die linke Wade. Todesursache Schlangenbiss in Verbindung mit Unterkühlung. Todeszeitpunkt zwischen Mitternacht und vier Uhr morgens." Er reichte Laurel das Blatt herüber, ehe er zu dem Untersuchungsbericht überging.

„Trulane war noch spät in seinem Arbeitszimmer beschäftigt. Seiner Aussage zufolge dachte er, seine Frau sei oben im Bett. Er ging gegen zwei Uhr nachts hinauf und fand das Bett leer. Er suchte das ganze Haus ab, weckte dann seine Schwester und die Angestellten, suchte noch einmal im ganzen Haus und auf dem Gelände."

Geistesabwesend suchte er nach einer Zigarette, fand die Schachtel leer und fluchte leise. „Aus ihrer Garderobe fehlte nichts, auch alle Autos waren da. Sein Anruf im Polizeirevier kam um zwei Uhr siebenundfünfzig." Er sah zu Laurel hinüber. „Fast eine Stunde später." Ihre auf dem Autopsiebericht liegenden Hände waren etwas feucht. „Es ist ein großes Haus. Ein vernünftiger Mensch ruft nicht eher die Polizei an, als bis er sicher ist, dass er sie braucht."

Nach einem langsamen Nicken sah Matthew wieder in den Bericht. „Die Polizei traf um drei Uhr fünfzehn ein. Noch einmal wurde das Haus abgesucht, die Hausangestellten befragt ..." Vor sich hinmurmelnd, überschlug er einige Zeilen. „Anne Trulanes Körper wurde ungefähr gegen sechs Uhr morgens gefunden, und zwar im südöstlichen Teil der Sümpfe."

Er war dort gewesen. Matthew erinnerte sich an das fahle Licht, die heißen, feuchten Gerüche, das unangenehme Gefühl des Sumpfes, ehe sie auf die Tote gestoßen waren.

„Niemand konnte verantwortlich dafür sein, dass sie dort war. Wie Marion Trulane, die Schwägerin, aussagte, hatte Anne vor diesem Ort eine krankhafte Angst. Das entspricht Susans Behauptung", murmelte er. „Trulane blieb bei seiner Geschichte, dass er lange gearbeitet habe, und wollte sich nicht weiter äußern."

„Hast du je deine Frau tot vorgefunden?" wollte Laurel wissen, während sie Matthew den Bericht wegnahm. „Es ist möglich, dass er erregt war."

Er ließ ihre vernichtenden Worte an sich abprallen. „Die Schlussfolgerung daraus ist, dass sie sich gezwungen sah, dorthin zu gehen – vielleicht, um ihre Furcht zu überwinden, sich dann verirrte, gebissen wurde und so lange herumwanderte, bis sie das Bewusstsein verlor." Er sah Laurel an. Sie hatte die Augenbrauen zusammengezogen, während sie den Bericht las. „Bist du noch so gut mit denen befreundet, um uns in das Haus hineinzubekommen und ein paar Fragen zu stellen?"

„Hmm? Oh, ja, ich glaube schon. Mit mir werden

sie sich unterhalten. Und mit dir auch“, setzte sie hinzu, „wenn du ein wenig von deinem Charme versprühst.“

Er lächelte breit. „Ich dachte, es sei dir nicht aufgefallen.“

„Mir ist aufgefallen, dass du ihn ganz schön erfolgreich ausspielen kannst, wenn du dich darum bemühst. Für meinen Geschmack ist es etwas zu dick aufgetragen, aber wirkungsvoll genug.“

„Bitte, Laurellie, Komplimente machen mich so verlegen.“

Laurel ignorierte Matthew und legte den Untersuchungsbericht beiseite. „Louis hat es nicht leicht gehabt. Er hat sich sehr in sich zurückgezogen, seit seine erste Ehe schief ging, aber ich denke, er wird mit mir reden.“

Träge zerknüllte Matthew seine leere Zigarettenschachtel. „Seine Frau ist mit seinem Bruder durchgegangen?“

„Es war schrecklich für Louis.“ Sie nahm das nächste Blatt aus der Akte, während Matthew gedankenverloren an die Decke starrte.

Sie bekam eine Gänsehaut, und ihr Magen hob sich, aber sie konnte ihren Blick nicht davon lösen. Das Polizeifoto war schwarzweiß und grausam. Sie hatte schon früher Tote gesehen, aber noch keine wie diese. Entsetzt und gelähmt starrte sie auf Anne Fisher-Trulane. Oder das, was aus ihr geworden war.

„Seit wann …“ Matthew unterbrach sich, als er zu Laurel hinuntersah. Ihr Gesicht war leichenblass, ihre Augen schreckgeweitet. Mit einem Fluch riss er ihr das Bild aus der Hand. „Tief durchatmen“, sagte er scharf, aber seine Hand in ihrem Nacken war sanft. „Nimm es nicht so tragisch. Liebes“, murmelte er und massierte ihr den verspannten Halsansatz.

„Es geht schon wieder.“ Aber sie war sich nicht sicher. Sie wartete noch einen Augenblick, ehe sie sich wieder gerade hinsetzte. Als Matthew die Arme um sie legte, schmiegte sie den Kopf an seine Schulter. „Es tut mir Leid, das war dumm.“

„Nein.“ Er bog ihren Kopf zurück. „Mir tut es Leid.“ Sehr langsam, sehr vorsichtig strich er ihr das Haar aus dem Gesicht.

Sie schluckte heftig. „Ich nehme an, du bist so etwas gewohnt.“

„Himmel, ich hoffe nicht.“ Er zog sie wieder an sich, bis ihr Gesicht an seinem Nacken lag.

Dort fühlte sie sich sicher. Die Kälte war vorüber. Sie entspannte sich, ließ es zu, dass er ihr über das Haar strich. Sie spürte seinen regelmäßigen Herzschlag. Als seine Lippen ihr Ohr streiften, bewegte sie sich nicht. Er bot ihr Trost, und sie fühlte sich getröstet. Sie redete sich ein, das sei alles, während sie ihn festhielt, als hätte sie ihn soeben erst entdeckt.

„Matthew?"

„Hmm?"

„Sei nicht zu nett zu mir."

Sie hielt die Augen geschlossen. Das Gesicht hatte sie an seinen Hals geschmiegt und fühlte sein Lächeln. „Warum nicht?"

„Einfach so." Da es ihr besser ging, rückte sie von ihm ab, weil es viel zu leicht war, bei ihm zu bleiben.

Er legte eine Hand unter ihr Kinn. „Du bist schön", murmelte er. „Habe ich dir das schon gesagt?"

Vorsichtig bewegte sie sich aus seiner Reichweite. Nimm es leicht, warnte sie sich. Und denk später darüber nach. „Nein." Lächelnd stand sie auf. „Aber so etwas merke ich mir immer."

„Schön", wiederholte er. „Selbst wenn dein Kinn etwas spitz ist."

„Ist es nicht." Automatisch reckte sie es vor.

„Besonders von der Seite."

„Ich habe sehr delikate Gesichtszüge", erklärte Laurel ihm entschieden und nahm ihre Handtasche an sich. Verdammt, ihre Finger zitterten immer noch. Sie musste hier raus, auf die Straße und wieder an die Luft.

Mit dem Rücken zu ihr legte Matthew das Foto wieder in die Akte zurück, schloss sie und drehte sich um. „Das Kinn ausgenommen“, pflichtete er ihr bei, legte den Arm um ihre Schultern und ging zur Tür.

Die Hand auf dem Türgriff, blieb Laurel stehen und sah zu ihm hoch. Ihre Augen waren dunkel und wissender, als sie vor ihrem Eintritt in dieses Zimmer gewesen waren. „Matthew.“ Sie lehnte sich einen Moment an ihn, nur für einen Moment. „Niemand hat es verdient, auf diese Weise umzukommen.“

Einen Augenblick lang wurde der Griff auf ihrer Schulter fester, nur für einen Moment. „Nein.“

4. KAPITEL

Matthew war so schweigsam wie Laurel gewesen, seit sie die Polizeiwache verlassen und diese dämmrige, kühle Bar betreten hatten. Er war nachdenklich und grüblerisch und ging in der Erinnerung noch einmal alles durch.

Das Telefon hatte in den frühen Morgenstunden geklingelt – sein Kontaktmann auf der Polizeiwache hatte ihn über Anne Trulanes Verschwinden benachrichtigt. Er war kurz nach der Polizei in „Heritage Oak" angekommen. Es war dunstig gewesen, erinnerte er sich, ein dünner, scheußlicher Regenfilm hatte in der totenstillen Luft gehangen. Er hatte gespürt, dass Louis Trulane niemanden Außenstehenden hatte zu Hilfe holen wollen. Seine Antworten waren kurz angebunden, seine Miene abweisend. Nein, er hatte nicht wie ein besorgter, unglücklicher Ehemann gewirkt, eher wie jemand, der sich gestört fühlte.

Seine Schwester und die Diener hatten sich einige Schritte hinter ihm versammelt, als ob man sich verteidigen wolle, noch ehe die Suche in den Sümpfen begonnen hatte. Es war eine unübersichtliche, feuchte Gegend voller Schatten und geheimnisvollen Lauten. Matthew hatte einen Abscheu empfunden, den er sich nicht erklären konnte. Er hätte lieber die Straßen und Gassen abgesucht als diese dämpfige, tropfende Dunkelheit und den Morast.

Sie hatten sie viel zu spät im ersten Morgengrauen neben einem träge dahinfließenden Fluss auf den Boden hingestreckt entdeckt. Nebelschwaden hingen im grauen Licht, die Luft war voller ätzender, modriger Gerüche. Er hatte in der Ferne einen Vogel gehört, vielleicht eine Lerche. Und er hatte auch die Krähen gehört. Matthew erinnerte sich an Louis Trulanes Reaktion. Er war bleich, kalt und schweigsam. Falls er Ärger, Trauer oder Verzweiflung verspürte, dann ließ er es sich nicht anmerken. Seine Schwester war in Ohnmacht gefallen, die Hausangestellten hatten geweint, er aber stand einfach nur so da …

„Ich werde Louis anrufen."

„Was?" Matthew sah hoch und in Laurels aufmerksame Augen.

„Ich werde Louis anrufen und sehen, ob er uns empfängt."

Langsam entfernte er die Folie von einer neuen Packung Zigaretten. „Gut." Er sah ihr nach, wie sie sich ihren Weg an den Tischen vorbei zu einer ruhigeren Ecke bahnte. Für sie ist es auch nicht leicht, dachte Matthew. Welche kindlichen Gefühle sie für Louis Trulane auch empfunden haben mochte, sie hatten immer noch eine zu große Bedeutung für sie, um ihn objektiv sehen zu können.

Und du, Bates? fragte Matthew sich selbst, während er den Zigarettenrauch ausblies. Du verabscheust ihn wegen der Art, wie Laurel seinen Namen ausspricht.

Er sah Laurel zurückkommen, Traurigkeit stand in ihren Augen, nur ein Anflug von Farbe in ihren Wangen. Sie wird darüber hinwegkommen, sagte er sich, und etwas regte sich in ihm. Weil sie es muss. Er wartete, bis sie sich ihm gegenüber gesetzt hatte.

„Nun?“

„Wir sehen ihn morgen früh um zehn Uhr.“

Matthew drückte seine Zigarette aus und hätte Laurel gern berührt. „Du klingst nicht sehr begeistert.“

„Ich habe ihn an unsere alte Freundschaft erinnern müssen.“ Sie sah auf und blickte ihm mit einer Art von überdrüssigem Trotz in die Augen. „Ich hasste es.“

„Du hast eine Aufgabe zu erledigen“, murmelte er und fasste nach ihrer Hand, ehe es ihm recht zu Bewusstsein kam.

„Ich weiß. Ich habe es nicht vergessen.“ Instinktiv verschränkte sie ihre Finger mit seinen. „Es geht nicht darum, ob es mir gefällt.“ Es war ihr klar, dass sie jetzt nicht mehr zurückkonnte, nicht, nachdem sie dieses Foto gesehen hatte – nicht, wenn sie sich vorstellte, was Susan Fisher empfunden hätte, wenn sie es gesehen hätte.

Als die Kellnerin neben sie trat, sah Laurel hoch. Sie musste dieses Bild aus ihrem Kopf verbannen. Vielleicht war sie schwach, aber sie musste es. „Martini“, sagte sie impulsiv. „Einen trockenen Martini mit einem Hauch Wermut.“

„Zwei“, sagte Matthew und sah Laurel mit einem schiefen Lächeln an. „Das hilft nur zeitweilig, Laurellie.“

„Für den Augenblick ist es richtig.“

Er nickte und lächelte, weil er sah, dass sie einen Drink nötig hatte. Er lehnte sich zurück und zündete sich eine neue Zigarette an. „Warum erzählst du mir nicht von den Trulanes?“

„Was soll ich dir erzählen?“

„Alles, Laurellie.“

„Na schön – aber nenn mich nicht bei diesem Namen. Zuerst also die Vorgeschichte“, fing Laurel an. „‚Heritage Oak‘ wurde Anfang des neunzehnten Jahrhunderts errichtet. Die Plantage war riesig und reich. Den Trulanes gehört immer noch mehr Land in diesem Teil von Louisiana als jedem anderen. Neben Baumwolle und Viehzucht beschäftigten sie sich mit dem Schiffsbau. Nach dem Krieg haben die Gewinne daraus die Plantage am

Leben erhalten. Soweit man zurückdenken kann, haben die Trulanes in New Orleans immer eine wichtige Rolle gespielt, gesellschaftlich, finanziell und politisch. Ich bin sicher, Grandma kann dir eine Menge Geschichten über sie erzählen."

„Zweifellos", pflichtete Matthew ihr bei. „Aber überspring die alten Zeiten etwas und berichte mehr aus diesem Jahrhundert."

„Ich wollte dir nur den Hintergrund schildern." Laurel nahm einen Schluck aus ihrem Glas und spielte mit dem Strohhalm. „Beauregard Trulane ..."

„Wie bitte?"

„Es gibt immer einen Beauregard", sagte sie hochmütig. „Er erbte ‚Heritage Oak' nach seiner Hochzeit. Er hatte drei Kinder: Marion, Louis und Charles." Sie lächelte Matthew über ihr Glas hinweg an. „Er war ein riesiger Mann, polternd und theatralisch. Grandma liebte ihn geradezu. Ich habe mich tatsächlich manchmal gefragt ... nun ja." Sie zuckte lächelnd die Schultern. „Seine Frau war schön, eine sehr ruhige, eitle Person. Marion sieht ihr sehr ähnlich. Tante Ellen – so habe ich sie genannt – starb weniger als sechs Monate nach meiner Mutter. Ich war damals ungefähr sechs ... In meiner Vorstellung habe ich die beiden immer ein wenig verwechselt."

Mit einem Schulterzucken leerte sie ihr Glas, ohne

zu bemerken, dass Matthew eine neue Runde bestellte. „Wie dem auch sei, nach ihrem Tod verfiel der alte Beau mehr und mehr. Louis fing an, sich um die Geschäfte zu kümmern. Eigentlich war er noch viel zu jung, um mit all den Problemen fertig zu werden, aber er hatte keine andere Wahl. Er musste damals ungefähr achtzehn oder neunzehn gewesen sein, und ich nehme an, ich habe ihn da schon angehimmelt. Für mich war er eine Mischung aus einem Märchenprinz und Robin Hood. Zu mir war er nett, lachte immer und war voller Späße. Und so möchte ich ihn auch in Erinnerung behalten", flüsterte sie und starrte auf ihren neuen Drink hinunter.

„Die Dinge ändern sich", sagte Matthew knapp. Wie kommt ein Mann gegen Kindheitserinnerungen an? fragte er sich frustriert bei Laurels Gesichtsausdruck. „Du bist kein Kind mehr, Laurel."

Sie sah ihn mit festem Blick an. „Nein, aber ein Großteil meiner Ansichten über Louis sind die eines Kindes."

Er neigte den Kopf und zwang sich zur Ruhe. „Erzähl mir von Marion."

„Sie ist einige Jahre älter als Louis und wie ich schon sagte, sieht sie aus wie ihre Mutter. Als ich jung war, habe ich sie immer als meine Fee betrachtet. Sie war so eindrucksvoll und schön."

Das Bild dunkler Eleganz und makelloser Haut schoss ihm durch den Kopf. „Ja, das ist mir auch aufgefallen."

„Sie ist zu alt für dich", sagte Laurel, ohne nachzudenken, und sah Matthew stirnrunzelnd an, als er in Lachen ausbrach. „Halt den Mund, Matthew, und lass mich zu Ende erzählen."

„Ich bitte um Verzeihung", sagte er ironisch.

„Marion pflegte mich zu sich einzuladen", fuhr Laurel fort und leerte hastig ihren zweiten Martini. „Sie bot mir Tee und Gebäck in ihrem Salon an. Sie wusste, dass ich Louis anbetete, und sagte immer, ich solle mich beeilen und schneller groß werden, damit Louis mich heiraten könne. Ich verehrte auch sie."

„Sie hat nie geheiratet?"

„Nein. Grandma meint, sie sei zu wählerisch gewesen, aber ich glaube, sie hatte eine unglückliche Liebesaffäre. Ich war einmal an einem grauen, trüben Tag bei ihr, und da sagte sie mir, es reiche, wenn eine Frau einmal eine große Liebe in ihrem Leben gehabt habe. Damals dachte ich natürlich, sie spreche von Louis und mir, aber als ich älter wurde und mich daran erinnerte, wie sie dabei ausgesehen hatte …" Seufzend griff Laurel nach ihrem Glas. „Frauen wie Marion sind sehr sensibel und leicht verletzbar."

Matthew sah sie an, die weiche Haut, weiche Lippen, weiche Augen. „Ist das so?“

„Charles war anders.“ Laurel verdrängte die Erinnerung und lehnte sich mit ihrem Drink zurück. „Ich glaube, er war ein wenig wie Curt, und ich sah ihn als zweiten Bruder. Er war verträumt und zerstreut. Er wollte Künstler werden, und wenn er nicht malte, dann las er oder hielt sich am Jackson Square auf. In der großen Halle hatte man einige seiner Bilder ausgestellt – bis er verschwand.“

„Mit der ersten Mrs. Trulane“, fügte Matthew hinzu.

„Ja, vor zehn Jahren. Es war ein scheußlicher Skandal, der eine Menge Kummer mit sich brachte und für reißerische Schlagzeilen sorgte.“ Bei dem Gedanken an diese gegensätzlichen Loyalitäten schüttelte sie seufzend den Kopf. Die Martinis machten ihr alles leichter. „Grandma könnte dir darüber sehr viel mehr erzählen, aber soweit ich mich erinnere, kam Louis eines Tages von einer Geschäftsreise zurück und musste feststellen, dass Elise und Charles verschwunden waren. Unter der Dienerschaft verbreitete sich das Gerücht, sie hätten ihm einen Brief hinterlassen. Das meiste ihrer Garderobe und Charles' sämtliches Malgerät waren auch nicht mehr da.“

Laurel sah an Matthew vorbei, ohne zu bemerken, dass sich die Bar füllte. Jemand spielte Klavier im Hintergrund. „Damals hat sich Louis verändert. Er hat sich von allen zurückgezogen. Bei den wenigen Malen, die ich ihn dann noch gesehen habe, war er kein fröhlicher Mensch mehr. Soweit ich weiß, hat er niemals etwas von Charles oder Elise gehört. Vor ungefähr vier Jahren hat er die Scheidung beantragt. Marion berichtete mir, er habe es aus rein gesetzlichen Erwägungen heraus getan, aber dass er sehr, sehr verbittert war. Sie machte sich über ihn Sorgen. Und seine zweite Eheschließung war für jedermann eine Überraschung."

Versonnen sah sie dem Rauch seiner Zigarette hinterher. „Ich rief an, weil ich erstens hoffte, dass er wirklich glücklich sei und weil zweitens Louis Trulanes neue Heirat eine gute Geschichte abgab. Er klang fast wie früher – älter, gewiss, aber etwas von seiner ehemaligen Lebensfreude war wieder da. Er wolle mir kein Interview geben, sagte er …" Stirnrunzelnd versuchte sie, sich an seine Worte zu erinnern. „Er sagte, er habe ein Kind geheiratet und wolle eine Zeitlang in Ruhe gelassen werden."

Matthew drückte sorgfältig seine Zigarette aus. „Was weißt du über die erste Mrs. Trulane?"

„Kaum etwas." Laurel blickte auf und lächelte trocken. „Außer, dass ich schrecklich eifersüchtig auf sie war. Sie war irgendwie reizvoll auf eine weiche, unergründliche Art, die sich schlecht definieren lässt. Ich erinnere mich an die Hochzeit – Elise trug Seide mit Brüsseler Spitzen und eine endlose Schleppe. Sie sah wie …" Sie brach ab, ihre Augen weit geöffnet, das Glas halb emporgehoben. „Oh Gott, sie sah wie …"

„Wie die zweite Mrs. Trulane aus", beendete Matthew den Satz. Er lehnte sich zurück und rief die Kellnerin wieder zu sich. „So, so."

„Das bedeutet gar nichts", sprach Laurel hastig weiter. „Nur, dass sich Louis zu einem bestimmten Frauentyp hingezogen fühlte. Die Ähnlichkeit zu seiner ersten Frau macht ein Motiv für den Mord nicht wahrscheinlicher."

„Es ist das Naheliegendste, was wir haben. Und wir sind noch weit von der Gewissheit entfernt, dass Anne Trulane ermordet wurde." Matthew hob eine Augenbraue, während er Laurel betrachtete. „Du eilst sehr schnell zu seiner Verteidigung, Laurellie. Es wird dir schwer fallen, sachlich zu urteilen, wenn du dich nicht von deiner Kindheitsschwärmerei befreist."

„Das ist lächerlich."

„Wirklich?" Seine Lippen verzogen sich amüsiert.

„Hör zu, Matthew, ich denke immer sehr sachlich, und was meine Gefühle für Louis angeht, sie werden meine Arbeit bestimmt nicht beeinflussen." Sie sah auf ihr leeres Glas. „Ich habe nichts mehr zu trinken."

„Das sehe ich." Diesmal verhehlte er seine Belustigung nicht. Wenn Laurel indigniert war, wirkte sie äußerst anziehend. Aber für heute hatten sie beide genug von den Trulanes, entschied Matthew. Unauffällig tauschte die Kellnerin die leeren Gläser gegen volle aus. „Lassen wir das bis morgen. Warum hältst du mich nicht über deinen bevorzugten Stadtverordneten auf dem Laufenden?"

„Und warum lässt du Jerry nicht aus dem Spiel?"

„Jeder hat das Recht auf ein Hobby."

„Sei nicht so blasiert und überheblich", murmelte sie in ihr Glas. „Jerry ist ein sehr – sehr …"

„Aufgeblasener Esel?" half Matthew höflich nach und lächelte, als sie in helles Lachen ausbrach.

„Verdammt, Matthew, wenn mein Verstand nicht so benebelt wäre, würde ich dir schon die passende Antwort geben." Sie blies sich das Haar aus der Stirn, setzte ihren Drink ab und faltete ihre Hände. „Ich finde deine ständigen, unhöflichen Bemerkungen über Jerrys Persönlichkeit störend."

„Weil ich Recht habe?"

„Ja. Ich hasse es wirklich, wenn du Recht hast."

Er grinste, warf ein paar Geldscheine auf den Tisch und stand auf. „Ich bringe dich nach Hause, Laurel. Wollen wir hoffen, dass die frische Luft dir den Kopf nicht klärt – du könntest empfänglich sein für einige meiner niederen Instinkte."

„Um das zu sein, brauche ich mehr als drei Martinis." Sie blieb stehen und atmete tief aus, während der Boden unter ihr leicht schwankte.

„Vier", murmelte er, als er ihren Arm nahm. „Aber warum sie zählen?"

„Ich halte mich nur deshalb an dir fest, weil ich es muss", erklärte Laurel ihm beim Hinausgehen. „Ob du es glaubst oder nicht, nach ein paar Häuserblocks werde ich es auch allein schaffen."

„Teile mir bitte mit, wenn du solo gehen willst."

„Wie viele hast du getrunken?"

„So viele wie du auch."

Laurel lehnte ihren Kopf zurück, um ihn anzuschauen, und stellte fest, dass sich ihr die Martinis nicht allzu unerfreulich im Kopfe drehten. „Nun, du bist größer und schwerer", setzte sie kess hinzu. „Ich bin äußerst zierlich gebaut."

„Auch das ist mir aufgefallen."

„Tatsächlich?"

„Man könnte sagen, ich habe eine Studie daraus gemacht – journalistisch gesehen."

„Und was soll das bedeuten?"

Er blieb lange genug stehen, um mit seinen Lippen

ihre zu berühren. „Bring dein Glück nicht in Versuchung.“

„Du hast eine komische Art zu küssen“, murmelte sie, während sie den Kopf an seine Schulter lehnte. „Ich weiß nicht, ob ich es mag.“

„Über das Thema können wir uns später unterhalten.“

„Ich dachte wirklich, du hättest eine andere Technik“, fuhr sie fort. „Viel, viel … du weißt schon … aggressiver.“

„Hast du viel Zeit damit zugebracht, über meine Technik nachzudenken?“ entgegnete er.

„Ich habe ein paar Gedanken daran verschwendet – journalistisch gesehen.“

„Es wäre sicherer, diese Diskussion aufzuschieben, bis du wieder geradeaus gehen kannst.“ Sie traten in den Hof des Gebäudes, das sie beide bewohnten.

„Weißt du, Matthew …“ Laurel hielt sich am Geländer fest, als sie die Treppe hinaufgingen. „Du bist gar nicht mal so schlimm nach drei Martinis.“

„Vier“, murmelte er.

„Sei nicht so pingelig, wenn ich mich schon entschlossen habe, dich zu tolerieren.“ Sie machte ihre Handtasche auf und fing an, nach ihren Schlüsseln zu suchen. „Hier, halte mal.“ Sie kramte weiter. „Ah, da sind sie ja. Immer sinken sie ganz nach unten.“

Er nahm ihr die Schlüssel ab. „Lädst du mich ein?“ Er fragte sich, ob sie allein zurechtkommen würde. „Wir sind seit fast einem Jahr Nachbarn, und du hast mich noch nie zu dir gebeten.“

„Welch schlimmes Betragen.“ Mit einem verschwommenen Lächeln forderte Laurel ihn auf einzutreten.

Der Raum war wie seine Bewohnerin – weich, elegant und charmant. Es roch angenehm, nach einem Hauch Lavendel. Alles war in Creme- und Rosé-Tönen gehalten. Es gab Spitzenvorhänge und ein Samtsofa. An einer Wand hing über einem blinkenden Teekessel ein gerahmtes Varieté-Poster von 1890.

„Es passt zu dir.“

„Wirklich?“ Laurel sah sich um, sichtlich mit sich selbst zufrieden. „Es ist schon komisch, aber selbst wenn ich deine Wohnung sehen würde, wüsste ich nicht, ob sie zu dir passt.“ Sie fuhr sich mit der Hand durch das Haar und versuchte, ihren Blick fest auf Matthew zu richten. „Ich verstehe dich überhaupt nicht. Gerahmte Zeitungsausschnitte oder Picassos. Auf eine sehr eigentümliche Weise bist du ein faszinierender Mann.“

Wieder lächelte sie ihn an. In diesem Augenblick wusste Matthew nicht, ob sie bewusst herausfordernd war oder die Martinis diese Wirkung bei ihr hervorgerufen hatten. So oder so, es war nicht leichter für ihn. Er hatte nicht viele Regeln, aber eine davon hieß: nie eine Frau ausnutzen, die sich möglicherweise am nächsten Morgen nicht mehr daran erinnern wollte.

„Du bist ein netter Kerl, Matthew." Lachend drehte sich Laurel zu ihm um und stolperte in seine Arme. Lächelnd schlang sie ihm die Arme um den Nacken. „Du hast hinreißende Augen", sagte sie seufzend. „Ich nehme an, das hat dir schon so gut wie jede gesagt."

„Ständig." Er legte die Hände auf ihre Hüften, um sie von sich fort zu schieben. Irgendwie drückte sie sich an ihn, und seine Finger fuhren über den dünnen Stoff ihrer Bluse. Das Verlangen durchfuhr ihn wie ein Blitz. „Laurel …"

„Vielleicht solltest du mich nochmal küssen, damit ich herausfinde, warum ich mir dauernd einrede, dass ich dich nicht mag."

„Morgen", murmelte er, während er seinen Mund dem ihren näherte, „wirst du dich, wenn du dich daran erinnern solltest, für diese Bemerkung verabscheuen."

„Mmm, ich weiß." Sie senkte die Wimpern, als seine Lippen ihren Mund streiften. „Das ist kein Kuss." Sie holte tief Luft, als sie ein kribbelndes Gefühl verspürte. „Es ist herrlich." Sie strich ihm mit der Hand durch das Haar. „Mehr …"

Zur Hölle mit meinen Regeln, dachte Matthew. Wenn er für das bezahlen sollte, was er sich jetzt nahm, dann würde er bezahlen. Stürmisch riss er sie an sich und presste den Mund auf ihren.

Laurel suchte seine Zunge mit der ihren und ließ ihn ihre Leidenschaft und Erregung spüren. Sie ließ nicht von ihm ab. In diesem Moment, da sie vor Verlangen zitterte, spielte es keine Rolle mehr, dass ausgerechnet Matthew es war, der diesen Funken in ihr entfachte und ihre geheimsten Wünsche weckte. Niemand anderer hatte es je getan. Und niemand anderer würde es je können. Hinter all den wirbelnden Gedanken in ihrem Kopf stand nur ein einziger: mehr!

Sie schmeckte nicht so delikat wie sie aussah, sondern wild und herausfordernd. Ihr Duft war leicht, romantisch, und ihr Mund voller Leidenschaft. Ihre Brüste pressten sich an ihn, und ihre Hände suchten und fanden. Unter Drohungen, Versprechen, Bitten suchten seine Lippen ihren Mund und nahmen sich, wonach ihm verlangte.

Plötzlich stemmte Laurel ihre Hände fest gegen seine Brust. Sie wollte es nicht noch einmal riskieren, dass sich der Raum um sie drehte. „Ich werde jetzt schlafen gehen."

Um seine Mundwinkel zuckte ein Lächeln. „Ich liebe aggressive Frauen."

„Allein", erklärte Laurel ihm und zwang sich, nicht zu lachen.

„Welche Verschwendung", murmelte er, nahm ihre Hand und küsste ihr Handgelenk. Er spürte das wilde Klopfen ihres Pulses.

„Matthew, nicht."

Er sah sie an. Es wäre so leicht, so sehr leicht. Er müsste sie nur an sich ziehen und ein einziges Mal noch küssen. Sie wussten es beide. Sie wollte es, er wollte es, doch keiner von beiden wusste genau, wie es dazu gekommen war.

„An deiner Stelle würde ich jetzt ein Aspirin nehmen, Laurellie. Morgen früh wirst du es bei dem zu erwartenden Kater dringend nötig haben."

Matthew verwünschte sich, aber er ging zur Tür, dann schloss er sie fest hinter sich.

5. KAPITEL

„Zum Teufel mit dir, Matthew!“ Laurel starrte ihr bleiches, fahles Spiegelbild im Badezimmer an, während ihr dumpfe Hammerschläge im Kopf zu dröhnen schienen. Warum musste er immer Recht behalten?

Sie griff nach den Aspirintabletten und knallte die Tür ihres Medizinschränkchens zu. Prompt stöhnte sie erbärmlich auf und fasste sich an den Kopf. Laurel wusste, er würde ihr nicht herunterfallen, aber genau das wünschte sie sich.

Sie hatte es verdient. Sie schluckte die beiden Aspirin und schüttelte sich. Das Pochen fing wieder an – an der Haustür und in ihrem Kopf. Wer immer das war, er gehörte langsam und qualvoll ins Jenseits befördert, fand sie, als sie sich mühsam zur Tür schleppte.

„Guten Morgen, Laurellie.“ Matthew lehnte gegen den Türrahmen und lächelte sie an. Sein Blick glitt über ihren kurzen, dünnen Überwurf. „Das, was du anhast, gefällt mir.“

Er war, wie immer, leger angezogen, sah frisch aus und war offensichtlich bester Verfassung. Sie fühlte sich, als wäre sie durch eine Wüste gestolpert und hätte eine Menge Sand dabei verschluckt. „Ich habe verschlafen“, murmelte sie, kreuzte die Arme und wartete auf seine hämischen Bemerkungen.

„Hast du schon Kaffee getrunken?"

Sie sah ihn argwöhnisch an, als er die Tür schloss. Vielleicht wartete er nur auf den passenden Moment für eine boshafte Bemerkung. „Nein."

„Ich mach dir welchen", sagte er freundlich und begab sich in die Küche.

Laurel starrte hinter ihm her. Keine Schadenfreude, keine klugen Ratschläge?

Sie war auf einen Schlagabtausch vorbereitet gewesen, dachte Matthew, als er nach der Kaffeedose griff. Und alles, was sie wirklich tun wollte, war zurück in ihr Bett kriechen und schlafen. Was für eine Frau, dachte er wieder. Beinahe ganz so wie ihre Großmutter.

In Gedanken kam er wieder auf den vergangenen Abend zurück: Weil es ihm ratsamer erschienen war, nicht in seinem Apartment zu bleiben, nur eine Wand von Laurel entfernt, hatte Matthew sich in sein Auto gesetzt, um sich von ihr abzulenken. Olivia Armand würde sich als Informationsquelle erweisen, und ihre Meinung über die Trulanes war mit Sicherheit weniger voreingenommen als Laurels.

Mit einem Blick, aus dem sowohl Verwunderung als auch Vergnügen sprach, begrüßte Olivia ihn auf der

Terrasse. „Sieh an, sieh an, der Abend scheint sich zu entwickeln."

„Miss Olivia." Matthew hob die knochige, beringte Hand an seine Lippen und küsste sie. Sie roch nach frischem Jasmin. „Ich bin ganz verrückt nach Ihnen."

„Das waren sie alle", sagte sie mit einem sinnlichen Lachen. „Setzen Sie sich, und nehmen Sie einen Drink, Matthew. Haben Sie meine Enkelin schon nachgiebig gemacht?"

Matthew dachte an die leidenschaftliche Frau, die er vor nur einer Stunde in den Armen gehalten hatte. „Ein wenig", murmelte er.

„Sie sind langsam, Junge."

„Ich habe stets gemeint, ein Mann sei erfolgreicher, wenn er methodischer vorgeht." Er reichte ihr einen Drink, ehe er sich neben sie setzte.

„Sie leisten mir dabei nicht Gesellschaft?"

„Es ist so schwer genug, in Ihrer Nähe einen klaren Kopf zu behalten." Während sie lachte, lehnte er sich zurück und zündete eine Zigarette an. „Wo ist Susan?"

„Oben, völlig schockiert von meinen Tagebüchern."

„Was halten Sie von ihr?"

Olivia nahm langsam einen Schluck. Die Diamanten an ihrer Hand blitzten im Mondschein. Die Hängelaterne an der Tür wurde von Insekten umschwärmt, die gegen das Glas stießen. Schwer lagen die Düfte des Gartens in der Luft. „Ich finde, sie ist ein kluges Mädchen. Gut erzogen, ein bisschen durcheinander und traurig, aber stark genug."

„Sie behauptet, ihre Schwester sei ermordet worden."

Die schmalen weißen Augenbrauen hoben sich, eher nachdenklich als überrascht, wie Matthew fand. „Darum dreht sich also das Ganze. Interessant." Sie trank einen weiteren Schluck und klopfte dann mit den Fingern leicht gegen das Glas. „Das arme Mädchen wurde von einer Schlange in den hinter ‚Heritage Oak' liegenden Sümpfen gebissen. Erklären Sie mir, warum Susan es für einen Mord hält."

In dem kurzen, präzisen Stil, den Matthew in seinen Artikeln verwandte, berichtete er ihr von den Ereignissen des Tages.

„Die Sache ist also noch nicht so aus der Welt, wie Trulanes es gerne hätten", bemerkte Olivia. „Nun, Matthew, Mord und Geheimnisse halten das Blut in Wallung, aber Sie erzählen mir dies alles doch nicht, um meine Arterien vor der Verkalkung zu bewahren!"

Er grinste. Sie brachte ihn immer dazu. Er lehnte sich zurück und lauschte den Geräuschen der Nacht. „Ich weiß, was man über die Trulanes wissen sollte, und

Laurel hat mir noch einige Dinge mehr erzählt – durch die rosarote Brille gesehen", fügte er hinzu.

„Ein Anflug von Eifersucht ist gesund", fand Olivia. „Das treibt Sie an."

„Worauf ich hinauswollte", sagte Matthew trocken, „ist, dass Sie mir von Trulanes erzählen."

„Schön. Wir werden in den Garten gehen. Ich werde steif, wenn ich so lange sitzen muss."

Matthew nahm die Hand, die sie ihm entgegenstreckte, und half ihr auf. Sie war klein, es überraschte ihn immer wieder. Sie hatte einen leichten Gang. Wenn sie in ihren Gelenken Schmerzen hatte oder eine Behinderung verspürte, so zeigte sie es nicht. Er hatte nicht gelogen, als er gesagt hatte, er sei verrückt nach ihr. Fünf Minuten nach ihrem ersten Kennenlernen hatte er Gefallen an ihr gefunden, und es war ihm nie schwer gefallen zu verstehen, warum sie eine der umworbensten Schönheiten der Gegend gewesen sein musste – erst als Mädchen, dann als Frau, später als Witwe.

„Marion wurde in Frankreich erzogen", fing Olivia an. „Es gab Gerüchte über eine unglückliche Liebesgeschichte, aber sie hat nie ein Wort darüber verloren. Sie ist still, aber scharfsinnig, das war sie immer. Bei all ihren karitativen Engagements und eleganten Manieren ist sie auch ein Snob. Ich mag das Mädchen recht gern, aber sie ist nicht wie ihre Mutter, wie manche Leute gerne annehmen."

Matthew lachte und tätschelte Olivias Hand, die sie unter seinen Arm gehakt hatte. „Ich wusste, Miss Olivia, dass ich von Ihnen die ungeschminkte Wahrheit hören würde."

„Ich hasse Umwege. Nun, Charles war wie seine Mutter", sprach sie weiter. „Ein gut aussehender Junge, den Kopf in den Wolken. Doch er besaß Talent. Er hatte Hemmungen, es zu zeigen, aber er besaß Talent. Eines seiner Aquarelle hängt bei mir im Salon."

Dann musste er gut gewesen sein, überlegte Matthew. Olivia mochte wohl die Versuche eines jungen Nachbarn käuflich erwerben, aber sie würde sie nie in „Promesse d'Amour" aufhängen, wenn sie es nicht wert waren.

„Ich war von ihm enttäuscht, dass er mit der Frau seines Bruders durchbrannte." Da ihr Matthews ironischer Seitenblick auffiel, drohte sie ihm mit dem Zeigefinger. „Ich habe meine Standards, Yankee. Wenn Louis' Frau und sein Bruder sich haben wollten, dann hätten sie es ehrlich sagen sollen, statt sich mitten in der Nacht wie Diebe davonzuschleichen. Louis hätte es leichter überwunden."

„Erzählen Sie mir von ihm."

„Er war Laurels erste Liebe." Sie lachte auf bei

Matthews Gesichtsausdruck. „Beruhigen Sie sich, Matthew, jede Frau hat das Recht auf einen Märchenprinzen. Als er jung war, war er ein lebenslustiger, aufregender Mann. Er ging in seiner Familie und deren Geschäft ganz auf, aber er war nicht langweilig oder spießig. Damit hätte ich mich nie begnügt. Ich glaubte, er liebte seine erste Frau zutiefst und der Verrat zerstörte ihn. Es war auch nicht gerade eine Hilfe, als Gerüchte umliefen, sie habe ein Kind von Charles erwartet."

„Sind Sie je Anne Trulane begegnet?"

„Nein, Louis war sehr selbstsüchtig mit ihr, und ich hatte das Gefühl, er habe ein Recht dazu." Sie seufzte und brach eine Blüte von einer Azalee. „Sie planten einen Empfang für den September. Marion erzählte mir, es würde eine riesige, spritzige Angelegenheit werden, Anne in die Gesellschaft von New Orleans einzuführen. Sie sagte, das arme Kind sei bei diesem Gedanken zwischen Aufregung und Schrecken hin und her gerissen. Ich gebe zu, ich war neugierig, sie aus der Nähe kennen zu lernen. Man sagte, sie sehe Elise ähnlich."

„Man?" wiederholte Matthew.

„Das Hauspersonal." Sie wandte sich dem Hause zu und erinnerte sich flüchtig an die Zeiten, wo sie stundenlang im Garten spazieren gehen oder herumrennen konnte. „Wenn ich wissen möchte, was in ‚Heritage

Oak' los ist, dann frage ich meine Köchin. Sie erzählt mir dann, was deren Köchin ihr erzählt hat." Sie seufzte genüsslich auf. „Ich liebe Spionage."

„Erinnern Sie sich an Elise Trulanes Aussehen?"

„Mein Gedächtnis ist zweimal so alt, wie Sie es sind." Olivia lachte, genoss eher die Erinnerung an diese Jahre, als dass sie sie bedauerte. „Und mehr."

Trotz der Falten, die die Zeit herausgearbeitet hatte, war ihr Gesicht im Mondlicht schön und sinnlich. Die Hand unter seiner Hand war vor Alter trocken. Aber stark. „Miss Olivia, wo könnte ich noch jemanden finden wie Sie?"

„Direkt vor Ihrer Nase, Sie begriffsstutziger Yankee." Mit einem zufriedenen Laut nahm sie wieder auf ihrem Sessel Platz. „Oh, Susan, kommen Sie." Sie winkte der Frau zu, die zögernd an der Gartentür stehen geblieben war. „Armes Kind", sagte sie zu Matthew, „sie wird noch immer rot. Wie haben Ihnen meine Aufzeichnungen gefallen?"

„Sie sind sehr – farbig. Sie haben ein …" Wie sagte man so etwas am besten? „Ein erfülltes Leben gehabt, Mrs. Armand."

Olivia lachte hellauf. „Verwässern Sie es nicht, liebes mein Kind. Ich habe gesündigt und habe davon jede Minute genossen."

„Einen Drink, Susan?“ Matthew führte sie zu einem Stuhl.

„Nein, danke. Laurel ist nicht bei Ihnen?“

„Ich bringe sie nicht gern mit, wenn ich mit Olivia flirte“, sagte er leichthin und freute sich, Susan lächeln zu sehen. „Da ich schon einmal hier bin, frage ich mich, ob Sie sich an einige Namen erinnern können, die Anne in ihren Briefen erwähnt haben könnte, irgendetwas Ungewöhnliches oder Unnormales, das sie berichtet hat.“

Susan hob die Hände und ließ sie wieder sinken. „Sie schrieb meistens über Louis und das Haus ... Marion, natürlich. Sie hatte begonnen, Marion gern zu haben. Das Hauspersonal, eine Binney, eine Cajun – eine Frau, von der Anne sagte, sie leite das Haus.“

Susan dachte zurück und versuchte, sich an die Einzelheiten zu erinnern, die Matthew interessieren könnten. „Ich hatte den Eindruck, als wäre sie noch nicht die eigentliche Herrin des Hauses. Anne war ein wenig überwältigt davon, Personal zu haben.“

„Irgendjemand außerhalb der Familie?“

„Eigentlich kannte sie sonst niemanden. Oh, da war einer von Louis’ Steuerberatern, Nathan Brewster. Sie hat ihn einige Male erwähnt. Ich nehme an, er war ins Haus gekommen, um mit Louis die Unterlagen durchzuarbeiten. Er machte Anne nervös.“ Wieder lächelte Susan, doch dieses Mal war es ein trauriges Lächeln. „Anne war bei Männern sehr schüchtern. Für sie zählte nur Louis. Er lehrte sie reiten …“

„Nathan Brewster“, murmelte Olivia. „Ich habe von ihm gehört. Ein kluger Junge. Ihr Alter, Matthew. Es heißt, er habe ein unangenehmes Wesen, vor einigen Jahren habe er beinahe einen Mann umgebracht. Es schien, als wäre dieser Mann mit Brewsters Schwester zu freundschaftlich umgegangen.“

„Gibt es irgendetwas, das Sie nicht wissen, Miss Olivia?“

„Nicht die geringste Kleinigkeit.“ Sie lächelte und verlangte nach einem neuen Drink.

Matthew goss ihn für sie ein. „Susan, haben Sie ein Bild von Anne?“

„Ja, möchten Sie es haben?“

„Ich würde es gern sehen.“

Nachdem sie aufgestanden und ins Haus gegangen war, reichte Matthew Olivia ihren Drink. „Wissen Sie etwas darüber, dass es in den Sümpfen hinter ‚Heritage Oak‘ angeblich spukt?“

„Sagen Sie das nicht so von oben herab, Matthew“, riet sie. „Wir Kreolen haben mehr Verständnis für das Übernatürliche als ihr Yankees. In den meisten

Sümpfen spukt es“, sagte sie ganz ruhig, während sie ihren Bourbon im Glas schwenkte. „Die Gespenster in ‚Heritage Oak‘ gab es schon vor dem Krieg.“

Matthew setzte sich bequem hin. Er wusste, es gab nur einen Krieg, den Olivia für erwähnenswert hielt – den amerikanischen Bürgerkrieg. Er erinnerte sich, dass Laurel genau dasselbe getan hatte. „Erzählen Sie mir.“

„Eine der Frauen der Trulanes pflegte ihren Liebhaber dort zu treffen. Verdammt unbequemer Ort für einen Ehebruch“, setzte sie ganz praktisch hinzu. Als Matthew nur lachte, fuhr sie unbeirrt fort. „Als ihr Mann die beiden entdeckte, erschoss er sie erbarmungslos und ohne mit der Wimper zu zucken – die Waffe befindet sich noch heute in einer Vitrine in der Bibliothek – und warf ihre Körper in den Treibsand. Seit damals wurden gelegentlich Lichter gesehen, oder jemand hat eine Frau weinen gehört. Sehr romantisch.“

„Und für jemanden wie Anne Trulane Furcht erregend“, setzte er nachdenklich hinzu.

„Es ist nur ein Passbild“, sagte Susan, als sie zurückkam. „Aber es wurde vor weniger als einem Jahre gemacht.“

„Danke.“ Matthew betrachtete das Foto. Jung, süß, schüchtern. Diese Worte kamen ihm dabei in den Sinn. Und lebendig. Er erinnerte sich, wie sie an dem Morgen, als sie gefunden wurde, ausgesehen hatte. Er fluchte leise vor sich hin und gab Olivia das Bild.

„Kaum zu glauben“, sagte sie leise und klopfte mit dem Foto gegen ihre Handfläche. „Sie könnte Elise Trulanes Zwilling sein.“

Das Geräusch, das Laurel in ihrem Schlafzimmer machte, brachte Matthew wieder in die Gegenwart zurück. Er dachte an etwas anderes – ihnen stand ein weiteres Interview an diesem Tage bevor. Louis Trulane. Er nahm den Kaffee mit nach draußen auf die Galerie und wartete dort auf Laurel.

Als sie herauskam, starrte er, ganz in Gedanken, in den Hof hinunter. „Matthew?“

Er drehte sich um und sagte lächelnd: „Der Kaffee ist fertig.“

Laurel goss sich eine Tasse voll. Sie trug einen Rock aus reiner Baumwolle und eine Bluse, die die Hoffnung in ihm erzeugte, die Hitzewelle möge andauern. „Kein ‚Ich-habe-es-dir-ja-gleich-gesagt‘?“ fragte sie, ehe sie sich auf einen der weißen, gusseisernen Stühle setzte.

„Wenn man im Glashaus sitzt …“ erwiderte er und lehnte sich zurück gegen die Balustrade. „Ich kenne diesen Zustand am Morgen danach. Fühlst du dich besser?“

„Etwas. Ich werde zu Hause anrufen, ehe wir

fahren. Ich möchte mich vergewissern, dass Susan sich einlebt."

„Es geht ihr gut." Matthew überlegte, was eine Frau wie Laurel wohl unter einem Sommerkleid tragen mochte. Seide – sehr dünne Seide wahrscheinlich. „Ich habe sie und deine Großmutter gestern Abend getroffen."

Laurel hielt die Kaffeetasse mitten in der Bewegung zu ihren Lippen inne. „Du bist gestern Abend dort gewesen?"

„Ich kann mich von deiner Großmutter nicht fernhalten."

„Verdammt Matthew, das ist meine Story."

„Unsere Story", erinnerte er sie milde.

„So oder so, du hattest kein Recht, ohne mich dahin zu fahren."

Er stand auf und schenkte sich Kaffee ein. „Wenn ich mich richtig erinnere, warst du gestern Abend nicht in der Stimmung, Gesellschaft um dich zu haben. Wäre das anders gewesen", setzte er gleichmütig hinzu, „hätten wir deine Großmutter nicht aufgesucht."

Bei dieser Bemerkung verengten sich ihre Augen und sie stand auf. „Nur weil ich gestern etwas benommen war, Matthew, musst du dir nicht einbilden, dass du mich auch nur im Mindesten reizt." Weil er daraufhin nur ein Lächeln für sie übrig hatte, fuhr sie rasch fort.

„Jeder Mann kann nach vier Martinis gut aussehen. Sogar du.“

Er stellte seine Tasse sehr sorgsam ab.

„Dein Kopf ist heute Morgen wieder klar, Laurellie?“

„Perfekt, und ich finde es nicht in Ordnung, dass du meine Großmutter und Susan ohne mich nach Informationen aushorchst. Hättest du mir gesagt, was du vorhattest, dann hätte ich mehr Kaffee getrunken, kalt geduscht und mich zusammengerissen.“

„Vielleicht hättest du das getan.“ Er steckte seine Hände in die Taschen und wippte langsam auf den Hacken auf und ab. „Die Sache ist die, dass ich mich mit jemandem über die Trulanes unterhalten wollte, der sie etwas objektiver sieht.“

Wütend blitzte Laurel ihn an, beruhigte sich aber wieder und hasste ihn, weil er Recht hatte. „Lass uns fahren“, murmelte sie und wandte sich um.

„Laurel.“ Matthew hielt sie vor der Tür am Arm fest. „Es geht hier nicht um die Story“, sagte er ruhig. „Ich will nicht, dass dir wehgetan wird.“

Sie starrte ihn wachsam geworden an. Ich werde in Schwierigkeiten geraten, dachte sie. „Ich habe dich schon früher gebeten, auf mich keine Rücksicht zu nehmen“, murmelte sie.

„Zum Ausgleich werde ich dir später das Leben sauer machen. So wie du für Louis empfindest …“

„Er hat mit dem Ganzen nichts zu tun“, beharrte sie, war sich aber nicht mehr länger sicher, ob sie beide noch von der Story sprachen. „Lass mich allein damit fertig werden, Matthew. Ich kann es.“

Er zögerte. „Gut“, sagte er schließlich. „Lass uns fahren.“

Die Brise tat Laurel gut. Der leichte Wind strich angenehm durch die Fenster, während sie zur Stadt hinausfuhren. Mit zurückgelegtem Kopf und geschlossenen Augen hörte Laurel Matthews Bericht über seinen Besuch bei ihrer Großmutter am vergangenen Abend zu.

„Aus dem spöttischen Ton deiner Yankee-Stimme höre ich heraus, dass du nicht an die Trulane-Gespenster glaubst?“

„Und tust du es?“ Lächelnd sah er sie von der Seite her an. Als sie ihm nicht gleich antwortete, verlangsamte er die Fahrt, um sie genauer betrachten zu können. „Laurel?“

Sie zuckte die Schultern und strich sich gelegentlich über ihren Rock. „Lass es mich so ausdrücken, Matthew: Ich habe Kreolenblut in mir.“

Er konnte nicht umhin zu lächeln. „Gespenster, Laurel?“

„Die Atmosphäre", korrigierte sie ihn und fühlte sich zu etwas angestachelt, was sie lieber für sich behalten hätte. „Ich bin in diesen Sümpfen gewesen. Dort gibt es Blumen, wo man sie am wenigsten erwarten würde, kleine Flecken von Prärie, blaue Reiher, ruhiges Gewässer." Sie drehte sich auf ihrem Sitz, sodass der Wind ihr ins Haar fuhr und es zum Fenster hinausflattern ließ. „Dort gibt es auch Treibsand, scheußlich kleine Insekten und Schlangen. Schatten." Frustriert wandte sie den Kopf zurück und starrte durch die Windschutzscheibe. „Mir hat es dort nie gefallen. Es ist unheimlich. Es gibt Stellen, zu denen die Sonne nie vordringt."

„Laurel." Matthew hielt den Wagen am Eingang zu ‚Heritage Oak'. „Du lässt dich schon wieder von Kindheitseindrücken leiten. Es ist eine Gegend, das ist alles."

„Ich kann dir nur sagen, wie ich empfinde." Sie sah ihm in die Augen. „Und offensichtlich wie Anne Trulane empfand."

„Na schön." Im ersten Gang fuhr er das Auto zwischen die hohen Backsteinsäulen. „Aber für den Augenblick lass uns auf die Lebenden konzentrieren."

Die Eichen, die die Auffahrt säumten, waren alt und hoch, das spanische Moos, das von ihnen herunterrankte, graugrün und uralt. Es hatte sich nicht verändert, fand

Laurel auf den ersten Blick, ebenso wenig wie das Haus selbst.

Der Backsteinbau war schon gealtert, noch ehe sie geboren worden war. Es gab schwache Anzeichen von Verfall, aber die waren schon vorhanden gewesen, solange sie sich erinnern konnte. Der Stil des Hauses war klar und deutlich, nicht so spielerisch wie „Promesse d'Amour", aber nicht weniger schön. Es war von einem gedämpften Rot und hatte schwarze Balkone, deren zierlicher Schwung die Arroganz des Hauses nicht minderten. Wenn Laurel den Besitz ihrer Vorväter mit einer Frau verglich, dann ähnelte „Heritage Oak" einem Mann, kühn und zeitlos.

„Wie lange ist es schon her", murmelte sie, während sie aus dem Wagen stieg. Wieder etwas ruhiger geworden ging sie mit Matthew auf die breite, weiße Veranda zu. „Lass mich das hier in die Hand nehmen", sagte sie. „Ich kenne Louis und Marion."

„Kannte", korrigierte er sie. Ihm war die Art, wie sie das Haus betrachtet hatte, nicht entgangen. Es lag ein gewisses Glitzern in ihren Augen. „Menschen pflegen sich zu verändern. Ich will dir nichts versprechen, Laurel, aber ich werde mich nicht einmischen, solange ich es nicht für notwendig halte."

„Du bist ein harter Mann, Matthew."

„Ja." Er hob den Türklopfer und ließ ihn gegen das Portal aus Honduras-Mahagoni fallen.

Eine hoch gewachsene, eckig gebaute Frau kam an die Tür. Nach einem kurzen Blick auf Matthew richteten sich ihre nussfarbenen Augen auf Laurel. „Die kleine Miss Laurel", murmelte sie und hielt ihr zwei dünne Hände hin.

„Binney. Wie schön, dich wiederzusehen."

Josephine Binneford, die Haushälterin, hatte sich, seitdem Laurel sie vor zehn Jahren zum letzten Male gesehen hatte, wenig verändert. Ihr Haar war grauer geworden, aber sie trug es noch immer in einem strengen Nackenknoten. Vielleicht hatte sie ein paar Falten mehr im Gesicht bekommen, aber sie fielen Laurel nicht auf.

„Die kleine Miss Laurel", wiederholte Binney. „So eine feine, schöne Dame heute. Keine zerkratzten Knie mehr?"

„Nicht in der letzten Zeit." Lächelnd beugte Laurel sich vor und strich ihr über die Wange. Sie roch nach Wäschestärke und Flieder. „Du siehst ganz wie früher aus, Binney."

„Du bist noch immer viel zu jung, um zu wissen, wie schnell die Zeit verfliegt." Sie trat zurück und bat sie ins Haus hinein, ehe sie die Tür wieder vor dem gleißenden

Sonnenlicht und der Hitze zumachte. „Ich werde Miss Marion sagen, dass Sie hier sind."

Mit einem arthritischen Humpeln ging sie ihnen in den Salon voran. „Revenez bientôt", murmelte sie und drehte sich zu Laurel um. „Cette maison a besoin de jeunesse." Damit wandte sie sich ab und ging die Treppe nach oben.

„Was hat sie gesagt?" fragte Matthew, während Laurel hinter ihr herstarrte.

„Nur, dass wir wiederkommen sollen." Sie kreuzte die Arme vor der Brust, als fröstelte sie plötzlich. „Sie sagt, das Haus brauche die Jugend." Sie ging in den Salon hinein.

Wenn auch die Menschen sich veränderten, dachte Laurel, dies bleibt immer gleich. Den Raum hätte man ein Jahrhundert zurückversetzen können. Er würde auch im nächsten Jahrhundert nicht anders aussehen.

Das Sonnenlicht schimmerte durch die hohen, mit königsblauen Portieren umrahmten Fenster. Es fiel auf Mahagonitische und malte helle, rote Flecken darauf. Es glänzte auf einer handgeschliffenen Kristallvase, die eine längst verstorbene Braut der Trulanes an ihrem Hochzeitstag geschenkt bekommen hatte. Liebevoll umspielte es eine Porzellantänzerin, die für alle Zeiten allein in einem wirbelnden Walzer gefangen war.

Matthew beobachtete Laurels langen stummen Rundblick durch den Raum. Die Empfindungen, die sich auf ihrem Gesicht widerspiegelten, ließen Enttäuschung in ihm hochkommen, Eifersucht und Verlangen. Wie konnte er sie dazu bringen, sich ihm zuzuwenden, wenn so vieles in ihrem Leben noch daran gebunden war, was einmal gewesen war, wer einmal Bedeutung besessen hatte?

„Weißt du, Erinnerungen sind nette, kleine Besitztümer, Laurel", sagte er kühl, „solange du nicht die Gegenwart ignorierst."

Er wollte sie verändern, weil er mit ihrem Ärger leicht fertig werden konnte. Stattdessen wandte sie sich mit weichem Blick und verblüffter Miene zu ihm um. „Hast du denn Erinnerungen, Matthew?" fragte sie leise. „Einige von diesen netten, kleinen Besitztümern?"

Er dachte an ein Dach, das leckte, und eiskalte Fußböden und einen Teller, auf dem nie genug zu essen war. Er erinnerte sich an eine Frau, die hustete, fortwährend hustete, nachts in ihrem Bett, die ihre angegriffenen Lungen damit nur noch mehr schwächte. Und er erinnerte sich an das Versprechen, das er sich gegeben hatte, herauszukommen und die Frau mit sich zu nehmen. Es war ihm nur möglich gewesen, den ersten Teil seines Versprechens zu erfüllen.

„Ich habe sie“, sagte er grimmig. „Ich ziehe das Heute vor.“

Hinter dem bitteren Ton hatte sie etwas anderes vernommen. Verwundbarkeit. Automatisch streckte sie die Hand nach ihm aus. „Matthew …“

Nicht auf diese Weise, sagte er sich. In gar keinem Fall wollte er sie durch ihr Mitleid für sich gewinnen. Er nahm ihre dargebotene Hand, hob sie aber an seine Lippen. „Das Leben ist ein lächerlicher Kreis, in dem wir gefangen sind, Laurellie. Ich habe immer geglaubt, dass Erinnerungen zu schaffen mehr für sich habe, als sich von ihnen zu befreien.“

Sie zog die Hand zurück. „Du lässt mich nicht an dich heran, nicht wahr?“

„Heute.“ Er strich ihr mit den Fingern durch die Haare. „Lass uns auf das Heute konzentrieren.“

Unbeschreiblich verletzt wandte sie sich von ihm ab. „Es gibt kein Heute ohne das Gestern.“

„Verdammt, Laurel …“

„Laurel, es tut mir Leid, dass ich dich habe warten lassen.“ Marion glitt in den Raum, wie nur eine Frau von Stand es vermochte. Sie war wie immer in ein flatterndes, pastellfarbenes Gewand gekleidet, das stets um sie herum zu wehen schien. Als Laurel ihre weichen, schmalen Hände ergriff, fragte sie sich, wie jemand so viel kühle Schönheit ausstrahlen konnte. Marion ging auf die vierzig zu, aber sie war noch immer von einer makellosen Erscheinung, der man ihren Adel ansah. Ihr Parfüm war ebenso weich wie ihre Hände, ihr Haar, ihre Augen.

„Marion, du siehst wundervoll aus."

„Wie reizend." Marion drückte Laurels Hände, ehe sie sie losließ. „Ich habe dich ja seit dieser Wohltätigkeitsveranstaltung vor zwei Monaten nicht mehr gesehen. Es war eigenartig, dich dort mit deinem Block und Kugelschreiber zu sehen. Bist du mit deinem Beruf zufrieden?"

„Ja, es ist genau das, was ich mir schon immer gewünscht habe. Das ist mein Kollege, Matthew Bates."

„Nett, Sie kennen zu lernen, Mr. Bates." Marion hielt seine Hand einen Augenblick länger, zögerte während sie ihn aufmerksam ansah. „Kennen wir uns?"

„Nicht formell, Miss Trulane. Ich war hier, als im letzten Monat Ihre Schwägerin gefunden wurde."

„Ach so." Ihre Augen trübten sich einen Moment lang schmerzvoll. „Ich fürchte, ich erinnere mich an vieles von diesem Tag nicht sehr genau. Bitte, nehmen Sie doch Platz. Binney wird ein paar Erfrischungen bringen. Louis wird gleich hier sein, er telefoniert noch. Ich bin sogar froh, einen Moment mit dir allein zu sein, ehe er hier ist.“ Marion faltete die Hände im Schoß. „Laurel, du hast Louis seit sehr langer Zeit nicht mehr gesehen.“

„Seit zehn Jahren.“

„Ja, zehn Jahre.“ Marion sah einen Augenblick lang aus dem Fenster und seufzte dann. „Hier verliert man das Gespür für Zeit. Ich musste darauf verzichten, dich hierher einzuladen, nachdem Charles und Elise … fortgegangen waren. Louis war nicht in der richtigen Verfassung für ein leicht zu beeindruckendes, junges Mädchen.“

Zehn Jahre, dachte Laurel, und es tat immer noch weh. Und was hatte er empfunden? „Das kann ich verstehen, Marion. Aber ich bin kein Mädchen mehr.“

„Nein, das bist du nicht.“ Ihr Blick richtete sich wieder auf Laurel, weg von den Eichen und dem gepflegten Rasen. „Laurel, du hast nur den Anfang seiner Veränderungen mitbekommen, aber im Laufe der Monate, der Jahre, wurde er verbittert“, sagte sie rasch. „Er wurde launisch, zerstreut. Es gab Zeiten, da erinnerte er sich nicht …“ Sie unterbrach sich und hob die Hände. „Er vergaß nicht“, korrigierte sie sich mit einem wehmütigen Lächeln. „Er zog es einfach vor, sich nicht zu erinnern. Er und Charles waren … Nun, das ist ja jetzt vorbei.“

„Marion, ich weiß, wie schwer es ihm gefallen sein muss.“ Laurel lehnte sich vor und legte die Hand auf Marions Hände. „Das wusste ich immer. In Wahrheit bin ich nicht fortgeblieben, weil du mich nicht mehr eingeladen hattest, sondern weil ich wusste, dass Louis mich hier nicht wünschte."

„Du hast schon immer viel Verständnis gehabt", murmelte Marion. Seufzend versuchte sie, diese Stimmung zu vertreiben. „Als er Anne nach Hause brachte, war niemand überraschter, zufriedener als ich. Sie hatte ihn umgänglicher gemacht."

„Den Eindruck hatte ich auch." Laurel lächelte, als Marion sie fragend ansah. „Ich rief ihn einige Wochen nach seiner Hochzeit an."

Marion nickte und verschränkte die Hände wieder. Sie hatte ovale, unlackierte Fingernägel. „Vielleicht war er überbesorgt, besitzergreifend, aber Anne war so jung, und er war so schlimm verletzt worden. Ich erzähle Ihnen das jetzt, weil ich Sie beide ...", ihr Blick glitt zu Matthew hinüber, „um Verständnis für den Zustand bitten möchte, in dem Louis jetzt ist. Ihm ist in seinem Leben so viel Schmerzliches widerfahren. Falls er kalt und abweisend wirken sollte, dann ist das nur seine Art, mit dem Schmerz fertig zu werden." Sie sah sich um, als Binney einen Teewagen hereinrollte. „Ah, Eistee. Nimmst du immer noch so viele Zuckerstückchen, Laurel?"

Laurel lächelte. „Ja. Oh." Sie bemerkte die kleinen

rosafarbenen Kuchen, die auf dem Wagen angerichtet waren. „Wie lieb von dir, Binney."

„Ich brauchte der Köchin nur zu sagen, Miss Laurel ist zum Tee hier." Sie zwinkerte Laurel rasch zu. „Aber essen Sie nicht mehr als drei, oder ihre Großmutter wird mit mir schimpfen."

Lachend biss Laurel in einen der Kuchen, während die Haushälterin den Raum verließ. Der leichte, süße Geschmack ließ neue Erinnerungen aufflackern. Sie hörte das Eis in den Gläsern klirren, als Marion den Tee eingoss. „Binney hat sich nicht verändert. Und das Haus auch nicht", setzte sie mit einem Lächeln für Marion hinzu. „Ich bin so froh darüber."

„Das Haus ändert sich nie", meinte Marion, während sie Laurel in einem Waterford-Glas frischen, kalten Tee anbot. „Nur die Menschen darin verändern sich."

Laurel hatte ihn nicht kommen gehört, ihn nur gespürt. Langsam setzte sie ihr Glas ab. Dann sah sie sich um und blickte direkt in Louis' Augen.

6. KAPITEL

Konnten zehn Jahre so lange sein? dachte sie verschreckt. Sie hatte geglaubt, sie sei vorbereitet gewesen. Sie hatte es gehofft. Sein Haar war jetzt an den Schläfen ergraut. Das hätte sie akzeptiert. Um seinen Mund und die Augen zogen sich tiefe Furchen. Auch das hätte sie akzeptieren können. Aber seine Augen hatten alle Wärme verloren, allen Humor, den sie so an ihm geliebt hatte. Stattdessen strahlte er eine gewisse Kälte aus.

Er war dünn, viel zu dünn. Dadurch wirkte er älter als sechsunddreißig Jahre. Laurel stand auf, und mit einem Gefühl von Schmerz und Mitleid ging sie auf ihn zu. „Louis."

Er nahm ihre Hand, und ein schwaches Lächeln flog über seine Lippen. „Erwachsen geworden, Laurel? Warum habe ich damit gerechnet, ein Kind vorzufinden?" Sehr behutsam hob er mit einem Finger ihr Kinn. Am liebsten hätte sie seinetwegen geweint. „Du versprachst schon immer eine Schönheit zu werden."

Laurel lächelte und versuchte, die Wärme in seine Augen zurückzuzaubern. „Ich habe es vermisst, dich zu sehen." Aber die Wärme kam nicht zurück, er ließ seine Hand sinken. Sie spürte seine Verkrampfung, noch ehe sie ihre eigene spürte. „Louis, das ist mein Kollege, Matthew Bates."

Louis' Blick streifte Matthew und wurde kälter. „Ich glaube, wir kennen uns."

„Etwas Tee, Louis?" Marion griff nach der Kanne.

„Nein." Er klang kurz angebunden, aber Marion reagierte nur mit zusammengekniffenen Lippen darauf. Keinem der Männer fiel es auf, da beide Laurel anschauten. „Wir sind nicht zum Tee und Kuchen hier, nicht wahr, Laurel?" murmelte Louis, bevor er den Raum durchquerte und vor dem leeren Kamin stehen blieb, über dem ein Ölgemälde seiner Mutter hing. Laurel konnte sich gut daran erinnern. Es hatte dort schon seit Jahren gehangen, ausgenommen eine kurze Zeit, als Elise Trulanes Porträt es ersetzt hatte. „Warum bringen wir die Sache nicht hinter uns?" schlug Louis vor. „Ich habe zugestimmt dich und Mr. Bates zu empfangen, um den von Susan in die Welt gesetzten Gerüchten ein Ende zu machen." Er sah Laurel mit einem langen Blick an. „Stell deine Fragen. Einmal hatte ich all die Antworten für dich."

„Louis ..." Sie wollte zu ihm gehen, ihn irgendwie trösten, aber der Blick aus Matthews Augen hielt sie davon ab. „Ich bedauere, dich auf diese Weise zu behelligen. Es tut mir sehr Leid."

„Es muss dir nicht Leid tun.“ Louis nahm sich eine dünne Zigarre, blickte sie einen Moment an, bevor er sie anzündete. „Nichts bleibt so, wie es einstmals war. Tue das, weshalb du gekommen bist.“

Laurel fühlte, wie sich ihr Magen zusammenzog. Louis besaß noch immer Macht, eine Macht, die sie bereits als Kind erkannt hatte. Diese Macht hatte ihn dazu gebracht, die Zügel einer millionenschweren Firma in die Hand zu nehmen, noch ehe er seinen College-Abschluss gemacht hatte. Sie hatte es ihm ermöglicht, ein junges Mädchen derart zu verzaubern, dass die Frau sich außer Stande sah, ihn zu vergessen. Aber diese Macht war jetzt so kalt. Laurel blieb in der Mitte des Salons stehen, während sich die Lücke zwischen ihren Erinnerungen und dem Heute vergrößerte.

„Susan ist sicher, dass Anne niemals allein in die Sümpfe hinausgegangen wäre“, fing sie an und wusste, dass es ein schlechter Beginn war. „Susan behauptet, dass Anne eine krankhafte Angst vorm Dunkeln hatte und dass sie in ihren Briefen ihre besondere Furcht vor dieser Gegend ausgedrückt hatte.“

„Und sie glaubt, man habe Anne gezwungen, dorthin zu gehen“, folgte Louis. „Das alles weiß ich bereits, Laurel.“

Sie war Journalistin, sie hatte eine Aufgabe. Sie musste sich das vor Augen halten. „Hat sich Anne vor den Sümpfen gefürchtet, Louis?“

Er zog an seiner Zigarre und sah sie durch den Rauch hindurch an. „Ja. Aber sie ist hineingegangen“, fügte er hinzu, „weil sie dort gestorben ist.“

„Warum sollte sie dorthin gegangen sein?“

„Vielleicht um mich zu erfreuen.“ Achtlos schnippte er die Zigarrenasche in den sauberen Kamin. „Sie hatte angefangen, sich albern zu fühlen wegen der Furcht, die sie seit Kindestagen mit sich herumgeschleppt hatte. Wenn ich bei ihr war“, murmelte er, „brauchte sie nachts kein Licht im Korridor.“ Er hob abrupt den Kopf auf die gleiche arrogante Weise, die Laurel von ihm als jungen Mann kannte. „Die Geschichte von den Gespenstern im Sumpf brachte sie dazu, sich alles Mögliche einzubilden. Ich wurde ungeduldig.“ Er zog wieder an seiner Zigarre, dieses Mal heftiger. „Sie hatte ein – Bedürfnis nach meiner Anerkennung.“

„Du glaubst, dass sie mitten in der Nacht aufgestanden und dahin gegangen sein könnte, um dir zu gefallen?“ fragte Laurel und trat einen Schritt auf ihn zu.

„Es ergibt mehr Sinn, als anzunehmen, dass jemand sich gewaltsam Zutritt verschafft und sie nach draußen gezerrt hat, ohne dass ich selbst oder irgendeiner der Hausangestellten auch nur den geringsten Laut vernommen haben." Er sah sie wieder kühl, kompromisslos an. „Ich nehme an, du hast den Polizeibericht gelesen."

„Ja." Sie befeuchtete sich ihre Lippen, als sie sich an die Fotografie erinnerte. „Ja, das habe ich."

„Dann brauche ich dazu ja nichts zu sagen."

„Litt Ihre Frau des Öfteren unter Schlafstörungen?" warf Matthew ein und beobachtete, wie ein kleiner Muskel an Louis Kinn arbeitete.

„Gelegentlich. Besonders, wenn ich noch arbeitete." Er sah über Matthews Kopf durch die langen Fenster hinweg. „Sie dachte, sie habe Lichter in den Sümpfen gesehen."

„Hat sonst noch jemand sie gesehen?"

Louis' Lippen verzogen sich etwas, was einem Lächeln gleichkam. „In all den Jahren haben Dutzende von Menschen das behauptet – gewöhnlich dann, wenn sie einer Flasche Bourbon Gesellschaft geleistet hatten."

„Mr. Bates", meldete Marion sich zu Wort. „Anne fürchtete sich vor den Sümpfen, aber sie war auch von ihnen fasziniert. Es ist nicht ungewöhnlich, von etwas, wovor man sich fürchtet, auch fasziniert zu sein. Sie war ganz besessen von der alten Legende. Das Problem ... die Schuld", korrigierte sie sich langsam, „lag bei uns, weil niemand sie ernst genug genommen hat. Sie war so jung.

Vielleicht wenn wir darauf bestanden hätten, dass sie bei Tageslicht dorthin ging, hätte sie sich nicht genötigt gesehen, im Dunkeln hinzugehen."

„Glaubst du, dass sie fähig war, allein, in der Nacht, in den Sumpf zu gehen?"

„Das ist die einzige Erklärung. Laurel, wir alle haben sie geliebt." Sie warf Louis einen raschen Blick zu. „Sie war süß und sanft, aber sie war auch überreizt. Ich dachte, ihr nervöser Zustand liege an den Plänen, die wir für die Party machten."

„Was spielt das jetzt noch für eine Rolle?" wollte Louis wissen und warf seine Zigarre in den Kamin, wo sie qualmend liegen blieb. „Anne ist nicht mehr bei uns, und weder Susan noch ihre Briefe können das ändern."

„Die Briefe wurden aus Susans Zimmer gestohlen", sagte Laurel ruhig.

„Das ist albern. Wer sollte die Briefe stehlen wollen? Sie hat sie verlegt." Louis tat diesen Punkt mit einem ärgerlichen Schulterzucken ab.

„Sie waren fast ein Jahr verheiratet", sagte Matthew beiläufig. „Und doch hat keiner Ihrer engsten Nachbarn Ihre Frau kennen gelernt. Warum?"

„Das ist meine Angelegenheit."

„Louis, bitte." Laurel machte einen weiteren Schritt auf ihn zu. „Wir versuchen nur, das Ganze zu verstehen."

„Verstehen?“ wiederholte er, und der Blick, den er Laurel zuwarf, ließ sie abrupt stehen bleiben. „Wie kannst du das? Sie war kaum mehr als ein Kind, ein Kind wie du es gewesen bist, als ich dich das letzte Mal sah. Aber sie hatte nicht dein Selbstbewusstsein, deine Kühnheit. Ich habe sie hier für mich gehalten, weil ich es so wollte, weil ich es musste. Eine ganze Generation lag zwischen uns beiden.“

„Du hast ihr nicht vertraut“, murmelte Laurel.

„Vertrauen ist gut für Narren.“

„Ist es nicht eigenartig“, warf Matthew ein und zog Louis' Zorn von Laurel auf sich, „wie sehr Anne Ihrer ersten Frau ähnlich war.“

Der einzige hörbare Laut war Marions scharfes Einatmen. Obwohl Louis seine Hände zu Fäusten ballte, blieb er ruhig stehen. Ohne jedes weitere Wort, ohne einen zweiten Blick, drehte er sich um und verließ den Raum.

„Bitte, Louis ist noch nicht wieder er selbst.“ Marion spielte nervös mit ihrem Glas. „Er reagiert sehr empfindlich auf Vergleiche zwischen Anne und Elise.“

„Die Leute werden sie zwangsläufig machen“, erwiderte Matthew, „nachdem die äußerliche Ähnlichkeit so überwältigend ist.“

„Nicht nur die äußerliche“, murmelte Marion und

sprach dann rasch weiter. „Es war deutlich zu sehen, Mr. Bates, aber Louis will nicht über Elise und Charles sprechen. Wenn es sonst nichts mehr gibt …"

„Kennst du eigentlich Nathan Brewster?" fragte Laurel plötzlich.

Marions Augen wurden sichtlich größer, ehe sie die Lider senkte. „Ja, natürlich, er ist einer von Louis' Finanzberatern."

Matthew zog eine Augenbraue in die Höhe, ehe er einen Blick mit Laurel wechselte. „Sein Name war einer der wenigen, die Anne in ihren Briefen erwähnte."

„Oh, das ist natürlich, nehme ich an. Er war einige Male geschäftlich hier im Haus. Es stimmt, Anne hat nicht viele Menschen kennen gelernt." Nun. Sie erhob sich und sah die beiden mit einem entschuldigenden Lächeln an. „Ich bedauere, wenn ich nicht weiter behilflich sein konnte, aber vielleicht können Sie jetzt Susans Zweifel zerstreuen." Sie streckte Laurel beide Hände hin. „Komm bald wieder, bitte, um etwas zu plaudern, wie wir es früher getan haben."

„Ich werde es. Sag Louis …" Laurel seufzte und ließ Marions Hände los. „Sag ihm, dass es mir Leid tut."

Laurel und Matthew verließen schweigend das Haus und fuhren schweigend los. Während die Enttäuschung, der Zorn in ihm aufstieg, schwor sich Matthew, nichts zu sagen. Was immer Laurel auch empfinden mochte, es war ihre eigene Angelegenheit. Wenn sie sich ihren Gefühlen, ihrem Kummer, überlassen wollte, dann konnte er nichts daran ändern.

Mit einem Fluch riss er das Steuer herum, ließ den Wagen am Straßenrand ausrollen und hielt an.

„Verdammt, Laurel, hör auf damit."

Sie hielt die Hände ganz still im Schoß und starrte geradeaus. „Womit?"

„Zu trauern."

„Oh, Matthew", flüsterte sie, „er sah so unglaublich verloren aus."

„Laurel ..."

„Nein, sag nichts. Er hat sich verändert. Ich habe damit gerechnet, aber ich war nicht darauf vorbereitet. Ich weiß nicht, ob du verstehen kannst, wie wichtig Louis für meine Kindheit, für meine Jugend war."

„Du betrachtest ihn als Opfer, Laurel. Wir alle sind Opfer unserer Lebensumstände. Wichtig ist nur, wie wir sie bewältigen."

„Wenn man jemanden liebt und ihn dann verliert, stirbt etwas in dir mit."

Erregt vor Ungeduld und Verlangen, bog er ihren Kopf zurück.

„Matthew.“ Sie ließ den Kopf auf seine Schulter sinken und versuchte, ruhiger zu atmen. „Das ist nicht … ich bin dazu noch nicht fähig.“

„Du wirst es sein.“

„Ich weiß es nicht.“ Sie legte die Hände auf seine Brust und hoffte, er würde sie verstehen … hoffte, dass sie sich selbst verstehen würde. „Ich sagte dir, dass du mich verwirrst. Ich habe nie zuvor einen Mann haben wollen, und ich habe nie damit gerechnet, dass du es sein könntest.“

„Aber ich bin es.“ Er zog sie näher. „Du musst dich nur daran gewöhnen. Nie einen Mann haben wollen?“ wiederholte er. „Keinen Mann? Du warst nie – mit einem Mann zusammen?“

Sie hob das Kinn. „Ich sagte, ich wollte nie einen. Ich mache nie etwas, das ich nicht will.“

Unberührt? Lieber Himmel, dachte er, hätte er das nicht selbst merken sollen? „Das ändert die Situation, nicht wahr?“ sagte er weich und ließ sie los. „Ich werde dein Liebhaber sein, Laurellie. Nimm dir die Zeit, um darüber nachzudenken.“

„Von all den arroganten …“

„Richtig. Wir werden später im Einzelnen darüber reden.“ Für sie beide war es besser, sich Zeit dafür zu nehmen, um darüber nachzudenken. Er startete den

Wagen wieder. „Ich werde dir ein paar Theorien über Anne Trulane mitteilen."

„Schieß los", sagte sie ruhig.

Er fuhr gleichmäßig und ignorierte sein quälendes Verlangen. „Louis heiratete Anne Fisher, weil sie wie seine erste Frau aussah."

„Oh, wirklich, Matthew."

„Lass mich zu Ende reden. Ob er wirklich etwas für sie empfand oder nicht, steht hier nicht zur Diskussion. Sobald sie verheiratet waren, brachte er sie nach ‚Heritage Oak' zurück und hielt sie fern von allen Fremden. Männern. Er traute ihr nicht."

„Er war schon einmal auf die denkbar schlimmste Art verletzt worden."

„Genau. Er war von dem Gedanken besessen, sie könnte einen jüngeren Mann kennen lernen. Er war besitzergreifend und eifersüchtig. Vielleicht hat Anne sich dagegen aufgelehnt. Vielleicht hat sie ihm einen Grund geliefert, an ihrer Loyalität zu zweifeln."

„Willst du damit andeuten, Louis habe sie umgebracht, weil er dachte, sie könne sein Vertrauen missbrauchen?" Der Schauer, der ihr jetzt über die Haut rieselte, störte sie sehr, und sie drehte sich zu Matthew hin. „Das ist doch abwegig. Er ist nicht fähig, irgendjemanden umzubringen."

„Woher willst du wissen, wozu er fähig ist?“ fragte er zurück. „Der Mann, der dir heute im Salon gegenübertrat, war dir fremd.“

Ja, das stimmte, und die Wahrheit tat weh. „Deine Theorie ist schwach“, entgegnete sie. „Betrachte den zeitlichen Ablauf. Anne starb zwischen zwei und vier Uhr nachts. Louis weckte den Haushalt zwischen zwei und drei Uhr.“

„Er hätte sie vor zwei Uhr dorthin bringen können“, sagte Matthew gleichmütig. „Vielleicht hatte er nicht einmal vor, sie zu töten. Vielleicht wollte er sie nur erschrecken, hat sie dort hingebracht und sie da gelassen.“

„Warum sollte er denn dann einen Suchtrupp ausschicken?“

Matthew warf ihr einen prüfenden Seitenblick zu und sah dann wieder auf die Straße. „Möglicherweise hat er vergessen, dass er es getan hatte.“

Laurel öffnete den Mund und schloss ihn wieder. Zerstreut, hatte ihn Marion genannt. Er war zerstreut, zornig und verbittert gewesen. Das Bild, das sich vor ihren Augen formte, gefiel ihr gar nicht.

Während Matthew in die Innenstadt fuhr, blieb Laurel schweigsam. Kein Ehemann vergaß, dass er seine Frau allein und einsam zurückgelassen hatte. Jedenfalls kein

Mann im Besitz seiner Sinne. Matthew fuhr an den Bordstein und hielt an. „Wohin gehen wir?“

„Zu Nathan Brewster.“

„Marion wollte nicht über Nathan Brewster reden.“

„Das ist mir aufgefallen.“ Matthew stieg aus dem Wagen. „Lass uns herausfinden, warum.“

Sie betraten das Trulane-Gebäude, eines der ältesten, vornehmsten Häuser der Stadt, und fuhren zu der Etage, auf der Brewster sein Büro hatte. Ohne Matthew anzusehen, ging Laurel über den dicken, flauschigen Teppich zu der Empfangsdame. „Ich bin Laurel Armand, das ist Matthew Bates, wir sind beide vom ‚Herald‘“, sagte sie knapp. „Wir hätten gern Nathan Brewster gesprochen.“

Die Empfangsdame verschwand hinter einer Tür und kam gleich darauf wieder zurück. „Mr. Brewster lässt Sie bitten.“ Sie ging ihnen voran und hielt ihnen die Tür auf.

Laurels erster Eindruck von Nathan Brewster war der von Sex. Er strömte ihn auf eine reife, körperliche Art aus. Er war dunkel, und obgleich er nicht sehr groß war, war er von einer aufdringlichen Männlichkeit, die keiner Frau entgehen konnte. Sein gutes Aussehen spielte dabei weniger eine Rolle, obwohl er es besaß. Es war seine primitive Männlichkeit, die jemanden entweder anzog oder abstieß.

„Ms. Armand, Mr. Bates.“ Er wies auf zwei kleine Ledersessel, ehe er sich hinter seinen Schreibtisch setzte. „Was kann ich für Sie tun?“

„Mr Brewster, wir möchten mit Ihnen über Anne Trulane sprechen“, fing Laurel an. „Sie haben sie in ‚Heritage Oak‘ getroffen. Wenigen Leuten ist das gelungen.“

„Ich war geschäftlich dort.“

„Könnten Sie uns Ihren Eindruck von ihr schildern?“

„Sie war jung, schüchtern. Ich hatte mit Mr. Trulane zu tun. Ich habe mit ihr kaum gesprochen.“

„Eigenartig.“ Matthew beobachtete Brewster, der nervös mit einem Kugelschreiber spielte. „Ihr Name war einer der wenigen, den Anne in ihren Briefen erwähnte.“ Der Schreiber fiel klappernd auf den Tisch.

„Ich weiß nicht, wovon Sie reden.“

„Anne hat ihrer Schwester über Sie geschrieben.“ Matthew ließ Brewster nicht aus den Augen. „Ihre Schwester glaubt nicht daran, dass Annes Tod ein Unfall war.“

Brewster schluckte heftig. „Sie starb doch an einem Schlangenbiss.“

„In den Sümpfen“, warf Laurel ein und war von der Mischung aus Enttäuschung und Leidenschaft fasziniert, die Brewster ausstrahlte. „Wussten Sie, dass sie sich vor den Sümpfen fürchtete, Mr. Brewster?“

Er warf Laurel einen schnellen, erzürnten Blick zu. Matthew verfolgte angespannt den Wortwechsel. „Woher sollte ich das?“ wollte Brewster wissen. „Wie sollte ich das wissen?“

„Welche Erklärung hätten Sie dafür, dass sie sich in eine Gegend begab, die sie erschreckte?“

„Vielleicht ertrug sie es nicht länger, eingeschlossen zu sein!“ entfuhr es ihm. „Vielleicht musste sie einfach hinaus, ganz gleich, wohin oder wie.“

„Eingeschlossen?“ wiederholte Laurel, und ihr Magen zog sich zusammen. „Wollen Sie damit sagen, Louis habe sie als Gefangene gehalten?“

„Wie könnte man es sonst bezeichnen?“ fuhr er sie an. Seine Hände krampften sich zusammen. „Tag für Tag, Monat auf Monat, niemals sah sie jemand anderen als die Hausangestellten und einen Mann, der jede ihrer Bewegungen überwachte. Sie tat nie etwas, ohne ihn vorher zu fragen. Ohne ihn ging sie nicht einen Fußbreit außerhalb des Tores.“

„War sie unglücklich?“ fragte Laurel. „Hat sie Ihnen gesagt, sie sei unglücklich?“

„Sie hätte es sein müssen“, erwiderte Nathan. „Trulane hat sie mehr als Tochter denn als Frau behandelt. Sie brauchte jemanden, der sie als Frau behandelte.“

„Sie?“ fragte Matthew leise. Laurel schluckte.

Brewster atmete schwer. Sein Temperament schien mit ihm durchgehen zu wollen. Er würde sich anstrengen müssen, um es unter Kontrolle zu behalten.

„Ich wollte sie", sagte Brewster rau. „Vom ersten Augenblick an, nachdem ich sie draußen auf dem Rasen gesehen hatte, im Sonnenschein. Sie gehörte in den Sonnenschein. Ich wollte sie, liebte sie, auf eine Weise, die Trulane in keinem Fall hätte verstehen können."

„War sie in Sie verliebt?"

Matthews ruhige Frage ließ Brewster das Blut in die Wangen schießen. „Sie hätte ihn verlassen. Sie wäre nie für immer in diesem – Monument geblieben."

„Und zu Ihnen gekommen?" murmelte Laurel.

„Früher oder später." Der Blick, mit dem er Laurel ansah, war durchdringend, drückte Leidenschaft aus und Gefühl. „Ich sagte ihr, sie müsse dort nicht eingeschlossen bleiben, ich würde ihr helfen, fortzukommen. Ich sagte ihr, sie wäre besser dran, tot zu sein als ..."

„Besser tot als weiter mit Louis zu leben", beendete Laurel für ihn den Satz, während sein keuchender Atem den Raum erfüllte.

„Es muss frustrierend gewesen sein", fuhr Matthew fort, da Brewster nicht antwortete. „Die Frau Ihres Chefs zu lieben, selten in der Lage zu sein, sie zu sehen oder ihr zu sagen, wie Sie sich fühlten."

„Anne wusste, wie ich empfand“, sagte Brewster scharf. „Welche Rolle spielt das heute noch? Sie ist tot. Dieses Haus hat sie umgebracht. Er hat sie getötet“, setzte Brewster hitzig hinzu. „Schreiben Sie das in Ihrer Zeitung.“

„Sie glauben also, Louis Trulane habe seine Frau getötet?“

„Er hätte ihr ebenso gut eine Pistole an die Schläfe halten können. Sie kam von ihm los“, murmelte er und starrte auf seine Hände. „Sie kam endlich von ihm los, aber sie kam nicht zu mir.“ Seine Hände ballten sich wieder zu Fäusten. „Und jetzt lassen Sie mich bitte allein.“

Laurel entspannte sich nicht eher, als bis sie und Matthew wieder in den Sonnenschein hinaustraten. „Das war ein trauriger, verbitterter Mensch“, flüsterte sie.

Sie schüttelte sich und lehnte sich an die Seite des Wagens. „Ich kann es verstehen, warum er Anne nervös gemacht hat.“

Matthew hielt die Hände um ein Streichholz, während er sich eine Zigarette ansteckte. „Lass mich deine Meinung als Frau dazu wissen.“

„Leidenschaft, Männlichkeit, die primitiv genug ist, um zu faszinieren.“ Sie schaute zu den Fenstern hoch und schüttelte den Kopf. „Für manche Frauen ist das unwiderstehlich genug, weil es einfach Furcht erregend ist. Eine Frau wie Anne Trulane hätte ihn als drohende Gefahr empfunden und sich von ihm ferngehalten." Mit einem kurzen Auflachen fuhr sie sich mit einer Hand durch das Haar. „Ich bin kein Psychiater, Matthew, aber ich glaube, dass eine bestimmte Sorte Frau sich zu einem Mann wie Brewster hingezogen fühlen würde. Ich denke nicht, dass Anne Trulane dazu gehört."

Mit einem langen Seufzer drehte sie sich zu ihm um. „Ich werde dir jetzt meine Hypothese mitteilen."

„Und die wäre?"

„Brewster liebt Anne – oder glaubt, sie zu lieben, bei einem Mann wie ihm würde das keinen Unterschied machen. Er sagt es ihr und fordert sie auf, seinetwegen Louis zu verlassen. Wie hätte sie sich gefühlt? Verängstigt und abgestoßen. Und vielleicht ein wenig geschmeichelt."

Er hob neugierig eine Augenbraue. „Geschmeichelt?"

„Sie war eine Frau", sagte Laurel entschieden. „Jung und unverbildet." Sie sah auf die Fenster zurück und dachte an Brewster. „Ja, ich glaube, sie könnte alle diese drei Empfindungen gehabt haben. Empfindungen, die sie verwirrten, und Brewster bedrängte sie. Er ist sehr heftig und dramatisch. Anne liebt ihren Mann, aber das ist eine Situation, mit der sie nicht umzugehen weiß. Sie kann nicht einmal ihrer Schwester darüber schreiben."

Matthew nickte und wandte den Blick auch weiterhin nicht von ihr ab. „Fahr fort."

„Nehmen wir an, Brewster setzt sich mit ihr in Verbindung und verlangt, sie zu sehen. Vielleicht droht er ihr sogar, Louis alles zu erzählen. Das hätte sie vermeiden müssen, denn Louis' Zustimmung und Vertrauen sind ihr wichtig. Anne musste von seiner ersten Frau gewusst haben. Deshalb …"

Laurels Augen wurden schmal, während sie versuchte, sich das Ganze vorzustellen. „Sie ist damit einverstanden, ihn zu sehen, trifft ihn außerhalb des Hauses und sehr spät, während Louis noch arbeitet. Sie haben einen Streit, weil sie Louis nicht verlassen will. Nathan ist ein kräftiger Mann." Sie erinnerte sich an seine starken Finger, die mit dem Kugelschreiber gespielt hatten. „Er hat sich eingeredet, dass sie ihn will, sich nur fürchtet, Louis zu verlassen. Er zerrt sie vom Haus fort, weg aus dem Licht. Jetzt ist sie zu Tode erschrocken, über ihn, über die Dunkelheit. Sie reißt sich los und stürzt davon, noch ehe sie es recht begreift. Sie verirrt sich. Brewster hat sie entweder nicht gefunden oder es gar nicht erst versucht. Und dann …"

„Interessant", murmelte Matthew und schnippte seine

Zigarette fort. „Und, wie mir scheint, so plausibel wie alle anderen Theorien. Ich wünschte, wir besäßen diese verdammten Briefe“, sagte er plötzlich. „Es muss etwas Enthüllendes darin gestanden haben oder man hätte sie nicht entwendet.“

„Was immer es war, wir werden es jetzt nicht mehr erfahren.“

Matthew nickte und starrte an ihr vorbei. „Ich möchte in diese Sümpfe, um mich umzusehen.“

Laurel spürte einen Schauer und unterdrückte ihn. „Heute Abend?“

„Hmm.“

Sie hätte sich denken können, dass es dazu kommen würde. Resigniert pustete sie sich die Haare aus den Augen. „Wir sollten uns ein Mittel gegen die Moskitos besorgen.“

Er lächelte und fuhr ihr mit dem Finger über die Nase. „Nur einer von uns beiden muss dorthin. Du bleibst zu Hause und stellst eine brennende Kerze in dein Fenster.“

Arrogant und hochmütig zog sie eine Braue in die Höhe. „Das ist meine Geschichte, Matthew. Ich werde gehen. Du kannst ja mitkommen, wenn du willst.“

„Es ist unsere Geschichte“, korrigierte er sie. „Der Himmel weiß, ob wir etwas anderes als einen Haufen scheußlicher Insekten und matschigen Bodens dort finden werden."

Und Schlangen, dachte Laurel. Sie schluckte und hatte einen bitteren Geschmack auf der Zunge. „Das müssen wir abwarten, nicht wahr? Matthew, etwas anderes bleibt uns nicht übrig."

Sie sahen sich nachdenklich an. Ein toter Punkt – für den Augenblick jedenfalls.

„Wir sollten etwas essen", schlug Laurel vor und stieg in das Auto ein. „Und werde zurück in die Redaktion fahren, ehe wir beide unseren Job los sind."

7. KAPITEL

Laurel verbrachte mit Matthew eine Stunde im Archiv der Zeitung mit der Durchsicht von Akten und diversen Unterlagen, bis ihr der Nacken wehtat.

„Brewster stand auf Seite zwei, mit seinen Fäusten“, murmelte sie, während sie den Artikel überflog. „Im April vor zwei Jahren.“ Sie sah kurz auf. „Niemand hat ein so gutes Gedächtnis wie Großmutter.“

„Sie erwähnte eine Schwester von ihm. Wurde er verurteilt?“

„Ihm wurde ihretwegen tätlicher Angriff vorgeworfen“, erklärte Laurel ihm. „Am Ende musste er eine Geldstrafe zahlen, als sein – ah – Gegenspieler ihn nicht anzeigen wollte.“ Sie machte sich eine Notiz auf ihrem Block. „Es scheint, wenn Brewster das Temperament einmal durchgeht, dann geht es gründlich mit ihm durch. Ich werde versuchen, die Schwester ausfindig zu machen. Es könnte nämlich sein, dass er ihr von Anne erzählt hat.“

„Hmm – mm.“

Sie sah zu Matthew hinüber und bemerkte, dass er sich selbst emsig Notizen machte. „Worauf bist du gestoßen? Irgendetwas Aufschlussreiches?“

„Spekulationen“, murmelte er und stand auf. „Ich werde selbst einige Telefonate führen müssen.“

Lächelnd hakte er sie unter, während die Fahrstuhltür sich öffnete. Gemeinsam betraten sie die Lokalredaktion und gingen zu ihren Schreibtischen.

Auf ihrer Suche nach Kate Brewster musste Laurel viele Nummern anwählen. Als sie sie endlich aufgestöbert hatte, weigerte sich Brewsters Schwester entschieden, über die Schlägerei in der Bar zu reden und hatte auch nur wenig über ihren Bruder zu sagen. Beider Erwähnung von Anne Trulanes Namen spürte Laurel ein Zögern, und es entging ihr auch nicht der Wechsel im Tonfall – vor Furcht? –, als sie behauptete, niemand mit diesem Namen zu kennen.

Nach einer Reihe von Telefonaten legte auch Matthew den Hörer auf und klopfte mit dem Zeigefinger auf seinen Schreibtisch. „Was hast du erreicht?“

„Nichts, es sei denn, du lässt den Eindruck gelten, die Erwähnung von Anne Trulanes Namen genügte, Brewsters Schwester nervös zu machen. Mein Eindruck war, dass sie sich zugeknöpft gibt, wenn es um ihren Bruder geht. Und wie steht es bei dir, Matthew?“

„Es scheint, als hätten die beiden Mrs. Trulanes ein oder zwei Dinge mehr gemeinsam gehabt als nur ihr Aussehen“, fing er an. Er holte sich eine Zigarette aus dem Päckchen.

„Sie hatten jede nur eine Verwandte. In Elises Fall ist das eine Tante, mit der ich gerade gesprochen habe.“

„Weshalb?“

„Aus Neugier.“ Matthew blies den Zigarettenrauch vor sich hin. „Sie beschrieb ihre Nichte als ein scheues, stilles Mädchen. Es sieht so aus, als hätte Elise ‚Heritage Oak‘ geliebt und hätte – anders als Anne – bereits ihre Stellung als Herrin des Hauses vertreten. Das Planen machte ihr Spaß, auch die Geselligkeit, und sie hatte Ideen für die Gestaltung. Die Tante war erstaunt, als Elise mit Louis’ Bruder durchbrannte – und seitdem hat sie nichts mehr von ihr gehört oder gesehen. Sie war der Meinung, Elise hinge an ihrem Mann.“

„Das dachte jeder andere auch“, meinte Laurel. „Aber so etwas passiert, Matthew, ohne dass Außenstehende es gewahr werden. Ich kann mir nicht vorstellen, dass Elise ihrer Tante oder jemandem anderen erzählen würde, sie habe eine Affäre mit Charles.“

„Vielleicht nicht. Aber da ist etwas, das ich interessant finde“, murmelte er und wandte den Blick nicht von Laurel. „Elise erbte an ihrem einundzwanzigsten Geburtstag fünfzigtausend Dollar. Und sie wurde in dem Monat einundzwanzig Jahre alt, nachdem sie ‚Heritage Oak‘ verlassen hatte. Das Geld“, sagte er langsam, „wurde nie abgebucht.“

Laurel starrte ihn an, während ihr alle möglichen Gedanken durch den Kopf wirbelten. „Vielleicht war sie zu ängstlich, das Geld abzuheben, weil sie dachte, Louis könnte so ihre Spur finden."

„Mit fünfzigtausend Dollar kann man sich eine Menge Mut kaufen."

„Aber ich sehe nicht, was das Herumstöbern in Elises Angelegenheit mit Anne zu tun haben soll."

Er sah sie sehr ruhig, sehr direkt an. „Oh doch, das tust du." Wieder sah sie sehr bleich und so erschöpft aus, wie sie es an jenem Morgen getan hatte. Matthew unterdrückte einen Fluch und stand auf. „Das ist etwas, worüber wir nachdenken sollten", sagte er knapp. „Im Augenblick konzentrieren wir uns jedoch besser auf das, was wir heute Abend erledigen müssen. Lass uns nach Hause fahren. Wir können uns noch ein paar Stunden ausruhen, ehe wir uns fertig machen müssen."

„Gut."

Während der Fahrt plauderte Matthew über andere Dinge und vermied es bewusst, das Trulanes-Thema wieder anzuschneiden.

„Ein kurzes Nickerchen", sagte Laurel, während sie ausstiegen und über den Hof gingen, „klingt sehr verlockend. Das waren zwei lange Tage."

„Und es wird eine lange Nacht werden“, sagte Matthew beiläufig.

Sie lächelte ihn zum ersten Male an, seit sie den ‚Herald‘ verlassen hatten. „Wann genau gehen wir auf Safari?“

„Ich glaube, Mitternacht ist die übliche Stunde.“ Er strich ihr über das Haar und ging die Stufen hoch.

„Knoblauch hilft nicht gegen Geister, oder doch?“ fragte Laurel nachdenklich. „Keine silbernen Gewehrkugeln oder angespitzte Holzpflöcke. Was hilft dann?“

„Gesunder Menschenverstand.“

Sie pustete die Luft aus. „Wie unromantisch.“

Auf dem Treppenpodest lächelte er sie an. „Wollen wir wetten?“

Lachend beugte sie sich nach einem Päckchen, das vor ihrer Tür lag. „Ich kann mich nicht erinnern, dass ich etwas bestellt habe.“

„Zweifellos von Jerry – eine Schachtel voller Bleistifte.“

Sie versuchte, ihn zornig anzusehen, aber es gelang ihr nicht. „Bis Mitternacht, Matthew.“ Nach kurzer Suche fand sie ihre Schlüssel und schloss die Tür auf. Mit einem letzten Blick unter hochgezogenen Brauen hervor machte sie ihm die Tür vor der Nase zu.

Sein Lächeln schwand, während er sich zu seinem eigenen Apartment begab. Diese Frau machte ihn verrückt. Sie musste blind sein, dass sie es nicht selbst merkte, dachte er, während er den Schlüssel in das Schloss schob. Vielleicht war er zu vorsichtig gewesen. Auf dem Weg in das Bad zog sich Matthew sein Hemd über den Kopf und warf es beiseite. Er steckte die Hände in die Taschen und wollte gerade das Bad betreten, als er sie schreien hörte.

Später konnte er sich nicht mehr erinnern, wie er aus seinem Apartment gestürzt und zu ihrer Wohnung gerannt war. Er wusste nur, dass sie wieder und wieder geschrien hatte, aber er wusste nicht mehr, dass er heftig an ihre Tür getrommelt und sie schließlich verzweifelt eingetreten hatte. Aber er würde sich immer daran erinnern, wie sie ausgesehen hatte, bewegungslos auf der Stelle stehend, mit ihren Händen den Hals umklammernd, ihr Gesicht bleich wie Pergament und Schrecken in den Augen.

„Laurel!" Er griff nach ihr, riss sie herum in seine Arme, wo sie stocksteif stehen blieb. „Was ist passiert? Was ist los?"

Er spürte ihren Herzschlag. Ihre Haut war ganz eisig, feucht von einem Schweißfilm, aber sie zitterte nicht. Noch nicht. „Die Schachtel", wisperte sie. „In der Schachtel."

Er hielt sie mit einer Hand fest, drehte sich um und

sah in die auf dem Tisch stehende Schachtel. Dann fluchte er durch die Zähne. „Es ist schon gut, Laurel. Sie ist tot, sie kann dich nicht mehr beißen." Sein Körper zitterte vor Wut, als er einen Teil der Mokassinschlange aus der Schachtel hob. „Sie kann dich jetzt nicht mehr beißen", wiederholte er und drehte sich wieder zu Laurel um. Gebannt starrte sie auf das, was er in der Hand hielt. Schweiß perlte auf ihrer Stirn. Durch ihre halb geöffneten Lippen ging ihr Atem rau und stoßweise.

„Matthew … bitte."

Wortlos legte er den Deckel auf die Schachtel und trug sie aus der Wohnung. Er kam – zwanzig, dreißig Sekunden später – zurück und fand Laurel mit gesenktem Kopf, mit den Händen auf den Tisch gestützt und weinend vor. Immer noch wortlos nahm er sie auf den Arm und trug sie zum Sofa, wo er sie wie ein Kind wiegte. Dann fing das Zittern an.

Während er sie an sich drückte, schwor er sich, dass er, sobald er herausgefunden hätte, wer der Absender war, ihn das büßen lassen würde.

Sicherheit. Laurel wusste, dass sie jetzt in Sicherheit war, obwohl die Furcht sie wieder zu überkommen drohte – diese schreckliche, erstickende Furcht, die man nicht beschreiben, nur fühlen konnte. Sie fühlte Matthews Herzschlag unter ihrer Hand, und seine warme Haut. Er hielt sie fest, und alles wäre bald wieder in Ordnung.

„Es tut mir Leid", brachte sie hervor, ohne ihn loszulassen.

„Das muss es nicht." Er küsste ihr Haar und streichelte es dann.

„So ist es immer schon gewesen. Ich bin einmal gebissen worden. Ich kann mich nicht daran erinnern, auch nicht, ob ich krank war, aber ich bringe es nicht über mich …"

„Beruhige dich. Sie ist nicht mehr hier, denk nicht mehr daran." Ihr Zittern hatte fast aufgehört, aber er fühlte die gelegentlichen Zuckungen, die sie überkamen. Ihr Atem ging noch immer nicht regelmäßig. Seine Haut war nass von ihren Tränen. Er wollte sie vergessen machen … Er wollte denjenigen zu fassen kriegen, der ihr das angetan hatte. „Ich werde dir einen Brandy holen."

„Nein." Sie sagte es zu schnell, und ihre gegen seine Brust gestemmten Hände ballten sich zu Fäusten. „Halt mich nur fest", flüsterte sie und hasste sich für ihre Schwäche. Sie brauchte seine Stärke.

„So lange, wie du willst." Er hörte sie aufseufzen und spürte, wie ihre Hände sich entkrampften. Lange Zeit hielt er sie still, sodass er annahm, sie sei eingeschlafen. Ihr Atem ging gleichmäßig, ihr Herzschlag hatte sich beruhigt, und die Wärme war in ihren Körper zurückgekehrt. Er wusste, wenn sie ihn brauchen würde, könnte er sie tagelang so halten.

„Matthew …“ Sie legte den Kopf zurück, um ihn ansehen zu können, und sein Name kam wie ein Seufzer über ihre Lippen. Ihre Augen waren noch immer geschwollen und ihre Haut bleich. Er musste sich gegen das Gefühl wehren, sie fester zu umfangen. „Geh nicht fort.“

„Nein.“ Er lächelte und strich ihr mit einem Finger über die Wange. Ihre Haut war noch feucht und warm von ihren Tränen. „Ich gehe nicht weg.“

Laurel nahm seine Hand und führte sie an ihre Lippen. Matthew fühlte ein warmes und süßes Empfinden, das er noch nicht als Zärtlichkeit zu erkennen vermochte. Sie sah es in seinen Augen.

Darauf hatte sie gewartet, erkannte Laurel. Das hatte sie gebraucht, sich gewünscht und sich geweigert, es in Betracht zu ziehen. Wenn er sie jetzt fragte … Aber er würde es nicht, sie wusste es. Die Bitte musste von ihrer Seite kommen.

„Liebe mich“, flüsterte sie.

„Laurel …“ Ihre Worte machten ihn fassungslos. Wie konnte er sie jetzt nehmen, wo sie doch vollkommen hilflos war? Ein anderes Mal, Himmel ja, ein anderes Mal hätte er alles gegeben, um diese Worte aus ihrem Mund zu hören. „Du solltest jetzt ausruhen", wich er aus.

Er ist sich seiner nicht sicher, dachte Laurel. Eigenartig, sie hatte angenommen, dass er immer so sicher sei. Vielleicht waren seine Gefühle für sie genauso verwirrend wie ihre für ihn. „Matthew, ich weiß, um was ich dich bitte." Ihre Stimme klang nicht fest, aber klar. „Ich will dich. Ich will dich schon seit Langem." Sie ließ die Hand über seine Brust gleiten, hinauf zu seinem Nacken, um seine Wange zu streicheln. „Liebe mich – jetzt." Sie presste die Lippen auf seinen Mund, und ihr war, als habe sie nach Hause gefunden.

Vielleicht hätte er seinem eigenen Drang widerstehen können. Vielleicht. Aber er konnte nicht ihrem widerstehen. Aufstöhnend zog er sie an sich und schloss sie in seine Arme, während er ihr mit dem Mund sein Verlangen stumm mitteilte.

Matthew vergrub das Gesicht an ihrem Hals, kämpfte darum die Beherrschung nicht ganz zu verlieren. Aber die Sehnsucht, Laurel zu schmecken war überwältigend. Seine Hände glitten über ihre weichen Rundungen. Er musste sie berühren.

„Laurel …" Er schob ihr die verrutschte Bluse von der Schulter, sodass er mit den Lippen über ihre Haut gleiten konnte. „Ich will dich – ich sterbe vor Verlangen."

Noch während er sich vorhielt, nicht zu schnell vorzugehen, zog er ihr die Bluse herunter. Laurel bewegte sich, um ihm dabei behilflich zu sein.

„Nicht hier." Er schloss die Augen, als ihre Lippen seine Kehle berührten. „Nicht hier", sagte er noch einmal und erhob sich, ohne sie dabei loszulassen. Und dieses Mal ließ sie ihn gewähren. Sie legte den Kopf auf seine Schulter, während er sie in ihr Schlafzimmer hinübertrug.

Licht fiel durch die hölzernen Jalousien. Es reflektierte in seinen plötzlich sehr aufmerksam gewordenen Augen, als er sie auf ihr Bett legte.

Matthew presste ihr die Lippen auf ihren Mund, und bei aller Zärtlichkeit war eine Spur von Verzweiflung spürbar, die Laurel fühlte und der sie sich hingab, als sie ihn noch enger an sich zog.

Als er mit seiner schlanken, festen Hand über ihr seidenes Unterhemd streichelte, wurde ihr Seufzer zu einem Stöhnen. Sie bog sich ihm entgegen und fühlte die schmerzende Fülle in ihren Brüsten, wie sie es bis jetzt noch nicht erlebt hatte. Ihr ganzer Körper wurde gleichzeitig von brennendem Verlangen erfüllt. Aber Matthew ließ sich nicht hetzen – weder von ihr, noch von sich selbst. Seine Finger glitten spielerisch über sie, erregten sie, hielten plötzlich inne. Er wollte, dass die

Sehnsucht nach ihm in ihr wuchs und nicht von ihm erzeugt wurde.

Langsam, Zentimeter für Zentimeter zog er die kühle Seide bis zur Taille herunter und fand, dass ihre nackte Haut genauso luxuriös wirkte wie die Seide. Mit geöffnetem Mund erkundete er sie und lauschte Laurels stoßweisem Atem, der ihn erkennen ließ, dass sie die Gewalt über sich verlor. Als sich sein Mund um ihre Brust schloss, bäumte Laurel sich unter ihm auf. Er fasste die Knospe mit seinen Zähnen und hielt sie gefangen, reizte sie mit dem Spiel seiner Zunge, bis er merkte, dass Laurel vor Leidenschaft außer sich war, vor dunklem, rücksichtslosem Verlangen. Dann machte er weiter.

Sie fühlte jetzt nur noch Erregung – sie dachte an nichts mehr, hatte keinen Gedanken mehr, sie war entflammt und Hitze rieselte ihr über die Haut. Sie bewegte sich instinktiv, bot sich ihm dar, reizte ihn. Matthew bedeckte sie mit wilden Küssen, während er ihr die restlichen Kleider auszog. Das Gefühl seiner heißen Haut gegen ihre heiße Haut, ließ sie nach Atem ringen.

Ihre Hände suchten ihn ohne zu zögern, ihre Lippen nahmen sich, was Matthew ihr zu nehmen erlaubte. Sein Atem ging leiser, Blut pochte, er kämpfte darum, den Rhythmus, den er aufgefangen hatte, beizubehalten.

Als er sie berührte, bäumte sie sich erschauernd unter

ihm auf, erschauernd mit dem ersten Höhepunkt. Trotz seiner eigenen Wollust spürte Matthew ihr überraschtes, hilfloses Entzücken. Niemand hatte ihr das gegeben, niemand hatte es von ihr genommen. Niemand.

Matthew vergrub sein Gesicht an ihrem Hals und keuchte. So feucht, so warm. So bereit. Er legte sich auf sie. „Laurel …“

Wie Wellen überschwemmte sie die Begierde, sie öffnete die Augen und sah in seine Augen. Ihr Körper war nachgiebig, seiner zum Zerreißen gespannt. Die Leidenschaft riss ihn fort und doch wusste er eines ganz sicher. Er dachte nur an sie. Sie war unfähig zu sprechen, ließ sich von Begierde leiten und den überaus süßen Empfindungen der Liebe, die sie soeben erst entdeckte. Laurel küsste Matthew.

In diesem Kuss gab sie sanft, willig, sich verströmend ihre Unschuld auf.

Laurel schlief. Matthew lag neben ihr und sah in das durch die Fensterläden fallende Licht, das sich von Weiß über Rosa ins Graue veränderte, ehe fahler Mondschein hereindrang. Er fühlte sich erschöpft, weil er um seine Beherrschung gerungen und sie schließlich doch verloren hatte, aber seine Gedanken wanderten weiter. In den letzten Monaten war es oft geschehen, dass er sich davon zu überzeugen versucht hatte, sein drängendes Verlangen würde sich in dem Augenblick legen, wo er Laurel besessen hatte. Während er jetzt neben ihr im Bett lag und auf ihren mondbeschienenen Körper blickte, ihren Kopf an seiner Schulter geborgen, wusste er, das Verlangen würde ihn ebenso wenig verlassen wie der Wunsch zu atmen.

Körperlich wusste er, dass sie ihm gehörte. Aber das war ihm nicht genug. Er fragte sich, ob er sie dazu bringen könne, ihre Gefühle, ihre Liebe für ihn mit derselben Behutsamkeit zu erringen wie er ihr Verlangen erregt hatte. Und er fragte sich, ob er die erforderliche Geduld haben würde.

Er wandte den Kopf und sah auf Laurel hinunter, die neben ihm schlief. Schließlich drückte er einen Kuss auf ihre Lippen.

Laurel wachte voller Sehnsucht auf. Verausgabt, überwältigt wartete sie darauf, wieder regelmäßig zu atmen, während Matthew auf ihr lag, das Gesicht in ihr Haar vergraben. Hätte sie wissen sollen, dass es so sein würde? Konnte sie das überhaupt? Mehr als alles andere hatte ihr die schnelle, fast verzweifelte Art seiner Liebe bewiesen, wie zartfühlend er beim ersten Male mit ihr umgegangen war.

Ich liebe ihn, dachte sie und schloss ihre Arme um

Matthew. Würde ihn das nicht aus der Fassung bringen? Lächelnd spielte sie mit dem Haar, das sich in seinem Nacken kräuselte. Matthew Bates, ich werde sehr vorsichtig mit dir umgehen … und werde gewinnen.

Sie gab einen langen, wohligen Seufzer von sich. Lag es an der Liebe, dass sie sich so herrlich träge fühlte? „Wolltest du mir damit andeuten, dass es Zeit zum Aufstehen ist?“ murmelte sie.

Er hob den Kopf und lächelte sie an. „Eigentlich nicht.“

„Das war nicht vorgesehen.“

„Oh doch.“ Leicht und zärtlich küsste er ihre Augenbraue. „Wir sind unserem Zeitplan nur ein wenig voraus.“

Sie hob eine Braue, aber die hochmütige Geste passte nicht recht zu dem rosigen Schimmer ihrer Wangen. „Wessen Zeitplan?“

„Unserem“, sagte er leichthin. „Unserem, Laurel.“

Es fiel schwer, mit jemandem zu streiten, der so vernünftig wirkte. Laurel verschränkte ihre Hände hinter seinem Nacken und lehnte ihren Kopf zurück. „Du siehst gut aus, Matthew.“

Er lächelte sie amüsiert an. „Ach ja?“

„Ja.“ Sie fuhr sich mit der Zunge über die Zähne. „Ich glaube, ich gewöhne mich an dein naturburschenhaftes

Aussehen und deine Yankee-Sprechweise. Oder vielleicht …" sie biss sich auf die Unterlippe, aber in ihren Augen stand ein Lächeln … „vielleicht mag ich auch nur deinen Körper. Trainierst du?"

Er stützte sich bequem auf beide Ellenbogen. „Hin und wieder."

Prüfend kniff Laurel ihn in seinen Bizeps. „Mit Gewichten?"

„Nein."

„Ja nun, ich mag ohnehin keine Muskelprotze." Sie ließ die Hand hinunter zu seinem Handgelenk gleiten und dann wieder den Arm hinauf. „Du scheinst in der allerbesten Verfassung zu sein, um unsere Pläne heute Abend durchführen zu können."

Er zupfte an ihrer Unterlippe. „Und die wären, meine liebe Laurel?"

„Ein kleiner Ausflug in die Sümpfe."

Matthew rieb seine Lippen an ihren Lippen, während er überlegte. Er könnte sie ablenken und warten, bis sie wieder eingeschlafen war, ehe er sich allein auf den Weg machte. „Ich dachte gerade, wir könnten das … verschieben."

„Dachtest du das?" Obwohl sie nachgiebig wirkte, war ihr Verstand hellwach. „Bis du dich allein davonmachen könntest?"

Er hätte es besser wissen sollen. „Laurel …“ Er streifte mit der Hand ihre Brust.

„Oh, nein.“ Sie entzog sich ihm rasch und legte sich auf ihn. „Du kannst es vergessen, dort ohne mich hinzugehen, Matthew. Wir sind ein Team.“

„Hör zu.“ Er fasste sie fest bei den Schultern, während ihm ihr Haar halb ins Gesicht fiel. „Für dich besteht keine Notwendigkeit, dahin zu gehen. Es geht doch nur darum, sich ein bisschen umzusehen. Für einen von uns allein ist das schneller und leichter.“

„Dann bleibst du hier.“ Sie küsste ihn kurz und setzte sich auf.

„Verdammt, Laurel. Denk nach.“

„Worüber?“ warf sie über die Schulter zurück, stand auf und begann, nackt in ihren Schubladen herumzukramen.

„Bei mir hat keiner eine so scheußliche, kleine Schachtel an der Tür hinterlassen.“

Sie biss sich hart auf die Lippe, dann kam sie mit einem T-Shirt und Höschen zu ihm zurück. „Nein, das stimmt“, sagte sie ruhig. „Man hat sie an meiner abgestellt, sichtlich zu einem bestimmten Zweck. Wir machen jemanden nervös, Matthew. Und dieser Jemand wird sich verdammt noch einmal mit mir auseinander setzen müssen.“

Er sah sie an. Sie stand klein und aufrecht vor ihm, und ihre nackte Haut schimmerte im Mondlicht. In diesem Augenblick wirkte sie absolut fähig, sich zu rächen. „Okay, okay, Dickkopf", sagte er lang gezogen und schwang die Beine aus dem Bett. „Sobald wir wissen, wer es war, kannst du loslegen. In der Zwischenzeit solltest du dich daran erinnern, dass es Schlangen in diesen Sümpfen gibt – und die sind nicht tot in einer Schachtel."

Er wusste, er war absichtlich grausam gewesen, das hatte er auch vorgehabt.

Aber als ihm auffiel, wie sich ihre Finger, die das Hemd hielten, zusammenkrampften, verwünschte er sich.

„Ich werde nicht hinsehen." Mit verbissenem Gesicht zog sie sich das Höschen an. „Zieh dich lieber an."

„Trotzig, dickschädelig und sehr verbissen", fing er böse an.

„Ja, ja", Laurel starrte ihn an, nachdem sie sich das Hemd übergezogen hatte.

„Aber nicht blöd. Wer immer dieses Ding an meiner Tür hinterlassen hat, wollte, dass ich aufhöre. Und das deutet auf Brewster oder – oder die Trulanes", setzte sie nach einem Moment leise hinzu. „Wenn sie wollen, dass wir nicht weitermachen, dann gibt es einen Grund, und dieser Grund könnte genau in diesen Sümpfen zu finden sein."

„Ich werde mich dazu nicht äußern“, sagte er gelassen. „Aber daraus ergibt sich nicht die Notwendigkeit, dass du gehen musst.“

„Wenn ich mich durch diese Art von Drohung abhalten lasse, dann müsste ich meinen Presseausweis zurückgeben. Dazu wird mich niemand bringen.“ Sie sah ihn lange und nachdringlich an.

In Matthew stieg der Zorn hoch, aber er hielt ihn zurück. Sie hatte Recht – das war ein Standpunkt, den er nicht umgehen konnte. Schweigend zog er sich seine Jeans an. „Ich muss mir ein Hemd und eine Taschenlampe holen“, sagte er knapp. „Ich bin in zehn Minuten fertig.“

„In Ordnung.“ Emsig kramte sie in ihren Schubladen herum, bis sie wusste, dass er gegangen war.

Laurel presste die Finger auf die Augen und verdrängte ihre Furcht. Während die Angst langsam nachließ, stützte sie sich mit beiden Händen auf ihren Ankleidetisch und konzentrierte sich auf gleichmäßiges Atmen. Sie musste gehen – jetzt noch mehr als früher, bevor sie in diese Schachtel geschaut hatte. Von einer Drohung ließ sie sich nicht aus der Fassung bringen. Denn, wenn es als Drohung gemeint war, hieß das, dass jemand Angst hatte.

Anne Trulane hatte sich vor dem Sumpf gefürchtet. Mit fast ruhigen Händen zog sich Laurel ihre Jeans an. Sie begriff diese Art der Furcht, einer Furcht, die keine wirkliche Erklärung hat, sondern einfach da ist, Laurel glaubte nicht daran, dass Anne freiwillig an diesen dunklen, geheimnisvollen Ort gegangen war, genauso wenig wie sie selbst einen Schlangenkäfig freiwillig betreten würde. Darüber war sie sich erst heute Abend völlig sicher geworden, seit ihre eigene Furcht sie überkommen hatte. Und das, zum Teufel, würde sie beweisen.

Matthew ... Laurel knipste das Schlafzimmerlicht an und suchte in ihrem Schrank nach Stiefeln. Er war nur deshalb so ablehnend, weil er sich um sie sorgte. Das konnte sie akzeptieren, ihm aber nicht durchgehen lassen. Liebe konnte sie dazu bringen, ihm in der einen oder anderen Sache nachzugeben ... Aber in wie vielen anderen Sachen würde sie dann nachgeben, wenn sie einmal damit angefangen hätte?

Laurel stöhnte über die Unordnung in ihrem Schrank, fand erst einen und dann schließlich den zweiten Stiefel.

Als Matthew zurückkam, fand er sie auf dem Fußboden sitzend vor, wie sie mit ihren verknoteten Schnürsenkeln kämpfte. Er war ähnlich wie sie angezogen, aber er machte eine freundlichere Miene. Er hatte sich beträchtlich beruhigt, als er sich vor Augen gehalten hatte, dass Laurel in seiner Nähe ohnehin sicherer sei – und weil er sich geschworen hatte, sie keinen Moment in den Sümpfen von ‚Heritage Oak' aus den Augen zu lassen.

„Hast du ein Problem?"

„Ich weiß nicht, wie das passieren konnte", murmelte sie und zerrte an den Bändern. „Es kommt mir vor, als hätte sich jemand im Schrank versteckt, meine Schnürsenkel verknotet und die Stiefel unter einem Haufen Wäsche versteckt."

Er warf einen Blick auf die am Fußboden verstreuten Sachen. „Ich bin desillusioniert. Ich habe immer angenommen, du seist sehr ordentlich und organisiert."

„Das bin ich – bei der Arbeit. Verdammt!" Wütend starrte sie auf einen abgebrochenen Fingernagel, ehe sie sich wieder mit den Schuhbändern abkämpfte. „Na also – jetzt muss ich noch eine Taschenlampe haben." Schnell sprang sie auf die Füße und rannte an ihm vorbei in die Küche.

„Weißt du, Laurellie", meinte Matthew, während er ihr nachging. „Wenn du so weitermachst, hast du bald keinen Hosenboden mehr in deinen Jeans."

„Es wird finster sein."

Er tätschelte ihren Po. „Nicht so dunkel."

Mit einem breiten Lächeln zog sie eine Taschenlampe aus der Küchenschublade und probierte sie aus. „Dann musst du vorangehen und deinen Blick von meiner Anatomie lassen."

„Ich sehe lieber deinen Gesäßtaschen zu." Er legte ihr den Arm um die Schulter und ging mit ihr zur Tür.

„Gesäßtaschen", wiederholte sie und schnaubte verächtlich. Dann blieb sie stehen und sah stirnrunzelnd auf das zersplitterte Holz ihrer Tür. „Wie ist denn das …"

„Du warst zu sehr damit beschäftigt, zu schreien, als dass du Zeit gefunden hättest, die Tür zu öffnen", sagte Matthew gelassen und zog sie weiter. „Ich habe dem Verwalter schon Bescheid gegeben."

„Du hast sie eingetreten?" Laurel drehte sich um und starrte ihn an.

Er lächelte ihr ins Gesicht und zog sie weiter, die Treppen hinunter. „Die Qualität der heutigen Türen ist auch nicht mehr das, was sie einmal war."

Er hat die Tür eingetreten … Der Gedanke daran überraschte Laurel sehr. Am Ende der Treppe blieb sie stehen und schlang die Arme um seine Taille. „Weißt du, Matthew, ich hatte schon immer eine Schwäche für Ritter auf weißen Rössern."

Er nahm ihr Gesicht in beide Hände und küsste sie. „Selbst gefleckte?"

„Die ganz besonders."

8. KAPITEL

Matthew parkte das Auto im Schatten der Mauer, die den Besitz der Trulanes umgab. Nachdem er den Motor abgestellt hatte, herrschte Stille.

Laurel sah sich schnell um und ließ den Blick einen Moment lang auf der Silhouette des Hauses im Hintergrund verweilen. „Ich nehme nicht an, dass du dir die rechtlichen Konsequenzen überlegt hast, falls man uns erwischen sollte."

„Wir dürfen uns eben nicht erwischen lassen", erwiderte er gelassen.

Laurel nickte, setzte einen Fuß in Matthews zusammengefaltete Hände und griff nach dem oberen Mauerrand. Mühsam zog sie sich hinauf, dann legte sie sich bäuchlings über die Mauerkrone, reichte Matthew die Hand und zog ihn mit einem schnellen Ruck nach oben. So leise wie möglich sprangen sie auf die andere Seite hinunter.

So lautlos wie Schatten schlichen sie über den nördlichen Teil des Rasens. Das Licht des Halbmondes war fahl, aber hell genug, um ihnen den Weg zu weisen. Die Nacht war von unheimlichen Geräuschen erfüllt. Vögel raschelten in den Bäumen, gelegentlich von dem heiseren

Schrei einer Eule unterbrochen. All das wurde überlagert von dem unablässigen Zirpen der Grillen.

Ab und an glimmte das rötlichgoldene Licht der Glühwürmchen durch das Dunkel. Die Luft war schwer vom Geruch der Blüten und des Grases.

Laurel konnte bereits die unheimlichen Konturen des beginnenden Sumpfes erkennen. Sie schauderte, als der Rasen weich und schwammig unter ihren Füßen wurde.

„Es ist ein Ort", sagte Matthew ruhig. „Ein Ort wie jeder andere, Laurel."

„Es ist übel", sagte sie schlicht, aber ihm war nicht wohl dabei. Dann traten sie unter die ersten, überhängenden Bäume.

Entschlossen unterdrückte sie ihre Furcht, drehte sich noch einmal um und erhaschte einen Blick auf die Umrisse des Hauses.

„Ich würde sagen, dies ist ungefähr der direkteste Weg vom Haus in den Sumpf."

Laurel folgte seinem Blick. „Stimmt."

„Dann kann man daraus folgern, dass Anne sehr wahrscheinlich diesen Weg genommen hat."

„Wahrscheinlich."

„Okay, dann lass uns sehen, was wir finden können. Bleib dicht hinter mir."

„Das ist ein überflüssiger Rat, Matthew", sagte Laurel

von oben herab und holte ihre Taschenlampe hervor. „Wenn du meinst, dass dir etwas den Rücken hoch kriecht, dann bin nur ich es."

Sie waren erst wenige Meter vorgedrungen, als die dichten, fetten Blätter bereits das Mondlicht abhielten. Der Schatten des Gebäudes verschwand hinter den anderen verfließenden Schemen. Das Schilfrohr behinderte den Blick nach vorne und nach hinten. Die beiden Strahler ihrer Taschenlampen erleuchteten einen schmalen Pfad durch die Finsternis.

Es war eine Welt stickiger Feuchtigkeit, der Schatten und der halblauten Geräusche, die Gänsehaut verursachten. Selbst der Geruch war dämpfig von den starken Ausdünstungen der vermodernden Vegetation.

Es war begreiflich, dass Anne Trulane sich hier gefürchtet haben musste.

„Es ergibt überhaupt keinen Sinn", sagte Matthew plötzlich leise.

Laurel ließ ihr Licht in die Dunkelheit neben dem Weg blitzen, wo sich etwas bewegt hatte. „Was ergibt keinen Sinn?"

„Warum sie nicht mehr herausgefunden hat. Würdest du hier herausfinden?"

„Nun, ich ..." Sie hörte zu sprechen auf und griff nach seiner Hand. Man konnte überall und sonst wann

Würde zeigen – nur nicht an diesem Ort und zu dieser Stunde. „Lass mich hier ja nicht allein, Matthew!“

„Was würdest du machen, wenn ich das täte?“

„Dich in dem Moment ermorden, wo ich wieder draußen wäre.“

Lächelnd nahm er ihren Arm, und sie setzten sich wieder in Bewegung. „Und wie?“

„Mit Gift, denke ich, das ist der langsamste und qualvollste Weg.“

„Wie würdest du hier herausfinden?“

„Ich würde …“ Sie schluckte bei dem Gedanken, ihren Weg allein suchen zu müssen, und drehte sich um. Überall waren Schatten, Laute, und der stickige Geruch feuchten Bodens und verrottenden Grases. Sie wusste, es gab im Osten und Südwesten sogar Treibsand. „Ich würde diesen Weg dort wie eine Wilde hinunter rennen“, sagte sie und wies in die Richtung, „mich an diesem Baumstumpf dort nach rechts halten und geradeaus weiterlaufen.“

„Und du wärest in fünf Minuten draußen“, murmelte er. Er wandte sich ihr wieder zu. Das Mondlicht reflektierte sich schimmernd in seinen Augen. „Warum ist sie weiter hineingegangen?“

„Man hat sie am Fluss gefunden, nicht wahr?“

„Ja.“ Er sah Laurel weiterhin an. „Mittendrin. Als

wir die Gegend nach ihr absuchten, stießen wir hin und wieder dort auf ihre Spuren, wo sie sich im feuchten Untergrund längere Zeit gehalten hatten. Sie ergaben keinen Sinn."

„Viel zu viele Menschen sind hier wohl schon umgekommen", sagte Laurel schaudernd.

Beruhigend legte er ihr den Arm um die Schultern und sagtc zärtlich: „Möchtcst du zurück?"

Himmel, ja, dachte sie, aber tapfer hob sie den Kopf. „Nein, lass uns weitergehen. Man kann bereits den Fluss riechen."

Als Laurel und Matthew sich dem Ufer näherten, rochen sie die feuchten Blätter und das Gestrüpp, der Fluss jedoch floss träge und geräuschlos dahin. Zypressen warfen klumpige Schatten. Ein paar Strahlen des Mondlichtes drangen durch die überhängenden Bäume und fielen bleich auf das Wasser, das dadurch nur noch finsterer wirkte. Ein Frosch sprang in das Wasser, als sie ihm näher kamen.

Hier drin sind Krokodile, dachte Laurel. Sehr große sogar.

„Hier war es." Matthew ließ sein Licht über den Boden wandern. „Laurel, könntest du immer noch deinen Weg von hier zurückfinden, wenn du müsstest?"

„Ja, ich glaube, der Weg, den wir hergekommen sind,

ist der leichteste, aber von hier aus müsste man eigentlich in jeder Richtung wieder herausfinden."

„Ja." Matthew bewegte sich und leuchtete den Untergrund ab.

„Seltsam, dass Anne mitten in den Sümpfen aufgegeben hat." Er schimpfte vor sich hin. Hier ist nichts zu finden, dachte er, rein gar nichts. Aber was zum Teufel hatte er eigentlich zu finden erwartet? „Ich wünschte, wir hätten diese Briefe."

„Wer auch immer sie an sich genommen hat, wird sie mittlerweile längst vernichtet haben, falls irgendetwas Belastendes darin gestanden hat."

„Ich frage mich, ob Susan ..." Er hielt inne, als sein Lichtstrahl auf etwas Glänzendes fiel. Matthew bückte sich und hob ein Stück Metall hoch.

„Was ist das?"

„Es sieht wie ein zerbrochenes Schmuckstück aus. Das hat auch schon bessere Zeiten erlebt." Er richtete sich wieder auf und drehte es in der Hand hin und her. „Anne?"

Laurel nahm es an sich und wischte den Schmutz fort. „Ich weiß nicht, nach einem Monat an dieser Stelle ..." Sie leuchtete es mit ihrer Lampe an, während sich dumpf eine Erinnerung in ihr regte. „Es sieht wie das Vorderteil eines Medaillons aus – teuer, sieh mal, wie fein ziseliert es ist.“ Erinnerung regte sich, wurde aber nicht wach. Verzweifelt schüttelte Laurel den Kopf. „Es kommt mir bekannt vor“, murmelte sie. „Vielleicht gehörte es Tante Ellen – Louis hat es möglicherweise nach seiner Hochzeit Anne geschenkt.“

„Wir bekommen das noch heraus.“ Er nahm ihr das Schmuckstück ab und ließ es in seine Tasche gleiten. Missmutig leuchtete er den Boden rechts und links vom Ufer ab. „Bleib eine Minute hier, ich möchte mich dort unten etwas genauer umsehen.“

„Weshalb?“

„Wenn ich das selbst wüsste …“

„Du hast zwei Minuten, Matthew. Bleibst du länger, renne ich hinter dir her.“

„Gut, zwei Minuten.“ Er küsste sie flüchtig. „Bitte warte hier.“

„Ich rühre mich nicht von der Stelle.“

Laurel sah Matthews Licht nach, als er sich von ihr entfernte und das schlüpfrige Ufer hinunterging.

„Noch eine Minute, Matthew“, sagte sie leise vor sich hin. Woran lag es, dass die kleinen Geräusche der Nacht immer lauter zu werden schienen, kaum dass er sie verlassen hatte? Unruhig trat sie von einem Fuß auf den andern und ein Schweißrinnsal bildete sich zwischen ihren Schulterblättern, ließ sie vor Kälte erzittern.

Es liegt nur an der Umgebung, tröstete sie sich und widerstand dem Drang, über die Schulter zu sehen. In einer Stunde werden wir wieder zu Hause sein, und ich werde darüber lachen, wie ich zitternd in der Hitze gestanden und mir Gespenster hinter meinem Rücken eingebildet habe. In einer Stunde …

Das leise Rascheln hinter ihr ließ sie erstarren. Verdammte Waschbären, dachte Laurel und ärgerte sich über sich selbst. Sie öffnete den Mund, um nach Matthew zu rufen, als sich plötzlich ein Arm um ihre Kehle legte.

Erst kam der Schock, und dann erst reagierte ihr Körper auf den abrupten Mangel an Luft. Mit einer sich instinktiv verteidigenden Geste stieß Laurel ihren Ellenbogen nach rückwärts, hinein ins Leere, ehe sie zur Seite geschleudert wurde. Die Taschenlampe flog ihr aus der Hand, während sie in das Schilf stürzte. Sie schlug heftig mit dem Kopf am Fuße einer Zypresse auf …

Am Flussrand bemerkte Matthew den Bogen von Licht, dann Dunkelheit, wo er Laurel zurückgelassen hatte. Er stürmte das Ufer hoch, verwünschte das glitschige Gras und rief laut ihren Namen. Als er sie ausgestreckt liegen sah, blieb sein Herz stehen – mit Anne Trulanes Bild lebendig vor seinen Augen. Er griff nach ihr, nicht rücksichtsvoll, und riss sie an sich. Als sie stöhnte, atmete er auf.

„Was zum Teufel machst du da?“ rief er, und der Zorn, den die Angst ihm eingab, blitzte aus seinen Augen.

„Jemand hat mich gestoßen – kam von hinten. Ich hörte ein Geräusch in den Büschen und dann legte jemand seinen Arm um meinen Hals. Und plötzlich wurde ich gegen diesen Baum geschleudert.“

Matthew strich ihr über das Haar und hob ihr Gesicht leicht an. „Bist du verletzt?“

Laurel sah die Angst, die Besorgnis, die Frustration in seinen Augen. „Nicht wirklich.“ Sie lächelte – ihr Kopf dröhnte, aber das war alles. „Nur ein Stoß. Es hat mich nicht umgebracht. Ich sah nur Sterne – ähnlich denen, die ich sah, als du mich das erste Mal geküsst hast.“ Sie beugte sich vor und küsste ihn. „Lass sehen, ob ich aufstehen kann.“

Matthew stützte sie mit beiden Händen. Sie wartete einen Augenblick, aber ihr war nicht schwindlig. Nur der Kopf schmerzte ihr.

„Es geht schon, wirklich“, sagte sie, als er sie weiterhin besorgt anstarrte.

„Bist du sicher, dass du gehen kannst?“

„Wenn du damit meinst, um hier herauszukommen, bestimmt.“

Sie machten sich auf den Weg zurück, den sie gekommen waren. „Nun, wenigstens haben wir doch noch etwas gefunden“, murmelte sie.

„Ja. Jemand, der weiß, worauf wir aus sind, hat ganz eindeutig etwas dagegen. Liebeskranke Geister stoßen niemanden gegen einen Baum, nicht wahr, Laurel?“

„Nein.“ Und sie dachte wie er, dass das Haus nahebei war. Die Bewohner kannten die Sümpfe.

Schweigend gingen sie zurück, jeder noch vorsichtiger als zuvor. Matthew sorgte dafür, dass Laurel dicht an seiner Seite ging, er hielt sie an der Hand, bis sie die Lichtung erreicht hatten. Das Haus im Hintergrund lag in völliger Finsternis.

Laurel sprach nicht eher, als bis ‚Heritage Oak‘ Meilen hinter ihnen lag.

„Wir müssen uns noch einmal mit Louis und Marion unterhalten.“

„Ich weiß.“ Matthew drückte den Zigarettenanzünder ein. Wenn er rauchte, würde er vielleicht den Geruch der Sümpfe aus der Nase bekommen. „Morgen.“

Laurel lehnte sich zurück und schloss die Augen. Morgen war noch früh genug, um darüber nachzudenken. „Ich weiß nicht, wie es dir geht, aber ich bin hungrig.“

Er drehte sich nach ihr um. Sie war noch immer

reichlich blass – aber das konnte auch am Mondlicht liegen. Sie sprach ruhig und atmete gleichmäßig. Ihm war keine Furcht an ihr aufgefallen, nicht einmal, als sie halb benommen und verrenkt am Boden gelegen hatte. Nur Ärger darüber, dass man sie unvorbereitet getroffen hatte. Aber keine Furcht.

Mit dem zurückgelegten Kopf und den über ihr Gesicht tanzenden Schatten erinnerte sie ihn stark an Olivia. Einmalig, unbezähmbar, faszinierend. Lächelnd griff Matthew nach ihrer Hand und führte sie an seine Lippen.

„Wir holen uns eine Pizza und nehmen sie mit nach Hause."

Obwohl sie keine Ahnung hatte, was seine Stimmung so verbesserte, ging Laurel darauf ein. „Aber dann wenigstens eine, auf der alles drauf ist", verlangte sie.

Es war schon nach zwei Uhr, als sich Laurel gesättigt an Matthews Rauchglastisch zurücklehnte. Sie konnte nicht sagen, dass sein Apartment so aussah, wie sie es sich vorgestellt hatte, weil sie nicht einmal wusste, was sie erwartet hatte. Es wirkte sehr gemütlich – dicke, plüschige Kissen, ein weicher Teppich, sanfte, geschmackvoll aufeinander abgestimmte Farben mit einem Hang zur Gemütlichkeit.

An den Wänden hingen weder gerahmte Zeitungsausschnitte noch Picasso-Drucke, sondern zwei Bilder New Yorks eines ihr unbekannten Malers.

Laurel stand auf und schlenderte durch das Zimmer. Ihre Füße versanken im Teppich. „Dein Apartment gefällt mir. Du hast es wohl gern gemütlich." Sie machte eine ausholende Geste. „Aber jetzt werde ich gehen. Vielen Dank für die Pizza, Matthew. Wir sehen uns morgen früh."

Er stand auf und hielt sie am Arm fest. „Laurel, du weißt, dass du so lange nicht in deiner Wohnung bleiben kannst, bis die Tür repariert ist."

Sie sah ihm ruhig in die Augen. „Nicht jeder von uns braucht Riegel und Schlösser, Matthew."

„Verdammt, du bleibst heute Nacht nicht in deiner Wohnung."

„Wage ja nicht, mir vorzuschreiben, was ich zu tun habe."

„Aber ich schreibe es dir vor", erwiderte er. „Und wenigstens einmal wirst du machen, wozu man dich auffordert."

Sie warf ihm einen kühlen, distanzierten Blick zu. „Nimm die Hände runter."

Er wurde ärgerlich, trotzdem erkannte er hinter ihrer Verstimmung, dass sie gekränkt war. Seufzend lehnte er seine Stirn gegen ihre. „Es tut mir Leid, Laurel, aber bleib hier. Bleib hier bei mir.“

Mit einem zufriedenen, verzeihenden Seufzer gab sie nach und legte den Kopf auf seine Schulter. „Kann ich als Erste duschen?“

Er liebkoste ihren Hals und lachte leise. „Sicher. Aber wir werden es zu zweit machen müssen. Du hast von der Wasserknappheit gehört.“

„Nein, kein einziges Wort.“

„Wirklich nicht?“ Er zog sie in sein Badezimmer. „Sie ist in einem kritischen Stadium. Ich werde dir alles darüber erzählen.“

Sie lachte, während er ihr langsam das Hemd über den Kopf zog.

Der Himmel sah düster aus. Dicke, bleierne Wolken brachten Schwüle und Dämpfigkeit, und Regen wäre die reinste Erleichterung gewesen. Kein Blättchen regte sich oder drehte die blasse Unterseite erwartungsvoll der Kühle entgegen, alles war matt und erschlafft.

Laurel lehnte sich zurück und ließ sich von der stickigen, durch das Wagenfenster dringenden Luft so gut es ging erfrischen.

Am Straßenrand standen Bäume, deren Schatten nur mäßige Erleichterung vor der drückenden Hitze boten.

Mit einem Blick darauf wünschte sie sich, sie säße lieber unter einem dieser Bäume im weichen, feuchten Ufergras eines kühlen Flusses.

Sie machte die Fahrt nach ‚Heritage Oak' nun zum dritten Male in zwei Tagen. Jedes Mal war es ein bisschen schwieriger, den Antworten zu begegnen, mit denen sie dort konfrontiert werden würde.

Matthew saß schweigend neben ihr im Auto. Sie wusste, warum er nicht sprach. Er wollte ihr Zeit lassen, sich zu fassen, sich über ihre Gefühle im Klaren zu sein, ehe sie in ‚Heritage Oak' ankamen.

Sie drehte sich zu ihm hin und betrachtete sein Profil. Klar gezeichnet, recht ansprechend mit seinem freundlichen Lächeln und den amüsiert blickenden Augen. Und doch war das nicht alles. Aus seinen Artikeln kannte sie ihn bereits als scharfsinnig, ironisch und einsichtig. Außerdem hatte sie festgestellt, dass er sich nur dann zurückgezogen benahm, wenn er es wollte. Das war nicht seine wahre Natur. Er war ungeduldig und ruhelos und lebte nach seinen eigenen Regeln. Laurel fand zu ihrem Erstaunen, dass ihr neben der Liebe, die sie für ihn empfand, sogar sein Lebensstil zusagte.

Wir sind Partner, dachte sie, und ihr Lächeln vertiefte sich. Du solltest dich lieber daran gewöhnen, Matthew, weil das für eine lange, lange Zeit unsere gemeinsame Basis sein wird.

Sie parkten vor dem Haupteingang. „Matthew, Marion wird uns nur deshalb empfangen, weil ihre gute Erziehung es ihr vorschreibt, aber ...“ Zögernd hielt sie inne, während sie die Stufen zur Veranda hochgingen. „Ich bezweifle, dass Louis mit uns sprechen wird.“

„Dann müssen wir ihn auf andere Weise dazu bringen“, sagte Matthew gelassen und ließ den Klopfer heftig gegen die Tür fallen.

„Ich möchte ihn im Augenblick nicht zu sehr bedrängen. Falls ...“

Es lag an der Art, wie er sich abrupt zu ihr umdrehte und seine Augen sie anfunkelten, dass sie mitten im Satz abbrach. „Wann ...?“ wollte er wissen.

Sie öffnete den Mund, aber die Verärgerung und Ungeduld, die aus seinem Gesicht sprachen, brachten sie dazu, die ersten unbedachten Worte zu verschlucken. „Schon gut“, murmelte sie und drehte sich wieder zur Tür. „Schon gut.“

Schuldgefühl. Matthew spürte den Stich und wusste nicht recht, wie er sich verhalten sollte. „Laurel ...“

Die Tür wurde geöffnet und hinderte ihn am Weitersprechen. Binney sah die beiden an und ein überraschter Ausdruck – vermischt mit einem anderen Ausdruck –

trat in ihre Augen. „Miss Laurel, wir hatten nicht damit gerechnet, Sie so bald schon wiederzusehen."

„Hallo, Binney, hoffentlich kommen wir nicht ungelegen, aber wir würden uns gern mit Louis und Marion unterhalten."

Ihr Blick schoss zu Matthew hinüber und richtete sich dann wieder auf Laurel. „Mr. Louis ist nicht in der besten Stimmung. Es ist ein unpassender Augenblick."

„Was hat er denn?" fragte Laurel. „Ist er krank?"

„Nein." Sie schüttelte den Kopf und zögerte, als hätte sie zu schnell verneint. „Er ist ..." Binney unterbrach sich, als suche sie die richtige Formulierung. „Er fühlt sich nicht wohl", sagte sie und verschränkte ihre langen, knochigen Hände.

„Das tut mir Leid." Laurel lächelte sie freundlich an und hasste sich deswegen. „Wir werden ihn nicht lange aufhalten. Es ist dringend, Binney." Unaufgefordert trat sie in die Halle.

„Wie Sie wollen." Laurel entging der schnelle, anklagende Blick nicht, den die Haushälterin ihr zuwarf, ehe sie die Tür schloss. „Dann kommen Sie bitte in den Salon, und ich werde Miss Marion ausrichten, dass Sie hier sind."

„Vielen Dank, Binney." Am Eingang zum Salon ergriff Laurel Binneys Hand. „Fühlt sich Louis des Öfteren ... nicht wohl?"

„Hin und wieder.“

Laurel legte ihre zweite Hand über die dünnen, knochigen Finger, als wollte sie damit Binney um Verständnis bitten. „Hatte er diese schlechten Stimmungen schon, als Anne … während er mit Anne verheiratet war?“

Binney presste die Lippen zusammen, bis sie nur noch ein schmaler Strich waren. Mit der Art einer Frau, die das Haus und seine darin lebenden Bewohner sehr gut kannte, sah Binney so schnell durch die Halle und die Treppen hinauf, dass es kaum zu bemerken war. Als sie wieder sprach, kamen die Worte hastig und leise.

„Sie kannten ihn, Miss Laurel, aber es gab so viele Veränderungen und so viel Leid. Nichts ist mehr so, wie es war, als Sie zu den Teegesellschaften und Ausritten herkamen.“

„Das verstehe ich, Binney. Ich möchte ihm helfen.“

Wieder glitt Binneys Blick durch die Halle. „Früher“, fing sie nun an, „während der Zeit zwischen dem Verschwinden von Mr. Charles und der Ankunft von Mr. Louis’ neuer Frau, war er oft schlechter Stimmung. Er wanderte im Hause herum und sprach mit niemandem, oder er schloss sich stundenlang in sein Arbeitszimmer ein. Wir machten uns große Sorgen, aber …“ Ihr Schulterzucken war vielsagend.

„Später verreiste er dann oft geschäftlich, und sein

Zustand besserte sich. Diese Jahre waren nicht leicht, aber es waren wenigstens – ruhige Jahre. Und dann kam er mit diesem Mädchen zurück, seiner Frau."

„Und die Dinge änderten sich wieder?" warf Laurel ein.

„Nur zum Besseren." Die Haushälterin zögerte. Laurel meinte, sie in ihrem Hin- und Hergerissensein zwischen ihrer Loyalität gut zu verstehen. „Wir waren überrascht. Sie hatte das Aussehen seiner ersten Frau." Binney sagte das so leise, dass Laurel sich anstrengen musste, um sie zu verstehen. „Es war eigenartig, sie zu sehen, selbst ihre Stimme ... Aber Mr. Louis war glücklich mit ihr und fühlte sich wieder jung. Manchmal, nur manchmal, grübelte er wieder und schloss sich ein."

Laurel ignorierte den Knoten in ihrem Magen und drängte Binney, weiterzusprechen. „Binney, fürchtete sich Anne, wenn Louis eine dieser grüblerischen Anwandlungen hatte?"

Wieder presste Binney ihre Lippen zusammen. „Vielleicht war sie verwirrt."

„War sie hier glücklich?"

Die nussbraunen Augen verdunkelten sich. Ihre Lippen zuckten, ehe sie wieder eine gefasste Miene machte. „Sie sagte, das Haus sei wie ein prachtvolles Märchenschloss."

„Und die Sümpfe?“

„Die fürchtete sie. Sie hätte nicht hineingehen sollen. Was sich dort befindet“, fuhr sie leise fort, „sollte man besser allein lassen.“

„Was sich dort befindet?“ wiederholte Laurel.

„Gespenster“, sagte Binney so schlicht, dass es Laurel frösteln machte. Gegen alte Sagen und Legenden konnte man nicht argumentieren. Sie ging nicht weiter darauf ein.

„Hat Anne sich oft mit Nathan Brewster getroffen?“

„Sie war eine treue Ehefrau.“ Ihr Ton hatte sich leicht geändert, aber doch so viel, dass Laurel wusste, die automatische Verteidigung des Besitzes und seiner Bewohner war nicht länger mehr gegeben. Laurel stellte die nächste und, wie sie wusste, endgültige Frage.

„Wusste Louis, dass Brewster sich in Anne verliebt hatte?“

„Es ist nicht meine Sache, darüber zu reden“, antwortete Binney steif und ablehnend. Oder Ihre, danach zu fragen. Laurel vernahm die unausgesprochenen Worte ganz deutlich. „Ich werde Miss Marion benachrichtigen, dass Sie hier sind.“ Kühl kehrte Binney ihnen den Rücken und ging davon.

„Zu dumm“, meinte Laurel leise, „sie will offenbar nicht weiter darüber reden.“

„Jetzt vergiss deine Gefühle einmal für den Augenblick und benutze deinen Verstand“, sagte Matthew scharf. „Wenn die Haushälterin über Brewster Bescheid wusste – und das ging aus der Art, wie sie sich zurückzog, deutlich hervor – wer wusste es dann noch?“

„Vor dem Personal kann man schlecht etwas verbergen, Matthew. Sie haben es alle gewusst.“

„Und doch hat kein einziger Brewsters Namen erwähnt, als sie von der Polizei vernommen wurden.“

Laurel verschränkte die Hände, um die Finger ruhig zu halten. „Hätte man es erwähnt, dann wäre ein Schatten auf Annes Ruf gefallen und somit auch auf Louis’. Erinnere dich auch daran, dass die Untersuchung zu keinem anderen Ergebnis kam als Tod durch Unfall. Damals schien es unnötig, alle diese Dinge aufzurühren.“

„Und heute?“

„Das Personal ist Louis treu ergeben“, sagte sie müde. „Sie werden mit Dritten bestimmt nicht über Sachen reden, die Louis noch mehr quälen könnten.“

„Ich verfüge in der Stadt über gute Beziehungen“, sagte Matthew nachdenklich. „Ich könnte es vielleicht zu Wege bringen, dass jemand hierher kommt und einige Fragen stellt.“

„Noch nicht, Matthew, erst in ein paar Tagen.“ Laurel

ergriff Matthews Hand. „Ich möchte Louis nicht eher die Polizei auf den Hals schicken, als bis uns keine andere Wahl mehr bleibt. Wir haben ohnehin keine neuen Beweise, um eine Wiederaufnahme der Untersuchung zu rechtfertigen. Das weißt du selbst."

„Vielleicht, vielleicht auch nicht." Er sah sie stirnrunzelnd an und unterdrückte einen Seufzer. „Ein paar Tage, Laurel. Aber nicht mehr."

9. KAPITEL

„Laurel, Mr. Bates.“ Marion betrat den Salon und streckte Laurel die Hände entgegen. „Bitte setzen Sie sich doch. Es tut mir Leid, dass ich Sie warten ließ, aber wir hatten nicht mit Ihnen gerechnet.“

Laurel entging die leichte Missbilligung in ihrem Ton nicht, und sie ging darauf ein. „Bitte, entschuldige, Marion. Hoffentlich haben wir dich nicht in einem unpassenden Augenblick gestört.“

„Ja nun, ich bin sehr beschäftigt, aber ...“ Sie drückte Laurels Hand und setzte sich dann auf das Brokatsofa, das Laurels Sessel gegenüberstand. „Soll ich einen Kaffee bringen lassen? Oder etwas Kaltes zu trinken? Es ist solch ein drückender Tag.“

„Nein, vielen Dank, Marion. Wir wollen dich nicht lange aufhalten.“ Konversation, dachte sie verächtlich. Wie leicht es doch ist, unangenehme Dinge hinter oberflächlicher Konversation verschwinden zu lassen. „Aber es ist wichtig, dass wir uns noch einmal mit dir und Louis unterhalten.“

„Oh.“ Marions Blick glitt von Laurel zu Matthew hinüber und wieder zurück. „Das wird schwierig. Louis ist nicht da, fürchte ich.“

„Kommt er zurück?“ fragte Matthew sie, ohne ihrer Aufforderung, Platz zu nehmen, zu folgen.

„Das kann ich nicht sagen. Das heißt, ich kann nicht sagen, wann. Ich bedauere.“ Ihre Miene änderte sich leicht. Sie zog die Brauen zusammen, als sähe sie sich genötigt, etwas Unangenehmes zu sagen. „Die Wahrheit ist, Laurel, ich bin nicht sicher, ob er einverstanden sein wird, noch einmal mit dir zu sprechen.“

Das tat weh, aber sie hatte damit gerechnet. Laurel sah sie unverwandt an. „Marion, Matthew und ich haben gestern Nathan Brewster aufgesucht.“

Sie sahen und registrierten die Veränderung, Zweifel – alles zeigte sich schnell und war auch gleich wieder verschwunden. „Tatsächlich? Warum?“

„Er war in Anne verliebt“, antwortete Laurel. „Offensichtlich machte er kein Geheimnis daraus.“

Marion sah sie kühl an. „Laurel, Anne war ein reizendes Kind. Jeder Mann hätte sich zu ihr hingezogen gefühlt.“

„Ich sagte nicht, er fühlte sich zu ihr hingezogen“, korrigierte Laurel sie. „Ich sagte, er war in sie verliebt, auf seine Weise. Er wollte, dass sie Louis verließ.“

Laurel sah, wie Marion schluckte, ehe sie sprach. Die dünne Goldkette, die sie um den Hals trug, glitzerte unter der Bewegung. „Was Mr. Brewster sich gewünscht haben mochte, ist ohne jede Bedeutung. Anne liebte Louis."

„Du wusstest davon." Laurel sah in Marions Augen, die so blassgrau waren wie die ihres Bruders.

Einen Augenblick lang sagte Marion nichts, sondern seufzte nur. „Ja", sagte sie schließlich. „Ich wusste es. Es war ausgeschlossen, das nicht zu bemerken, so wie dieser Mann sie angesehen hat. Anne war durcheinander." Sie hob die Hände, verschränkte sie und ließ sie wieder sinken. „Sie vertraute sich mir an, weil sie nicht wusste, wie sie sich verhalten sollte. Anne hätte Louis nie verlassen", murmelte sie, öffnete die Hände und glättete nervös ihren Rock. Dabei sah sie unbeirrt und fast ruhig vor sich hin, als gehorchten ihre Hände einem ganz anderen Antrieb. „Sie liebte ihn."

„Wusste Louis das?"

„Es gab nichts, was er hätte wissen müssen", entgegnete Marion scharf und bemühte sich, ihre Fassung wiederzugewinnen. „Anne hat nur mit mir gesprochen, weil der Mann sie aufgeregt hat. Sie schrieb auch ihrer Schwester, dass er sie nervös mache. Anne liebte Louis", wiederholte Marion. „Aber welche Bedeutung hat das noch?" Mit einem plötzlich gequälten Blick sah sie die beiden an, und ihre Finger krallten sich in den leichten Stoff ihres Rockes. „Das arme Kind ist tot, und Gerüchte, grässliche Gerüchte wie dieses, machen es Louis nur noch schwerer. Laurel, kannst du dem nicht Einhalt gebieten? Du musst doch wissen, was dieser anhaltende Druck für Louis bedeutet."

„Wenn die Dinge nur so einfach wären", fing Matthew an, ehe Laurel sprechen konnte. „Weshalb glauben Sie, hat jemand Laurel eine Warnung zukommen lassen?"

„Eine Warnung?" Marion schüttelte den Kopf und ließ endlich ihre nervösen Finger ruhen. „Was für eine Warnung?"

„Jemand hat eine Schachtel an meiner Tür abgestellt", sagte Laurel mit bewusster, äußerlicher Ruhe. „Eine tote Mokassinschlange lag darinnen."

„Oh, du lieber Himmel! Oh, Laurel." Sie streckte Laurel die Hände entgegen und ergriff sie. „Weshalb sollte dir jemand etwas so Scheußliches antun? Wann war das? Wann ist das passiert?"

„Gestern am späten Nachmittag. Einige Stunden, nachdem wir ‚Heritage Oak' verlassen hatten."

„Oh, meine Liebe, du musst dich ... Anne wurde von einer Mokassinschlange gebissen", flüsterte sie, als wäre ihr das gerade wieder eingefallen. „Du denkst – Laurel ... Du kannst doch nicht annehmen, Louis würde dir so etwas antun. Das kannst du doch nicht!"

„Ich kann nicht – ich will es Louis nicht unterstellen",

korrigierte sich Laurel. „Wir dachten, dass es besser sei, wenn ihr das wisst."

Marion ließ Laurels Hände los. Ihr Atem ging wieder gleichmäßiger. „Das muss furchtbar für dich gewesen sein. Meine eigenen Nerven – und Louis' …" Kopfschüttelnd brach sie ab. „Natürlich werde ich es ihm sagen, du weißt, dass ich es tun werde, aber …"

„Miss Marion?"

Irritiert sah Marion über die Schulter zur Tür hin. „Ja, bitte, Binney?"

„Entschuldigen Sie bitte, aber Mrs. Hollister ist wegen der Wohltätigkeitskampagne für das Krankenhaus am Telefon. Sie besteht darauf, Sie zu sprechen."

„Ja, ja, schon gut, sag ihr, ich käme jeden Augenblick." Sie wandte sich wieder um und zupfte am Kragen ihres Kleides. „Es tut mir Leid, Laurel, alles tut mir Leid. Wenn du hier warten möchtest, dann erledige ich das nur schnell und komme zurück. Aber ich wüsste nicht, was ich sonst noch sagen könnte."

„Es ist schon recht, Marion, geh nur. Wir finden schon selbst hinaus."

„Wenn du einmal einer Sache auf den Grund gehst", bemerkte Matthew, als er wieder mit Laurel allein war, „verhältst du dich ganz schön beherzt."

„Nicht wahr?“ Ohne ihn anzusehen, nahm sie ihre Handtasche an sich und stand auf. „Berufsrisiko, nennt man das wohl.“

„Laurel.“ Matthew nahm sie bei den Schultern, und sie sah zu ihm hoch. „Hör auf, dich zu quälen.“

„Das würde ich, wenn ich es könnte“, murmelte sie, drehte sich zur Seite und starrte aus dem Fenster. „Mir gefiel die Art nicht, mit der Marion auf die Erwähnung von Brewsters Namen reagierte.“

„Sie weiß mehr, als sie zugibt.“ Er strich ihr über das Haar und hätte sie gern an sich gezogen.

„Louis ist draußen“, sagte Laurel ruhig. „Ich möchte allein mit ihm sprechen, Matthew.“

Überrascht, dass eine solche Bitte ihm so wehtun konnte, machte er einen Schritt zurück. „Wie du willst.“ Als sie durch die Glastür ging, steckte er die Hände in die Taschen und trat näher an das Fenster heran. Ohne jede Gewissensbisse wünschte er Louis Trulane zur Hölle …

Nach der Kühle des Salons war die Hitze draußen vor der Tür umso stickiger. Die Luft roch nach Regen, der nicht kommen wollte. Gelegentlich waren matte Vogelrufe zu vernehmen. Beim Vorübergehen nahm Laurel den Duft der Rosen wahr, der schwer und betäubend in der Luft hing. Als sie sich Louis näherte, bemerkte sie feuchte Flecke auf seinem Hemd.

„Louis."

Er blickte hoch. Weder seine Miene noch seine Haltung hießen sie willkommen, aber die kühle Gleichgültigkeit, die sie am Tage zuvor bemerkt hatte, fehlte auch. Er war wütend. „Was machst du hier?"

„Ich muss mit dir reden."

„Da ist nichts zu sagen."

„Louis." Sie hielt ihn am Arm zurück, als er ohne sie weitergehen wollte. Er blieb zwar stehen, drehte sich aber mit einem Blick zu ihr um, der sie zusammenzucken ließ.

„Lass es bei ein paar netten Erinnerungen bewenden, Laurel, und bleib mir fern."

„Ich habe noch immer die Erinnerungen, Louis, aber ich habe auch meine Arbeit zu machen." Prüfend blickte sie ihm ins Gesicht und wünschte sich, sie könnte etwas tun, etwas sagen, um den, wie sie wusste, endgültigen Bruch zwischen ihnen zu vermeiden. „Ich glaube nicht, dass Anne freiwillig in die Sümpfe gegangen ist."

„Das ist mir verdammt gleichgültig, was du glaubst. Sie ist tot." Er blickte über ihren Kopf hinweg auf den nördlichen Teil des Rasens, dorthin, wo er in den Morast überging. „Anne ist tot", sagte er noch einmal und schloss die Augen. „Und das ist das Ende der Geschichte."

„Wirklich?" erwiderte sie und verhärtete sich. „Wenn

auch nur die geringste Möglichkeit bestünde, dass jemand sie in diese Gegend gelockt oder vor Angst dorthin getrieben hätte, würdest du das nicht wissen wollen?"

Er brach einen dünnen Ast von einer Myrthe ab. Laurel wurde stark an Brewsters fahrige Hände erinnert, wie er mit dem Bleistift gespielt hatte. „Was du sagst, ist absurd. Niemand hat es getan – niemand hätte einen Grund dafür gehabt."

„Nein?" Sie hörte den kleinen Knacks, mit dem das Holz zwischen seinen Fingern brach. „Jemand schätzt es gar nicht, dass wir der Angelegenheit nachgehen."

„Ich schätze es nicht, dass du der Angelegenheit nachgehst", brach es aus Louis heraus und er warf den zerbrochenen Ast und die Blüten auf die Erde. „Ist daraus zu schließen, dass ich meine Frau umgebracht habe!" Er drehte sich rasch um und starrte auf den Rand des nördlichen Rasens. „Um Himmels willen, Laurel. Warum mischt du dich hier ein? Es ist vorbei. Nichts kann sie zurückbringen."

„Hat meine Einmischung dich denn so sehr beunruhigt, dass du mir eine tote Schlange vor die Tür gelegt hast?"

„Was?" Er schüttelte den Kopf, als ob er benommen wäre und ihn klar bekommen wollte. „Was hast du gesagt?"

„Jemand hat mir eine tote Mokassinschlange geschickt, so recht hübsch in einem Geschenkkarton verpackt."

„Eine Mokassinschlange ... die gleiche, wie ..." Er verstummte, als er sich langsam ihr wieder zukehrte. „Welch schlechter Scherz", sagte er und fuhr sich mit gespreizten Fingern durch das Haar – eine Geste, an die Laurel sich gut erinnerte. „Ich fürchte, mir stand in der letzten Zeit nicht der Sinn nach irgendwelchen Scherzen, obwohl ich kaum sehe, wie ..." Wieder brach er ab und starrte auf sie herunter. Sein Gesicht nahm einen Ausdruck an, den Laurel nicht deuten konnte. „Ich erinnere mich. Arme, kleine Laurel, du hattest immer Angst vor ihnen. Ich habe meinen Cousin beinahe erwürgt, an dem Tag, als er auf einer von Marions Gartenpartys dir eine Vipernatter unter die Nase gehalten hat. Wie alt warst du? Neun, zehn? Erinnerst du dich?"

„Ich erinnere mich."

Sein Gesicht wurde etwas weicher. „Bist du aus dieser Furcht herausgewachsen?"

Sie schluckte. „Nein."

„Das tut mir Leid." Er berührte ihr Gesicht in einer ersten Geste der Freundschaft. Sie fand, dies schmerzte mehr als seine ärgerlichen Worte. „Du hast die Sümpfe nie gemocht wegen der Schlangen."

„Ich habe die Sümpfe nie gemocht, Louis.“

„Anne hasste sie.“ Er wandte den Blick ab. „Ich habe versucht, ihr diese Furcht zu nehmen – genauso, wie ich es bei dir versucht habe, zumeist mit Neckereien. Sie war süß.“

„Du hast mir nie gestattet, sie kennen zu lernen“, murmelte Laurel. „Warum hat niemand sie kennen lernen dürfen?“

„Sie sah wie Elise aus.“ Er hatte die Hand noch immer um ihr Gesicht geschmiegt, aber sie wusste, er hatte es einfach vergessen. „Ich war verblüfft, als ich sie das erste Mal sah. Aber sie war nicht wie Elise.“ Sein Blick verhärtete sich, und die Augen wurden so stahlgrau wie der Himmel. „Die Leute hätten etwas anderes gesagt, wenn sie sie bloß angeschaut hätten. Das konnte ich nicht ertragen – die Vergleiche, das Gerede.“

„Hast du sie geheiratet, weil sie dich an Elise erinnerte?“

Nach diesen Worten blitzte der Zorn in seinen Augen wieder so plötzlich und heftig auf, dass Laurel am liebsten einen Schritt nach hinten gemacht hätte, wenn seine Hand sich nicht verkrampft hätte. „Ich habe sie geheiratet, weil ich sie liebte – weil ich sie brauchte. Ich heiratete sie, weil sie jung und noch zu formen war und von mir abhängig. Sie war nicht die Frau, die

Kontakt mit anderen brauchte. Ich blieb in dem Jahr, das wir gemeinsam verlebten, bei ihr, damit sie sich nicht langweilte und unzufrieden wurde, so wie es Elise in ihrem verdammten Brief behauptet hatte."

„Louis, ich weiß, wie du dich fühlen musst …"

„Tatsächlich?" unterbrach er sie leise, so leise, dass seine Worte in der drückenden Luft zu hängen schienen. „Begreifst du, was ein Verlust bedeutet, Laurel? Betrug? Nein", sagte er, ehe sie etwas sagen konnte. „Du musst das erst durchleben."

„Falls es jemanden anderen gegeben hätte." Laurel feuchtete sich ihre Lippen an, weil ihr Mund ganz trocken war. „Wenn es einen anderen Mann gegeben hätte, Louis, was hättest du dann getan?"

Er sah sie wieder an, kühl, eisig. „Ich hätte ihn umgebracht. Ein Judas reicht jedem Mann aus." Er wandte sich um und entfernte sich von ihr und dem Haus. Laurel fröstelte in der stickigen Luft.

Matthew hatte genug gesehen. Er schlenderte zu der Glastür hinüber, unterdrückte den Wunsch, auf Louis zuzustürmen und etwas von seiner Frustration an ihm auszulassen, und ging zu Laurel, die noch immer stand und Louis nachsah.

„Lass uns gehen", sagte er kurz angebunden.

Sie nickte. Die Stimmung – ihre eigene, Louis', Matthews – schien so drückend wie die Luft um sie herum. In ihnen allen braute sich ein Sturm zusammen. Es brauchte nicht viel, um ihn losbrechen zu lassen. Schweigend überquerten sie den ordentlich geschnittenen Rasen zu Matthews Wagen und fuhren von ‚Heritage Oak' fort.

„Nun?" Matthew steckte sich mit dem Zigarettenanzünder eine Zigarette an und wartete.

„Binney hatte Recht", sagte Laurel nach einem Augenblick. „Louis ist gereizt, verärgert und hat nichts, woran er es auslassen kann. Er betrachtet Annes Tod noch immer als Unfall. Die Art, wie er zu den Sümpfen hinübersah ..." Laurel warf einen Blick auf Matthew, sah das kantige, harte Profil, das Louis' Ausdruck sehr ähnelte. „Matthew, ich würde schwören, er hat sie geliebt. Es könnte sein, dass er sich ihrer Ähnlichkeit zu Elise wegen für sie interessierte, sie sogar aus dem Gedanken heraus, eine zweite Chance zu haben, heiratete, aber Louis liebte Anne."

„Glaubst du, dass er sie in jeder Situation auseinander gehalten hat?"

„Ich sagte dir bereits, dass ich kein Psychiater bin." Ihre Antwort kam scharf, und sie biss die Zähne zusammen. Sie würden nichts erreichen, wenn sie und

Matthew anfingen, sich gegenseitig anzugiften. „Ich kann dir nur meinen eigenen Eindruck schildern“, fuhr sie etwas ruhiger fort, „und das heißt, Louis liebte Anne, und er trauert noch immer um sie. Ein Teil dieser Trauer kann auch Schuldgefühl sein, dass er sie damit aufgezogen hat, sich vor den Sümpfen zu fürchten“, erklärte sie ihm, als er ihr einen raschen Blick zuwarf. „Dass er ihre Angst nicht ernst genug genommen hat.“

„Was mich noch brennend interessiert, hast du ihm von der Schachtel erzählt?“

„Ja.“ Warum regnet es nicht endlich? dachte sie und zog ihre feuchte Bluse etwas von den Schulterblättern weg. Vielleicht würde der Regen alles wieder reinwaschen. „Er hat es zu Anfang nicht recht begriffen, aber dann war er meiner Meinung nach mehr als angeekelt. Dann … dann fiel es ihm wieder ein, dass ich mich stets vor Schlangen fürchtete. Einige Minuten lang war er ganz so wie früher. Freundlich, herzenswarm.“ Laurel schluckte und sah aus dem Fenster, während Matthew leise und wild vor sich hinfluchte.

„Ich fragte ihn, warum er es nicht zuließ, dass Anne jemanden kennen lernte. Er sagte, er wollte nicht die Vergleiche mit Elise, die ganz sicher aufgekommen wären. Er blieb in ihrer Nähe, weil er nicht wollte, dass sie sich langweilte und …“

„Sich anderweitig umsah“, beendete Matthew ihren Satz.

„Nun gut, ja.“ Laurel blickte ihn von der Seite an. „Vergisst du jetzt nicht das berühmte Glashaus, Matthew? Hast du denn überhaupt kein Mitgefühl? Kein Verständnis, was er durchgemacht haben muss?“

Er sah ihr kurz in das erhitzte Gesicht. „Dafür hast du genug für uns beide.“

„Verdammt, Matthew“, flüsterte sie. „Du bist so selbstgefällig, so schnell mit deinem Urteil. Wie schön für dich, wenn du nie jemanden verloren hast, den du liebtest.“

Er schnippte seine Zigarette aus dem Autofenster. „Wir sprechen über Trulane, nicht über mich. Wenn du wieder die Absicht haben solltest, jemanden zu belehren, dann mach das in deiner Freizeit. Nicht, solange du mein Partner bist. Mich interessieren nur Fakten.“

Sie fühlte Zorn in sich aufsteigen, und es gelang ihr nur mühsam, ihn zu unterdrücken. Ihre Stimme klang kalt. „Nun gut, hier ist eine weitere Tatsache für dich. Louis sagte, er hätte jeden Mann umgebracht, mit dem sich Anne eingelassen hätte. Er sagte das mit einer Kaltblütigkeit, die du, da bin ich mir sicher, bewundert hättest. Und doch arbeitet Nathan Brewster immer noch für ihn.“

„Und jetzt kommt noch eine andere Tatsache." Matthew fuhr auf einen Parkplatz beim ‚Herald' und drehte sich zu ihr um. „Du bist von Trulane so besessen, dass du aus ihm eine Art Brontë-Held gemacht hast. Du weigerst dich, ihn in irgendeinem anderen Licht zu sehen. Er ist ein skrupelloser, verbitterter Mann, der zur nackten Gewalt fähig ist. Seine erste Frau nahm sich seinen jüngeren Bruder. Hast du dich nie gefragt, warum?"

Sie entriss den Arm aus seinem Griff. „Du hast keine Ahnung von Liebe und Loyalität, Matthew."

„Aber du?" warf er zurück. „Wenn du endlich erwachsen würdest, müsste dir klar werden, dass du Trulane nicht liebst, sondern dass du von ihm besessen bist."

Sie erbleichte, und während ihr das Blut aus dem Gesicht wich, wurden ihre Augen dunkler, kälter. „Ich liebe ihn", sagte sie mit leiser, zitternder Stimme. „Du hast nicht die Fähigkeit, das zu verstehen. Du musst alles schwarz auf weiß sehen, Matthew. Gut, bleib du dabei und lass mich zum Kuckuck allein."

Sie sprang rasch aus dem Wagen, aber er griff nach ihren Schultern, noch ehe sie im Gebäude verschwinden konnte. „Lass mich ja nicht stehen." Der Ärger ging mit ihm durch, aber leise Panik schwang mit. „Ich habe die Nase voll von Louis Trulane. Ich will verdammt sein, wenn ich es zulasse, dass er wie ein Schatten hinter dir steht, jedes Mal, wenn ich dich anfasse."

Laurel starrte zu ihm hoch. „Du bist ein Narr. Du solltest vielleicht die Tatsachen genauer unter die Lupe nehmen, Matthew. Jetzt lass mich in Ruhe." Als ihre Stimme brach, fluchten sie beide. „Bleib mir eine Weile vom Hals."

Als sie sich jetzt von ihm abwandte, hielt Matthew sie nicht wieder auf. Er wartete, bis sie im Gebäude verschwunden war, ehe er sich gegen die Kühlerhaube seines Wagens lehnte. Flirrende Hitze umgab ihn. Er nahm eine Zigarette aus der Packung und versuchte, sich wieder zu beruhigen.

Was zum Teufel war in ihn gefahren? Er hatte sie angegriffen. Matthew fuhr sich mit der Hand durchs Haar. Ein psychischer Angriff war nicht besser als ein physischer. Lag es an der Hitze? Er bewegte die Schultern unter seinem klammen, klebrigen Hemd. Es konnte zum Teil daran liegen, es war heiß genug, um jemanden reizbar werden zu lassen.

Wem wollte er etwas vormachen – sich selbst? Matthew sah dem Rauch seiner Zigarette nach, wie er in der dicken, stehenden Luft hing. Das Problem war, dass Laurel die Nacht mit ihm verbracht hatte, sich ihm hingab, ihm alles gab, was er brauchte und sich wünschte ... dann musste er sehen, wie Louis mit der Hand ihre Wange umschmiegte.

Idiot. Laurel hätte ihn nicht mehr beschimpfen können, als er es nun mit sich selbst tat. Er hatte sich von seiner Eifersucht treiben lassen, bis er sie schließlich an Laurel ausgelassen hatte. Er war unfähig gewesen, sie zu bremsen. Nein, berichtigte er sich, er hatte sie nicht zurückhalten wollen. Es war ihm leichter gefallen, ärgerlich zu sein, als sich von seinen Befürchtungen überkommen zu lassen. Die Furcht nämlich, die er ihretwegen empfand, seit er in die auf dem Tisch stehende Schachtel gesehen hatte ... die Furcht, die er auch deswegen hatte, weil er entdecken musste, dass er sich hoffnungslos in sie verliebt hatte. Er wollte sie nicht verlieren. Das würde er nicht überleben.

Vielleicht hatte er sie nur deshalb angefaucht, weil er hoffte, sie würde nachgeben und ihm die Nachforschungen überlassen. Wenn er eine Möglichkeit gefunden hätte, sie davon abzuhalten, mit ihm in die Sümpfe zu gehen, dann wäre ihr kein Leid geschehen.

Vielleicht hatte er Louis als Vorwand benutzt, weil er sich vor dem Risiko fürchtete, Laurel zu gestehen, was er für sie empfand. Er hatte alles so sorgfältig geplant – das hatte er ja immer. Doch von dem Augenblick an, wo er mit Laurel an dieser Sache zu arbeiten begonnen hatte, waren ihm die Dinge aus der Hand geglitten. Wie konnte er ihr sagen, dass er sie liebte – vielleicht sie sogar schon irgendwie geliebt hatte von dem Moment an, wo er während seiner gemeinsamen Zeit ihr Foto bei ihrem Bruder Curt gesehen hatte? Sie würde ihn für verrückt halten. Matthew trat seine Zigarette mit dem Hacken aus. Vielleicht war er es.

Doch er war immer noch Reporter, und ein Reporter wusste, wie man Schritt für Schritt einer Sache nachging. Als Erstes musste er Laurel die Zeit lassen, um die sie gebeten hatte. Das war er ihr schuldig. Und während er sie in Ruhe ließ, konnte er auf eigene Faust weitermachen. Als Nächstes musste er einen Weg finden, sich zu entschuldigen, ohne dabei Trulane hineinzuziehen.

Und als Letztes dachte Matthew, während er den Parkplatz überquerte, als Letztes musste er es in Laurels Dickschädel hineinbringen, dass er sie liebte. Ob ihr der Gedanke nun gefiel oder nicht.

Laurel betrachtete es als Glücksfall, dass sie, gleich nachdem sie die Redaktion betreten hatte, wieder mit einem Auftrag fortgeschickt worden war. Es gelang ihr, ihre Unterlagen zu holen, einen Fotografen zu organisieren und fortzueilen, noch ehe Matthew den halben Weg mit dem Aufzug zurückgelegt hatte.

Sie wollte ihn nicht sehen, nicht, bis ihr Zorn und ihre Pein sich etwas gelegt hatten. Der Unfall, in den drei Fahrzeuge an einer Hauptkreuzung in der Innenstadt verwickelt waren, mitsamt der damit verbundenen Hektik, dem Lärm und dem ganzen Durcheinander, würde sie von ihren persönlichen Problemen ablenken. Jedenfalls zeitweilig.

Matthew ist unsachlich, sagte sie sich mit zusammengebissenen Zähnen, während der Fotograf gerade noch bei Gelb durchfuhr und sich dem Verkehrsstrom anschloss. Unsachlich und unnachgiebig. Wie konnte jemand nur so gefühl- und herzlos sein? Wie konnte jemand, der ihr selbstlos Hilfe und Trost gegeben hatte, als sie sich so fürchtete, nichts für einen anderen Menschen empfinden, der so viel durchgemacht hatte wie Louis Trulane? Kannte er denn keinen Schmerz? Wie konnte sie jemanden lieben, der … Bei diesem Gedanken hielt sie inne. Das Wie oder Warum spielte keine Rolle – sie liebte Matthew. So einfach war das.

Und weil sie ihn liebte, hatten sie seine Gefühllosigkeit und seine Worte nur noch stärker getroffen. Wie konnte er ihr vorwerfen, sie sei von Louis besessen! Oh, das hatte wehgetan. Jeder vernünftige Mensch würde verstehen, dass Louis Trulane der Held ihrer Kindheit gewesen war. Sie hatte ihn angehimmelt, mit ihrem Kinderherzen und auf eine kindliche Art. Im Laufe der Zeit hatte sich diese Liebe verändert, nicht, weil Louis sich geändert hatte, sondern weil sie selbst sich geändert hatte.

Sie liebte Louis auf die Art, in der eine Frau den Erinnerungen an den ersten Jungen nachhängt, der sie geküsst hat, an den ersten Verehrer, der ihr einen Blumenstrauß gebracht hat. Diese Art der Liebe war sanft, sicher und ohne Leidenschaft, aber sie war sehr schön. Matthew verlangte von ihr, diese Erinnerungen zu vergessen. Oder sie zu verdrängen, sie mit einem Verdacht zu trüben.

Für eine Frau wie Laurel konnte die Erinnerung an einen jungen Mann, der ein Kind und dessen Vernarrtheit so liebevoll behandelt hatte, keine Schatten aufweisen. Aber Matthew benutzte sie, um sie wegen etwas, das sie nicht begriff, unter Druck zu setzen. Er hatte sogar angedeutet, sie könne an Louis denken, wenn sie mit Matthew zusammen war. Wie konnte er das nur glauben …

Wieder brach sie in Gedanken ab, als ihr plötzlich eine neue Eingebung kam. Eine faszinierende. Matthew war schlicht und einfach eifersüchtig.

„Ha!“ sagte Laurel laut und ließ sich in den Sitz zurückfallen. Ihr Fotograf sah sie aus dem Augenwinkel an, sagte aber nichts.

Eifersüchtig … nun, das war ja höchst interessant, selbst wenn es immer noch unvernünftig und dumm war. Aber wenn er eifersüchtig war, bedeutete das nicht, dass er mehr für sie empfand, als sie selbst hatte glauben wollen? Vielleicht. Oder vielleicht war er auch nur einfach unerträglich – was für ihn typisch war, und was sie nach den ersten, stürmischen Wellen ihrer Liebe vergessen hatte. Dennoch, das gab ihr zu denken.

Sie mussten den Wagen in einem dichten Verkehrsknäuel voller wütend hupender Autofahrer anhalten. „Ich steige hier aus und gehe zu Fuß“, sagte Laurel geistesabwesend zu ihrem Fotografen. „Fahr rüber, sobald du kannst.“ Sie verließ das Auto und nahm ihre Arbeit auf.

Matthew war auch auf der Straße. Der Lärm auf dem Vieux Carré war vielleicht etwas leichter zu ertragen als der, in dem Laurel sich befand, aber die Hitze war nicht minder schlimm. Man roch den Fluss und die Blumen, eine Mischung, die für ihn New Orleans bedeutete. Im Moment dachte er allerdings nicht daran. In der letzten Stunde war er sehr beschäftigt gewesen.

Ein Besuch auf der Polizeistation und einige sorgfältig gestellte Fragen hatten ihm die Information eingebracht, dass niemals offiziell Nachforschungen nach Elise oder Charles Trulane gemacht worden waren. Für keinen von beiden war je eine Vermisstenmeldung eingegangen. Der Brief, die fehlende Garderobe und Malausrüstung hatten für jeden als Erklärung genügt. Matthew gab sich damit nicht zufrieden.

Als er nachgebohrt hatte, war er auf völlige Gleichgültigkeit gestoßen. Welche Rolle spielte es schon, wie sie die Stadt verlassen hatten oder ob jemand sie dabei gesehen hatte? Sie waren verschwunden, und zehn Jahre waren eine lange Zeit. In New Orleans gab es genügend andere Probleme, mit denen sich die Polizei zu befassen hatte als ein zehn Jahre alter Ehebruch. Gewiss, die Leute vom Labor würden sich mit seinem Stück Metall befassen, sobald sie die Zeit dazu fänden, aber was hatte er eigentlich im Sinn?

Matthew war dieser Frage ausgewichen und mit weniger Antworten fortgegangen, als er gehabt hatte, bevor er das Revier aufsuchte. Vielleicht würde er etwas von Curt erfahren.

10. KAPITEL

Matthew ging um die Straßenecke in eine schummrige, kleine Bar, in der ein Terzett eine kühle, blecherne Wiedergabe von „The Entertainer" spielte. Er entdeckte Curt sofort, der in einer Nische saß, vor ihm auf dem Tisch ausgebreitet ein Haufen Papiere. Ein unberührtes Glas Bier stand neben seinem Ellbogen. Blitzartig erinnerte sich Matthew daran, dass Curt während ihrer College-Zeit immer so dagesessen hatte. Erfreut lächelte er – zum ersten Mal seit Stunden.

„Wie geht es so, Herr Rechtsanwalt?"

„Was?" Geistesabwesend sah Curt hoch. „Oh, hallo." Mit einer einzigen, sparsamen Bewegung, die auf lange Gewohnheit zurückzuführen war, raffte er seine Unterlagen zusammen und legte sie in einen Aktenordner. „Was führt dich hierher, Matthew?"

„Das gleiche", sagte Matthew zur Kellnerin und wies auf Curts Bier. „Ich brauche juristischen Ratschlag", antwortete er, als er sich wieder an Curt wandte.

„Oho." Lächelnd fuhr sich Curt über das Kinn, der einzige Teil, der seiner Schwester ähnelte, wie Matthew fand.

„Einen Rat, keine Vertretung", erwiderte Matthew.

„Ach so." Als die Kellnerin Matthews Bier auf den Tisch stellte, erinnerte sich Curt an sein eigenes.

„Falls ich mich entschließen sollte, mein Einkommen zu verbessern, würdest du Trulane Shipping für eine kluge Investition halten?"

Curt sah von seinem Glas hoch und seine zerstreute Miene wurde aufmerksam. „Ich würde sagen, diese Frage solltest du eher deinem Aktienmakler stellen als deinem Anwalt. In jedem Fall wissen wir beide, dass du über gesunde Einkünfte verfügst. Du bist derjenige, der, wie du weißt, mir die Tipps gibt."

„Dann will ich dir eine hypothetische Frage stellen", sagte Matthew ungezwungen. „Falls ich daran interessiert wäre, mit einer in New Orleans ansässigen Firma zu spekulieren, wäre dann Trulane die richtige Stelle, um mein Geld unterzubringen?"

„Nun gut. Dann würde ich antworten, dass Trulane eine der solidesten Firmen des Landes ist."

„Gut", murmelte Matthew. Er stellte fest, so kam er nicht weiter. „Warum glaubst du, hat niemand Elise Trulanes Erbe angerührt?"

Curt setzte sein Bierglas ab und sah Matthew mit einem langen, eindringlichen Blick an. „Wie hast du das herausgefunden?"

„Du weißt, ich kann meine Quellen nicht bekannt

geben, Curt. Fünfzigtausend“, sagte er nachdenklich und fuhr mit dem Finger durch die perlende Feuchtigkeit an seinem Glas hinunter. „Eines meiner Grundprinzipien. Die Zinsen von zehn Jahren würden ein hübsches, kleines Sümmchen ergeben. Ich könnte mir vorstellen, dass selbst ein Mann wie Trulane Verwendung dafür finden würde.“

„Er ist nicht erbberechtigt. Es ist ein Erbe, das nur auf Elises Namen überschrieben wurde.“ Er zuckte die Schultern, als er sah, dass Matthew etwas fragen wollte. „Die Firma hat es verwaltet.“

„Und die Dame lässt es dabei bewenden.“ Matthew zog bei dieser Feststellung eine Augenbraue hoch. „Eigenartig. Hat deine Kanzlei nicht versucht, ihre Spur aufzunehmen?“

„Du weißt doch, dass ich mich da nicht einmischen kann“, erwiderte Curt. Etwas pikiert zog er die Augenbrauen hoch.

„Gut, sehen wir die Sache ein weiteres Mal hypothetisch. Wenn jemand eine große Geldsumme erbt und sie nicht anfordert, welche Schritte unternehmen dann die Testamentsvollstrecker, um die Nutznießer des Erbes ausfindig zu machen?“

„Die üblichen Schritte“, fing Curt an, aber er wusste nicht, ob er die Wendung, die das Gespräch nahm, mochte. „Zeitungsanzeigen. Aller Wahrscheinlichkeit nach würde ein Ermittler angeheuert."

„Sagen wir, die Nutznießerin des Erbes hatte einen Mann, den sie umgehen wollte."

„Die Nachforschungen und jegliche damit in Verbindung stehenden Korrespondenzen wären vertraulich."

„So, so." Matthew schob sein Bierglas hin und her, während der Pianist ein funkelndes Glissando spielte. „Hat Elise Trulane ein Testament hinterlassen?"

„Matthew ..."

„Ganz unter uns, Curt. Es könnte wichtig sein."

Wäre es jemand anderer gewesen, dann hätte Curt die Sache abgewehrt und wäre der Frage in passenden, juristisch wohl formulierten Worten ausgewichen. Aber er kannte Matthew viel zu lange und viel zu gut. „Nein", sagte er einfach. „Sowohl sie als auch Louis hatten ihre Testamente aufgesetzt, aber Elise verschwand, ehe sie das ihre unterzeichnet hatte."

„Ich verstehe. Und die Erben?"

„Die maßgebenden Testamente für Mann und Frau ohne Nachkommen. Marion und Charles verfügen über eigenes Geld."

„Eine beträchtliche Summe?"

„Das ist milde formuliert. Marion ist eine sehr wohlhabende Frau." Und dann fügte er, weil er die Frage erwartete, hinzu: „Charles' Investitionen und seine Konten bringen ihm ebenso Zinsen ein wie die von Elise."

„Interessant."

Curt sah ihn offen an. Seine Augen waren nicht smaragdgrün wie die seiner Schwester, sondern meergrün und ruhig. „Willst du mir verraten, was das Ganze zu bedeuten hat?"

„Ich klopfe nur alle Möglichkeiten ab."

„Es hat etwas damit zu tun, woran du und Laurel arbeitet – für Susan?"

„Ja." Matthew drehte sein Bierglas zwischen den Fingern und betrachtete seinen Freund. „Bist du Susan begegnet?"

„Ja, bei meiner Großmutter in deren Haus." Eine leichte Röte stieg Curt ins Gesicht, die Matthew daran erinnerte, wie Curt vor vielen Jahren einmal heftig in eine Medizinstudentin verliebt war. „Sie hat mir von Anne und den Briefen erzählt." Curts Blick richtete sich wieder auf Matthew und machte ihm deutlich, dass Curt nicht länger mehr ein leicht zu beeindruckender College-Student war, sondern ein Mann mit einem scharfen, juristischen Verstand und einer ruhigen Kraft, trotz seiner Verträumtheit. „Wird es dir möglich sein, ihr zu helfen?"

„Wir tun von unserer Seite aus, was wir können. Da du sie kennst und sie dir vertraut, kannst du sie vielleicht beruhigen und so lange aus der Geschichte heraushalten, bis sich etwas getan hat."

„Das hatte ich bereits vor", sagte Curt schlicht. „Kümmerst du dich um Laurel?"

Matthew schnitt eine Grimasse bei der Erinnerung, auf welche Weise sie sich vor wenigen Stunden getrennt hatten. „Niemand kann sich um Laurel kümmern", murmelte er.

„Nein, wahrscheinlich nicht." Geistesabwesend schob Curt seinen Aktenordner in seinen Attaché-Koffer. „Ich habe einen Termin, aber wenn ich etwas mehr Zeit habe, würde ich gern genauere Einzelheiten zu dieser Sache erfahren."

„Gut. Und vielen Dank."

Alleingelassen brütete Matthew über seinem Bierglas. Viel zu viele Spuren, überlegte er. Zu viele Dinge, die nicht zusammenpassen. Zwei Menschen konnten wohl ihre Freunde und Verwandten verlassen, besonders aus dem ersten Ansturm der Gefühle heraus, aber nicht, wenn mehr Geld im Spiel war, als die meisten Leute je in ihrem Leben zu sehen bekamen. Nicht zehn Jahre lang. Seines Erachtens gab das wenig Sinn.

Entweder hat die Liebe sie völlig verrückt gemacht, folgerte er, oder sie sind tot. Letzteres gab für ihn allerdings einen größeren Sinn.

Er lehnte sich zurück und zündete sich eine Zigarette an. Falls sie nach ihrem Verschwinden aus ‚Heritage Oak' einen Unfall gehabt hätten, dann wären sie doch mit Sicherheit identifiziert worden. Er schüttelte den Kopf, während ihm eine Theorie nach der anderen in den Sinn kam. Irgendwie hing das alles mit Anne Trulane zusammen. Und falls eine seiner Theorien, auf die er immer wieder zurückkam, zutreffen sollte, dann hatte jemand nicht nur einmal getötet, sondern drei Menschen umgebracht.

Er sah den dünnen Rauchschwaden nach und fluchte vor sich hin. Es war bereits zu spät, um Louis' Alibi am Tage des Verschwindens von Elise und Charles genau zu überprüfen. Und morgen war Sonntag, was hieß, dass es ihm vermutlich nicht möglich sein würde, die Informationen, die er brauchte, noch vor dem Wochenende zu bekommen. Am Montag dann, dachte er und drückte seine Zigarette aus. Gleichgültig, wie widerstrebend Laurel sich auch verhalten sollte, am Montag würden sie beide damit beginnen, die Vergangenheit zu erforschen, und zwar gründlich.

Er stand auf, warf ein paar Geldscheine auf den Tisch

und verließ die Bar. Vielleicht war es an der Zeit, dass sie sich unterhielten.

Laurel war von ihrer Reportage völlig in Anspruch genommen, als Matthew in die Redaktion kam. Er kam auf sie zu, warf einen Blick auf die Uhr und ging dann zu seinem eigenen Schreibtisch. Redaktionsschluss war heilig. Als Matthew sich ihr gegenüber setzte, fiel ihm ihr Gesichtsausdruck auf. Sie ist in übermütiger Stimmung, dachte er dabei.

Laurel hätte beinahe laut vor sich hingelacht, während sie ihre Story in die Maschine hämmerte. Ein Unfall mit drei Fahrzeugen, eine Menge verbeulten Bleches. So etwas hätte sie normalerweise nicht belustigend gefunden, aber niemand war verletzt worden. Und die Frau des Bürgermeisters hatte im zweiten Wagen gesessen.

Besser als jede Komödie, dachte Laurel wieder, während ihre Finger über die Tasten glitten. Die Frau des Bürgermeisters hatte alle Würde und allen Anstand fallen lassen und um ein Haar den unglückseligen Fahrer verprügelt, der auf ihr Fahrzeug aufgefahren war und sie zwischen dem Wagen, der an einer Ampel vor ihr hielt, und sich selbst eingekeilt hatte.

Die in der drückenden Luft bereits aufgeladene Spannung explodierte, ehe man sich versah. Vielleicht lag es an der Hitze oder an dem Druck, unter dem sie in den letzten Tagen gestanden hatte, aber Laurel fand, es war genau die komische Ablenkung, die sie gebraucht hatte. Selbst jeder weniger beanspruchte Mensch hätte sich darüber amüsiert, zu sehen, wie eine gezierte, elegant gekleidete Frau mit einer verwelkten Blume am Revers auf einen Mann losging, der wie ein Lastwagenfahrer gebaut war, ihn am Jackenaufschlag ergriff und ihm androhte, seine Nase zu brechen. Und das war, bevor ihr Kühler explodierte und das Wasser wie eine Fontäne herausschoss.

Wie schön, dachte sie, während sie die Reportage abschloss, es wird jedermann ein Vergnügen sein, zu lesen, dass auch Leute in gehobeneren Kreisen ihren Kühler eingebeult bekamen und in Wut geraten konnten. Seite eins, oh ja, ganz sicher.

„Zum Setzen", rief sie und sah auf die Uhr. Gerade noch rechtzeitig vor Redaktionsschluss. Mit einem selbstzufriedenen Lächeln drehte sie sich wieder um und sah direkt in Matthews Augen. Ein Dutzend widerstrebender Gefühle überfielen sie gleichzeitig, eines kämpfte darum, die Oberhand zu gewinnen. Sie liebte ihn.

„Ich habe dich gar nicht hereinkommen sehen", sagte sie vorsichtig und fing etwas verlegen an, ihren Schreibtisch aufzuräumen.

„Ich bin vor ein paar Minuten gekommen. Du warst beschäftigt." Der Tumult um sie herum im Redaktionsraum ging weiter mit Rufen wie „Fertig zum Satz!" scharrende Füße und ratternde Tastaturen. „Bist du fertig?"

„Sobald der Text genehmigt ist."

„Ich muss mit dir sprechen. Können wir zusammen essen?"

Sie hatte von ihm nicht den zurückhaltenden, leicht formellen Ton erwartet und war sich nicht sicher, wie sie darauf reagieren sollte. „In Ordnung, Matthew …" Das Telefon auf ihrem Schreibtisch klingelte. Während sie noch darüber nachdachte, was sie ihm sagen sollte, meldete sie sich: „Lokalredaktion, Laurel Armand."

Matthew bemerkte, wie sich ihr Gesichtsausdruck änderte und ihre Farbe wechselte, ehe sie ihm einen schnellen Blick zuwarf. „Ich bedaure", fing sie an und wies auf das auf einem Tisch stehende Telefon, nur den Bruchteil einer Sekunde später, nachdem er bereits danach gegriffen hatte. „Sie müssen etwas lauter sprechen, hier ist es sehr laut." Sie hörte das leise Klicken, als Matthew den Mithörer aufnahm.

„Sie sind zweimal gewarnt worden." Es war der Hauch einer Stimme, geschlechtslos, aber Laurel glaubte nicht, dass sie die mitschwingende Furcht sich nur einbildete. „Hören Sie auf, Anne Trulanes Tod zu erforschen."

„Haben Sie mir die Schlange geschickt?" Laurel beobachtete Matthew, der auf einen anderen Nebenanschluss beim Telefon drückte und hastig eine Nummer wählte.

„Dies war eine Warnung. Die nächste wird nicht tot sein."

Sie konnte nicht verhindern, dass ihr die Panik den Rücken hochkroch, aber sie konnte ihre Stimme beherrschen. „Gestern Abend waren Sie in den Sümpfen."

„Sie haben dort nichts zu suchen. Wenn Sie wieder hingehen, werden Sie nicht herauskommen."

Laurel hörte, wie jemand quer durch den Raum nach Kaffee brüllte, ohne Zucker. Sie fragte sich, ob sie träumte. „Was fürchten Sie, dass ich finden könnte?"

„Anne hätte sich von den Sümpfen fernhalten sollen. Erinnern Sie sich daran."

Es klickte, und dann war nur noch das monotone Summen der Leitung zu hören. Sekunden später fluchte Matthew und legte seinen Hörer auf. „Es hat nicht gereicht, um herauszufinden, woher der Anruf kam. Hast du eine Vorstellung von der Stimme? Hast du irgendetwas wiedererkannt?"

„Nichts."

Er nahm ihren Notizblock hoch, auf dem sich Laurel

automatisch das Gespräch in Kurzschrift notiert hatte. „Zur Sache“, murmelte er. „Wir machen jemanden sehr nervös.“ Jemand, dachte er, während ihm seine eigene Theorie wieder in den Sinn kam, der möglicherweise dreimal getötet hat.

„Du denkst wieder an die Polizei“, sagte Laurel.

„Da hast du verdammt Recht.“

Während sie aufstand, fuhr sich Laurel mit der Hand durch das Haar. „Hör zu, Matthew, ich will nicht behaupten, du hast Unrecht. Ich möchte nur etwas Zeit haben, um es zu überdenken. Hör zu“, wiederholte sie, als er sprechen wollte. „Wer immer das war, er will, dass wir aufhören. Nun, trotz aller Absichten und Pläne, werden wir das während des Wochenendes tun müssen. Ich brauche einige Zeit, um meine Notizen durchzusehen, sie mit den deinen zu vergleichen und sie auszuwerten. Falls wir zur Polizei gehen sollten – am Montag“, setzte sie mit Nachdruck hinzu, „dann sollten wir auch mit scharfem Geschütz auffahren können.“

Sie hatte Recht, aber es gefiel ihm nicht. Verschiedene Ideen, wie er sie aus den Nachforschungen heraushalten könnte, schossen ihm durch den Kopf. Ihm blieb das Wochenende, um sich für die beste zu entscheiden. „In Ordnung, stimm dich mit Don ab. Ich suche meine Unterlagen zusammen.“

Statt des Steaks und der brennenden Kerzen, die Matthew sich vorgestellt hatte, aßen sie Hamburger und erkaltende Pommes frites an Laurels Klapptisch. Sie hatten ihre Unterlagen ausgebreitet – Matthews handschriftliche Notizen, die aus Kritzeleien bestanden, wie Laurel feststellte und ihre eigenen, in gestochener Kurzschrift. Sie hatten sich nicht die Zeit genommen – und beide fanden, dass es gut so war –, auf ihren früheren Streitpunkt und seine Gründe zurückzukommen. Denn jetzt waren sie nur noch Journalisten, die sich mit allen Aspekten einer Story befassten.

„Ich würde sagen, wir können mit Sicherheit annehmen, über genügend Indizienbeweise zu verfügen, aus denen hervorgeht, dass Anne Trulanes Tod mehr als nur ein unglücklicher Unfall war“, fasste Laurel ihrer beider Notizen zusammen, um einen logischen Zusammenhang hineinzubekommen.

„Sehr gut“, murmelte Matthew. „Das klingt wie etwas, das Curt zur Jury gesagt haben könnte.“

„Sei kein Klugschwätzer, Matthew“, sagte sie sanft. „Reich mir das Soda herüber.“ Sie nahm die Flasche und trank stirnrunzelnd daraus. „Wir haben Susans Behauptung, dass sich Anne vor dunklen Orten fürchtete – und besonders dem Sumpf – was in der Zwischenzeit von Louis, Marion und Binney bestätigt wurde. Wir haben die aus Susans Hotelzimmer gestohlenen Briefe, meine widerliche kleine Schachtel, einen heftigen Schubs im Sumpf und einen anonymen Telefonanruf."

Weil Laurel schrieb und so in ihre Arbeit vertieft war, fiel ihr nicht auf, wie Matthew nervös mit seinen Zigaretten spielte. „Das erste Interview mit Louis und Marion ... da ist nicht viel zu holen – außer Gefühlen – und damit willst du ja nichts zu tun haben."

„Es kann aber trotzdem recht nützlich sein", sagte Matthew sachlich, „wenn du es ein wenig objektiv betrachtest."

Sie öffnete den Mund, um ihm eine bissige Bemerkung zuzuwerfen, ließ es dann aber bleiben. „Tut mir Leid. Ich wollte nicht sticheln. Brewster", fuhr sie rasch fort, „wir wissen, dass er glaubte, in Anne verliebt zu sein und von ihr wollte, dass sie Louis verließ. Keine Mutmaßung da, weil er es ja selbst erzählt hat." Sie unterstrich dick Brewsters Namen und sprach weiter. „Wir haben auch Marions Bestätigung für den ersten Teil und kennen auch Annes Reaktion darauf. Mein zweites Gespräch mit Louis bringt mich zu der Annahme, dass er entweder nicht über Brewsters Gefühle Bescheid wusste oder sie für nicht so wichtig hielt, um sich Gedanken darüber zu machen, da Brewster immer noch von seiner Firma beschäftigt wird."

Laurel massierte sich den Nacken, das erste, sichtbare Zeichen dafür, dass sie müde war. „Zusammenfassend können wir den Schluss ziehen, dass Anne ohne irgendeinen Druck von dritter Seite wohl kaum in den Sumpf gegangen wäre – und dass es noch unwahrscheinlicher ist, dass sie sich noch tiefer vorgewagt hätte, außer sie habe keine andere Wahl gehabt. Meiner Meinung nach ist Brewster immer noch der Hauptverdächtige."

Matthew blätterte in seinem Block, bis er zu einem andern Teil der Notizen kam. „Ich habe mich heute mit Curt unterhalten."

„So?" Laurel sah zu ihm auf und versuchte, zwischen seiner Bemerkung und ihren Worten eine Verbindung zu finden.

„Ich suchte eine Bestätigung für eine meiner Theorien."

„Was hat Curt denn mit dieser Sache zu tun?"

„Er ist Rechtsanwalt." Mit einem Schulterzucken steckte Matthew sich eine Zigarette an. „Wie sich herausstellte, hatte ich mehr Glück, als ich erwarten konnte. Curt arbeitet für eine Firma, die Elise Trulanes Vermögen verwaltet."

Laurel stellte die Flasche wieder hin, die sie hochgenommen hatte. „Matthew, was hat das denn mit dieser Geschichte zu tun?"

„Eine ganze Menge, wie mir scheint. Hör zu.“ Wieder blätterte er in seinem Notizblock. „Fünfzigtausend Dollar plus zehnjährige Zinsen wurden nie angerührt. Charles Trulanes Geld setzt Schimmel an. Unberührt. Zweifellos sind sehr diskrete und, da bin ich sicher, sehr gründliche Nachforschungen im Auftrag der Bank vorgenommen worden, um seinen Aufenthaltsort zu ermitteln.“ Er blätterte einige Seiten zurück und sah dann Laurel direkt in die Augen.

„Weder für Elise noch Charles Trulane ist je eine Vermisstenanzeige gemacht worden.“

„Worauf willst du hinaus?“

Sorgfältig legte Matthew seinen Block hin. „Du weißt, worauf ich hinauswill, Laurel.“

Laurel verspürte den Wunsch, sich zu bewegen, und stand vom Tisch auf. „Du glaubst, sie sind tot“, sagte sie tonlos. „Vielleicht sind sie das auch. Sie hätten einen Unfall haben können und …“ Sie brach ab, und er wusste, dass sie denselben Gedankengängen gefolgt war, die er auch hatte. Laurel drehte sich wieder zu ihm um und sah ihm voll ins Gesicht. „Du glaubst, sie waren tot, ehe sie aus ‚Heritage Oak‘ verschwanden.“

„Das ist mehr als nur eine Möglichkeit, nicht wahr?“

„Ich weiß nicht.“ Sie presste die Fingerspitzen gegen

die Schläfen und versuchte, logisch zu denken. „Es wäre möglich, dass sie sich aus dem Staub gemacht haben, ihre Namen änderten, nach Europa oder in den Orient oder sonst wohin gefahren sind.“

„Wäre möglich“, stimmte er ihr zu. „Aber da bleiben doch noch genügend Zweifel, oder nicht?“

„Ja, schon.“ Sie atmete tief ein. „Und falls wir dieser Spur nachgingen und annähmen, dass ihr Verschwinden irgendwie mit Annes Tod zusammenhängt, dann ist Brewster nicht mehr verdächtig. Aber warum?“ wollte Laurel wissen. „Wer hätte ein Motiv haben können außer Louis, und er war nicht in der Stadt.“

„War er?“ Matthew stand auf, er wusste, bei allem, was Louis Trulane betraf, musste er vorsichtig sein. „Er besitzt sein eigenes Flugzeug, nicht wahr? Er steuert es selbst – oder tat es. Du weißt, welche Möglichkeiten es da gibt, Laurel.“

Sie wusste es. Ein unerwartetes Auftauchen, die ahnungslosen Liebenden werden überrascht. Der Wahnsinn des Augenblicks. In einem kleinen Privatflugzeug konnten die Leichen überall hingebracht worden sein. Bleich drehte Laurel sich zu Matthew um. Er war darauf gefasst, dass sie Einwände hätte oder ausweichen würde. Natürlich, sie könnte weder das eine noch das andere tun.

„Es wird nicht leicht sein – vielleicht unmöglich“,

setzte sie mit ruhiger, professioneller Stimme hinzu, „die landenden und abgehenden Flüge einer Nacht von vor zehn Jahren zu überprüfen."

„Ich werde damit am Montag anfangen."

Sie nickte. „Ich werde mich hinter Curt klemmen. Vielleicht bekommen wir so den Namen der Firma heraus, die sich mit Elisas und Charles Angelegenheiten befasst."

„Nein."

„Nein?" wiederholte sie erstaunt. „Aber es ist doch sinnvoll, auch dieser Spur nachzugehen, wenn wir in dieser Richtung bereits Vermutungen hegen."

„Ich möchte, dass du dich aus dieser Sache heraushältst." Er sprach betont langsam, während er aufstand. „Ich möchte nicht, dass du weiterhin irgendjemanden befragst."

„Wovon zum Teufel redest du überhaupt? Du bekommst keine Story ohne Fragen."

„Was immer wir auch an dem Artikel verdienen sollten, wie das Ergebnis auch aussehen mag, wir machen halbe-halbe. Aber von jetzt an übernehme ich."

Laurel legte den Kopf auf die Seite. „Du hast den Verstand verloren."

Vielleicht lag es an der sehr ruhigen, sehr milden Art, mit der sie das sagte, die das Fass zum Überlaufen brachte. Er verlor jedes vernünftige Argument, vergaß jede sorgfältig überlegte Überredungskunst und schien sich nicht mehr unter Kontrolle zu haben.

„Ich habe den Verstand verloren!" fuhr er auf. „Das ist ja großartig." Er durchmaß das Zimmer, entfernte sich dabei von ihr, um nicht Gefahr zu laufen, sie am Kragen zu packen und zu schütteln. „Dies ist kein Spiel, verdammt. Wir spielen nicht darum, wer es schafft, auf Seite eins einzusteigen."

„Ich habe meinen Beruf nie als Spiel betrachtet."

„Ich will dich nicht im Weg haben."

Ihre Augen verengten sich. „Dann werde ich dir aus dem Weg gehen. Du tust das Gleiche."

„Es ist gefährlich!" schrie er. „Benutze deinen Verstand. Du bist diejenige, hinter der man her ist, nicht nur einmal, sondern dreimal. Wer immer für Annes Tod verantwortlich ist, wird nicht zögern, noch einmal zu töten."

Sie hob eine Braue – diese verdammt schöne, hochmütige, schwarze Augenbraue. „Dann werde ich auf mich aufpassen müssen, nicht wahr?"

„Du Idiotin, niemand hat mich angerufen und mich gewarnt, weiterzumachen. Niemand hat mich bedroht." Panik klang in seiner Stimme, schiere Panik, aber sie war viel zu wütend, als dass sie es gemerkt hätte.

„Willst du wissen, warum, Matthew?" schrie sie ihn an. „Weil ich eine Frau bin und offensichtlich nachgegeben hätte. So, wie du dir vorstellst, dass ich das Gleiche täte, wenn du nur laut genug herumschreist und dich wichtig machst."

„Sei nicht dümmer als notwendig."

„Aber das eine, woran die nicht gedacht haben", fuhr sie wütend fort, „das eine, woran du nicht denkst, ist, dass ich Reporterin bin. Und um eine Story zu bekommen, um die Wahrheit zu bekommen, tut ein Reporter das, was ihm notwendig erscheint. Die meisten von uns sind gewohnt, in Gefahr zu geraten, auf die eine oder andere Weise. Das ist unser Beruf."

„Aber ich bin nicht in die meisten Reporter verliebt", schrie Matthew zurück. „Ich bin in dich verliebt!"

Er stürmte an ihr vorbei, während er das sagte, bis er am Tisch stehen blieb, um seine Zigaretten an sich zu reißen.

Laurel starrte ihn an, während er auf der Suche nach einem Streichholz unter den Papieren herumwühlte. Sie war ganz außer Atem, als wäre sie eine Treppe mit zwei Stufen gleichzeitig hinaufgerannt. Jetzt, wo sie oben angekommen war, wusste sie überhaupt nicht mehr, warum sie es so eilig gehabt hatte. Erst als Matthew zu fluchen und vor sich hinzuschimpfen aufhörte und sich zu ihr umdrehte, fühlte sie das Glühen, die Wärme, die Freude.

Matthew legte die unangezündete Zigarette hin und

starrte sie an. Was zum Teufel hatte er gesagt? Oh Himmel, hatte er soeben alles zunichte gemacht, weil er seine Karten offen auf den Tisch gelegt hatte, noch ehe er sicher sein konnte zu gewinnen? Und wie sollte er sich jetzt verhalten? Er beschloss, ihr eine Hintertür zu öffnen.

„Habe ich – gerade gesagt, was ich glaube, gesagt zu haben?"

Laurel lächelte nicht, sondern faltete gelassen die Hände. „Ja, ich habe einen Zeugen."

Matthew zog eine Braue in die Höhe. „Hier ist aber niemand."

„Ich werde jemanden bestechen."

Er steckte die Hände tief in die Taschen, weil er den dringenden Wunsch verspürte, sie zu berühren. „Ist es das, was du möchtest?"

Sie sah ihn auf eine eigenartige Weise an und kam dann einen Schritt auf ihn zu. „Ich frage mich, warum ich dich für einsichtig und einfühlsam gehalten habe. Es ist eine allgemeine Tatsache, Matthew, dass eine Frau, wenn sie in einen Mann verliebt ist, es gerne sieht, dass auch er sie liebt."

Sein Herz schlug schnell und leicht. Er erinnerte sich nicht, sich jemals so gefühlt zu haben. „Sag es mir", murmelte er. „Bring mich nicht dazu, dich zu bitten."

„Matthew …" Ein bisschen verwirrt hielt sie ihm die Hand hin. „Du bist der einzige Mann, mit dem ich je geschlafen habe, weil du der einzige Mann bist, den ich liebe. Weder das eine noch das andere wird sich jemals ändern."

„Laurel." Aber er konnte nicht weitersprechen, weil sie seinen Mund mit einem Kuss verschloss. Er konnte sich an keinen Augenblick mehr erinnern, wo er sich nicht gewünscht hatte, dass es einmal so wie jetzt sein möge. Wo er sich ausgemalt hatte, diese Worte zu hören. „Noch einmal", verlangte er. „Sag es mir noch einmal."

„Ich liebe dich. Nur dich." Sie ließ die Arme über seinen Rücken gleiten, bis sie seine Schultern umfing. „Ich dachte, wenn ich es dir eher sage, selbst noch vor einer Stunde, würdest du denken, ich sei verrückt. Impulsiv drückte sie sich an ihn. „Wann hat es angefangen?"

„Du würdest es mir nicht glauben." Ehe sie protestieren konnte, küsste er sie wieder.

Er küsste sie heftig und tief, voller Begehren. Wenn er gedacht hatte, er habe vor lauter Liebe zu ihr bereits den Kopf verloren, dann war das nichts im Vergleich zu dem, das ihn jetzt erfüllte. Seine Liebe wurde erwidert und war so stark wie seine eigene. Kopf und Herz waren erfüllt allein von Laurel. Nichts sonst hatte Bedeutung.

Sie konnte sich in seinen Küssen verlieren, ganz in

dieser weichen, samtenen Dunkelheit aufgehen, die er ihr als Erster gezeigt hatte. Es war aufregend zu wissen, dass er sie wollte. Es war himmlisch zu wissen, dass er sie liebte. Ihr lag so vieles auf dem Herzen, das sie ihm sagen wollte. Aber sie musste warten, bis dieser erste Ansturm der Gefühle abgeebbt war. Schwindelnde Erregung ergriff sie, und sie zog ihn mit sich auf den Fußboden.

Schnell, schnell. Keiner von beiden sprach, aber jeder wusste, was der andere dachte. Beeil dich. Hastig zogen sie sich aus. Oh, diese Süße! Wie süß es doch war, den andern zu berühren. Sie roch diesen heißen, herben Geruch der von ihm ausging und in den sich der Duft seines Aftershaves leicht mischte. Sie schwelgte darin, während sie die Lippen an seinen Hals presste, dort wo sein Puls schlug, schnell und flach.

Immer wieder flüsterte Matthew ihren Namen, und der Klang seiner Stimme erfüllte sie mit Seligkeit. Diese grenzenlose Süße, die sie erfüllte, war so viel schöner als alles, was sie je zuvor empfunden hatte. Seine Zunge drang tief zwischen ihre Lippen ein.

Lange, behutsam streichelte er sie – eine hingehauchte Zärtlichkeit. Ihre Leidenschaft war erfüllt mit etwas Wunderbarem. Ich werde geliebt, ich werde gewollt. Nur davon zehrt die Seele. Sie konnte fühlen, wie es sich von ihm auf sie übertrug – Zufriedenheit – sogar während sein Herz hämmerte. Verlangen, vermischt mit solchen Gefühlen, hat größere Macht. Und manchmal auch größere Geduld. Sie umwarben einander.

Seine Lippen glitten ihre Schulter hinab, um träge in ihrer Armbeuge, dort wo ihr Puls schlug, zu verweilen. Mit der Hand fuhr Laurel durch sein dichtes Haar, bevor sie mit den Fingern seinen Nacken streichelte. Matthew hob den Kopf und sah sie lange stumm an, bis ihre Lippen sich wieder in einem Kuss fanden.

Keiner von beiden wurde gewahr, wie ihr Begehren langsam wuchs. Es wurde drängender, wilder, und aus sanften Seufzern wurde genießerisches Stöhnen. Laurels Atem ging schneller, als seine Lippen sich über ihrer Brust schlossen. Seine Sinne waren umnebelt – ihr Duft, ihr Geschmack, ihre samtweiche Haut. Das Verlangen in ihnen wurde quälender, aber sie genossen es mit aller Lust, weil sie wussten, dass es gestillt werden würde.

Die Innenseite ihrer Schenkel waren so warm und so verlockend wie Samt. Er ließ seine Finger dort verweilen, dann seinen Mund.

Sie erschauerte, der erste Höhepunkt kam, ein sanftes Heben, höher und höher, dann ein ruhiges Senken. Ihr Körper pochte vor Vorfreude auf das Kommende, während ihre Sinne ganz von Matthew erfüllt waren. Sie wechselte die Lage und schob sich auf ihn, um ihm all die Freuden zu schenken, die er ihr gegeben hatte.

Wie warm er doch war, wie fest sein Körper. Ihre Hände wanderten hinunter zu seinen Hüften, strichen über seine Schenkel. Sie spürte, wie seine Muskeln unter ihrer Berührung erzitterten.

Sie schwebte, obwohl die Luft um sie herum dick und stickig war. Ihre Schenkel fühlten sich schwer an, aber ihr Kopf war leicht. Sie fühlte, wie Matthew nach ihr griff, hörte ihn ihren Namen heiser flüstern. Und dann drang er in sie ein und eine Explosion folgte der anderen. Sie konnte an nichts anderes mehr denken als an die Hoffnung, es möge nie vorüber sein.

Er beobachtete sie. Er rang darum, diese verführerische Dunkelheit zurückzuhalten, damit er sich immer daran erinnern könnte, wie Laurel jetzt aussah. Goldenes Licht fiel auf sie. Sie hatte ihren Kopf zurückgeworfen, und ihr Haar fiel ihr über den Rücken. Sie kannte jetzt nur Entzücken – sein Entzücken. Er hielt sie so einen Augenblick mit vollkommener Klarheit. Und dann überkam ihn Dunkelheit und er ergab sich seiner Begierde und allen ihren wilden Wonnen.

11. KAPITEL

Es war dunkel. Matthew hatte keine Ahnung, wie spät es war, und es kümmerte ihn nicht. Sie hatten sich gemeinsam in Laurels Bett gekuschelt, nackt und warm. Wie sorglose Kinder hatten sie ihre Sachen, so, wie sie sie hingeworfen hatten, im Wohnzimmer zurückgelassen. Es war eine wundervolle Vorstellung, sich auszumalen, sie könnten so, wie sie waren, das ganze Wochenende verbringen – schläfrig, sich liebend, sich aneinander erfreuend. Das wäre nach den letzten anstrengenden Tagen genau das Richtige.

Er kannte alles, was er über sie wissen musste, was ihr gefiel, was sie störte, was sie zum Lachen brachte. Er wusste, woher sie gekommen war, wie sie aufgewachsen war, Bruchstücke ihrer Kindheit, die er aus Olivia oder ihrem Vater und Curt herausgeholt hatte. Sie hatte sich den Knöchel gebrochen, als sie neun war und sich für die Highschool vorbereitete. Bis sie sieben war, hatte sie mit einem Plüschhund im Bett geschlafen.

Bei diesem Gedanken musste er lächeln, aber er war sich nicht sicher, ob sie es mögen würde, wenn sie es erführe.

Es gab so vieles, was er ihr nicht erzählt hatte. Matthew entsann sich, wie verletzt sie zugesehen hatte, als er ihre Fragen abgewehrt hatte. So vieles hatte er ihr nicht gesagt – aber sie liebte ihn trotzdem.

Laurel bewegte sich. Sie hatte die Augen geöffnet, sich an das Dunkel gewöhnt und lag wunderbar befriedigt an seiner Seite. „Woran denkst du?"

Er schwieg einen Moment, dann berührte er mit der Hand ihr Haar. „Wo ich groß geworden bin, sah es schlimm aus." Laurel legte ihre Hand in die seine und sagte nichts. „Leute blieben nachts der Straße fern, und alle anderen gingen nur zu mehreren. Zu viele enge Straßen und kaputte Straßenlaternen. Die Polizei machte ihre Kontrollen zu zweit, in Autos. Ich kann mich an keine Nacht erinnern, wo ich nicht die Sirenen gehört hätte."

Sie war so warm und weich neben ihm. Der Raum war so still. Warum dachte er jetzt gerade wieder daran? Weil die Erinnerungen an diese Dinge einen nie verlassen, gab er sich selbst zur Antwort. Und ich muss es ihr sagen.

„Ich arbeitete für einen Mann, der einen Zeitungskiosk besaß. In einem Sommer wurden wir sechsmal überfallen. Beim letzten Mal hatte er es so satt, dass er sich zur Wehr setzte. Ich war nach zwei Tagen aus dem Krankenhaus heraus, aber er brauchte zwei Wochen. Er war vierundsechzig Jahre alt."

„Oh, Matthew.“ Laurel drückte das Gesicht gegen seine Schulter. „Du musst nicht darüber sprechen.“

„Ich möchte, dass du weißt, woher ich komme.“ Aber er verfiel wieder in Schweigen, während zwei lange Minuten vergingen. „In dem Apartmenthaus, wo ich wohnte, rochen die Korridore nach abgestandenen Küchendünsten und Schweiß. Der Gestank verschwand nie. Im Winter war cs kalt, es zog durch die Fenster und eisigen Flure. Im Sommer war es ein Brutkasten. Man konnte den Müll von dem Hof drei Stockwerke tiefer riechen. Nachts drang der Lärm von der Straße herauf – Dealer, Prostituierte, Kinder. Ich hatte mit den Dealern nichts zu schaffen, weil ich gesund bleiben wollte, und zu den Prostituierten ging ich nur, wenn ich das Geld zusammenkratzen konnte.“

Er wartete, dass sie sich von ihm zurückziehen würde. Ihre Hand blieb in seiner liegen. Laurel erinnerte sich wieder an den Eindruck, den sein Apartment auf sie gemacht hatte. Er hatte Gemütlichkeit zur Kunst gemacht. Wie sehr er es doch gehasst haben musste, ohne die notwendige Wärme und Sicherheit aufwachsen zu müssen. Und dennoch … er verleugnete seine Herkunft nicht, noch ignorierte er, welche Rolle sie in seiner Entwicklung spielte. Auch sie würde die Wurzeln seiner Kindheit nicht ignorieren.

„Ich habe bei meiner Tante gelebt. Sie nahm mich bei sich auf, nachdem meine Mutter gestorben war und mein Vater sich abgesetzt hatte. Sie hätte es nicht tun müssen.“ Er verschränkte seine Finger mit Laurels. „Sie war der uneigennützigste Mensch, der mir je begegnet ist.“

„Sie liebte dich“, murmelte Laurel dankbar.

„Ja. Wir hatten nie Geld genug, obwohl sie viel zu hart arbeitete. Als ich alt genug war, habe ich zum Unterhalt beigetragen. Entweder stieg die Miete in dieser schmutzigen Gegend oder ...“ Er brach ab und zuckte die Schultern. „So war das Leben“, sagte er schlicht. „Ich schwor, ich würde uns dort herausholen. Auf irgendeine Weise musste mir das unbedingt gelingen. Ich wollte Reporter werden, einen Job bei einer der großen New Yorker Zeitungen und ein Gehalt haben, das es mir ermöglichte, meine Tante in ein nettes, kleines Haus in Brooklyn Heights oder New Rochelle zu bringen.

So wurde ich Laufbursche und studierte, bis mir die Augen schmerzten. Es gab natürlich andere Wege“, murmelte er. „Schnellere Möglichkeiten, um an das Geld zu kommen, das ich brauchte, aber so etwas hätte sie nie verkraftet. Als ich dann das Stipendium bekam, war ich glücklich und verließ sie. In der Mitte meines Abschlussjahres hatte ich fast so viel gespart, um sie von dort wegzubringen – nicht in ein Haus in Brooklyn Heights, aber wenigstens in ein anständiges Apartment. In dem Sommer wäre es endlich so weit gewesen. Sie starb im März."

Laurel wandte den Kopf und strich ihm leicht und flüchtig über seine Haut. „Sie wäre stolz auf dich gewesen."

„Wenn ich mich für eine andere Lösung entschieden hätte, wäre sie noch am Leben."

„Wenn du einen anderen Weg gewählt hättest", sagte Laurel langsam, stützte sich auf die Ellbogen und sah ihn an, „dann hättest du sie selbst getötet."

Seine Augen glänzten im schimmernden Mondlicht. „Das habe ich mir auch gesagt, aber manchmal denke ich, ich hätte ihr so sechs angenehme Monate ermöglichen können." Er nahm Laurels Haar in die Hand und spielte mit der seidigen Fülle. „Sie lachte so gern. Irgendwie fand sie immer etwas, worüber sie lachen konnte. Allein dafür habe ich ihr viel zu verdanken."

„Und ich ihr auch." Laurel neigte den Kopf und küsste ihn. „Ich liebe dich, Matthew."

„Wenn ich an dich und mich dachte, habe ich mich gefragt, wie ich es wohl anstellen sollte." Er umfing mit seiner Hand ihren Nacken. „Wir hätten keine unterschiedlichere Herkunft haben können. Es gab Zeiten, da dachte ich, ich wollte dich nur deshalb haben."

Als sie den Kopf hob, sah er überrascht, dass sie lächelte. „Du Dummkopf", sagte sie liebevoll.

„So schön", murmelte Matthew. „Ich werde nie das Bild vergessen, das Curt von dir hatte und das er auf seinem Schreibtisch in unserem Zimmer stehen hatte."

Überrascht wollte Laurel etwas sagen, aber dann zog sie es vor zu schweigen.

„Ich konnte dich auf einer dieser langen, trägen Gartenpartys sehen, in einem Seidenkleid und mit einem Gedicht von Hut", sagte Matthew leise. „Mir lief das Wasser im Munde zusammen. Und ich sah dich an der Seite eines Mannes, der die gleiche Erziehung genossen hatte."

„Ich hasse es, mich zu wiederholen", fing sie an, aber er lächelte nicht. „Du denkst an Louis", sagte Laurel entschieden.

„Nein." Er zog sie wieder an sich. „Nicht heute Abend."

„Jetzt hör mir zu." Als sie sich aus seiner Umarmung befreite, waren der Humor und die Sanftheit aus ihrem Blick gewichen. „Das, was ich für dich empfinde, hat nichts, aber auch gar nichts damit zu tun, was ich für Louis empfinde. Ich habe ihn geliebt, seit ich ein Kind war, und auf eine sehr kindliche Weise. Beide, er und Marion, waren ein bedeutender, lebenswichtiger Teil meiner Kindheit. Märchenträume, auf die jedes Mädchen ein Recht hat.“

Ihm fiel ein, dass ihre Großmutter im Wesentlichen das Gleiche gesagt hatte. Seine Schultermuskeln entspannten sich. „Ich glaube, das kann ich verstehen, Laurel. Es ist das Heute, das mich beunruhigt.“

„Heute hat er mein Mitgefühl, beide haben es. Heute wünschte ich, helfen zu können, und weiß doch im selben Augenblick, dass das, was ich tun muss, ihnen irreparablen Schaden zufügen kann. Wären meine Gefühle anders gewesen, meinst du nicht, dass ich in den letzten zehn Jahren manchmal zu ihm gegangen wäre? Ich frage mich …“ fuhr sie hitzig fort, „wenn ich schon all diese Jahre darauf gewartet habe, mich zu verlieben, weshalb ich mich dann ausgerechnet in einen Dummkopf verlieben musste.“

„Dein persönliches Pech, nehme ich an.“

„Nun, ich werde dir etwas sagen, Matthew, ich werde mich über diesen Punkt dir gegenüber nicht mehr äußern. Glaube es, oder lass es bleiben.“

Er holte tief Luft und schwieg, als müsste er das Für und Wider dieses Ultimatums abwägen. Im Dämmerlicht konnte er das ärgerliche Funkeln in ihren Augen erkennen.

Sie mochte aus weicherem Holz geschnitzt sein als er,

aber niemand kam ihr an Intelligenz und Willenskraft gleich.

„Willst du mich heiraten, Laurel?“ fragte er schlicht.

Er hörte, wie sie heftig einatmete, sah, wie ihre Augen sich vor Überraschung weiteten. Einen Moment lang herrschte Stille. „Du hast lange genug dafür gebraucht“, sagte sie genauso schlicht, dann legte sie sich auf ihn und fühlte sich geborgen.

Laurel wachte davon auf, dass die Sonne ihr ins Gesicht schien und Matthew an ihrem Ohrläppchen zupfte. Sie musste nicht erst ihre Augen öffnen, um zu wissen, dass es ein herrlicher Tag sein würde. Irgendwann in der Nacht hatte der Regen die Schwüle aus der Luft vertrieben. Ohne die Augen aufzumachen, reckte sie sich und seufzte wohlig auf. Matthew fuhr ihr mit den Lippen über das Kinn.

„Ich liebe die Art, wie du aufwachst“, murmelte er. Mit einer Hand streichelte er ihre Hüfte.

„Hmm – wie spät ist es?“

„Es ist Morgen.“ Seine Lippen senkten sich auf ihren Mund.

Sie streckte sich noch einmal träge und schlang die Arme um seinen Nacken. „Habe ich dir schon gesagt, wie sehr es mir gefällt, wenn du mich so küsst?“

„Nein.“ Er neigte den Kopf und küsste sie noch

einmal auf die gleiche Weise, während sie ganz still unter ihm liegen blieb. „Warum hast du es nicht getan?"

„Wenn ich es sage – hmm – dann weißt du, wie du jeden Streit gewinnen kannst."

Lachend presste er die Lippen auf ihre Schulter. „Ich bin verrückt nach dir, Laurellie. Wann werden wir heiraten?"

„Bald", sagte sie entschieden. „Obwohl, in der Minute, wo wir es Grandma erzählen, wird sie …" Laurel brach ab und riss ihre Augen auf. „Himmel, der Brunch!"

„Ich habe noch nicht ans Essen gedacht", murmelte Matthew und fing an, ihr Ohr zu liebkosen.

„Oh, nein, nein, du verstehst nicht. Wie spät ist es?" Sie schob ihn zur Seite und griff nach dem Wecker. „Gütiger Himmel, wir sollten uns beeilen, oder wir stecken in ernstlichen Schwierigkeiten."

Als sie aus dem Bett springen wollte, griff Matthew sie um die Taille. „Wenn wir hier bleiben", fing er an und hielt sie unter sich fest, „könnten wir uns die ernstlichen Schwierigkeiten selbst bereiten."

„Matthew." Laurel wich seinem Kuss aus, sodass er die empfindsame Stelle ihres Halsansatzes traf. „Der Brunch am Sonntagmorgen in ‚Promesse d'Amour, ist eine geheiligte Sache", sagte sie unsicher.

„Kannst du kochen?"

„Was? Ja nun, ja, das heißt, wenn du einen toleranten Magen hast, könnte man es beinahe so nennen. Matthew, lass das.“ Atemlos hielt sie seine Hand fest.

„Warum machen wir uns dann keinen eigenen Brunch hier, irgendwann gegen die Mittagszeit?“

„Matthew ...“ sie schüttelte den Kopf, als müsse sie ihn klar bekommen, und stemmte dann beide Hände fest gegen seine Schultern. „Da du ein Familienmitglied werden wirst, solltest du dich gleich an bestimmte eiserne Regeln und Gebräuche gewöhnen. Der Sonntagsbrunch“, fuhr sie fort, als er lächelte, „ist keine Sitte, die man bricht.“

„Ich bin ein Ketzer.“

„Halt den Mund“, meinte sie und bemühte sich, nicht zu lächeln. „Grandma würde mir verzeihen, wenn ich einen Kursus in Bauchtanz belegen würde. Sie wird sogar die Tatsache übersehen, dass ich einen Yankee heirate, aber sie würde mir nie, niemals gestatten, zum Sonntagsbrunch nicht zu erscheinen. Selbst zu spät kommen schadet dem Ruf, und wir fordern es geradezu heraus.“

Matthew seufzte tief und übertrieben auf. „Also Miss Olivia zuliebe“, stimmte er zu und erlaubte Laurel, unter ihm hervorzukrabbeln.

„Ich gehe mich duschen“, sagte sie und eilte in das

Badezimmer. „Wenn wir uns beeilen, dann kommen wir noch rechtzeitig."

„Zwei können sich so schnell wie einer duschen", meinte er und ging mit.

„Matthew!" Lachend hob Laurel eine Hand an seine Brust. „Wenn wir beide hier drinnen bleiben, kommen wir mit Sicherheit zu spät zum Brunch."

Er zog sie an sich. „Das Risiko gehe ich ein."

„Matthew ..."

„Du vergisst" er neigte sich vor, um mit seinem Mund an ihren Lippen zu spielen, „dass ich weiß, wie ich einen Streit beilegen kann."

„Oh, verdammt", seufzte sie und schmiegte sich sanft an ihn.

Sie kamen zu spät.

„Wir bekommen Ärger", murmelte Laurel, während Matthew mit dem Wagen unter den Zedernwipfeln einbog.

Matthew sah sie spitzbübisch lächelnd an. „Das war es mir wert."

„Streich diesen Raubvogelblick aus deinem Gesicht, Matthew", warnte Laurel ihn. „Versuch, so betreten wie möglich auszusehen."

„Wir könnten die Ausrede mit dem platten Reifen benutzen“, schlug er vor. „Na, was hältst du davon? Das hat schon immer gezogen.“

„Um entschuldigt davonzukommen, hätten wir mindestens in einen Unfall mit fünf weiteren Beteiligten verwickelt sein müssen“, sagte sie grimmig. „Und du hast nicht einmal ein Beule in deinem Auto.“ Sie sah ihn bedauernd an.

„Nein“, sagte er fröhlich, „nicht einmal für dich.“

„Diese praktische Yankee-Einstellung“, murmelte sie, als das Haus in Sicht kam. „Gut, es wird vielleicht nicht funktionieren, aber wir werden es versuchen. Stell deine Uhr zurück.“

„Was soll ich tun?“

„Stell die Uhr zurück, um fünfzehn Minuten.“ Sie fuhrwerkte an ihrer eigenen Uhr herum. „Beeile dich!“

„Was wird sie machen?“ wollte er wissen, während er den Wagen neben Curts Auto parkte. „Dich in den Holzschuppen schleppen?“

„Du wärest erstaunt“, murmelte Laurel. „Oh je, da kommt sie schon. Hör zu, ich weiß, dass das fast unmöglich für dich sein wird, aber versuche, unschuldig auszusehen.“

„Vielleicht setze ich dich hier ab, und wir treffen uns in der Stadt wieder.“

„Wenn du das tust, dann breche ich dir den Arm“,

versprach sie ihm beim Aussteigen. „Grandma!“ Laurel ging mit offenen Armen und einem strahlenden Lächeln auf sie zu. Sie küsste ihre faltigen Wangen und tat, als fiele ihr die Kühle in den strengen, smaragdgrünen Augen nicht auf. „Du siehst wunderbar aus.“

„Du kommst zu spät“, bemerkte Olivia strafend.

„Oh nein, wir sind zu früh. Ich habe Matthew mitgebracht“, setzte sie nun hinzu. Mit etwas Glück, nein, mit sehr viel Glück würde sich Olivia davon ablenken lassen.

„Miss Olivia.“ Matthew nahm die ihm herablassend dargebotene Hand und hob sie an die Lippen. „Ich hoffe, ich dränge mich nicht auf.“

„Ihr kommt zu spät“, wiederholte Olivia und ließ den Blick über die beiden gleiten.

„Wieso, das kann nicht sein“, entgegnete Laurel und sah auf ihre Uhr. „Es ist doch gerade erst elf Uhr.“

„Dieser Trick ist noch älter als ich.“ Olivia hob das Kinn auf eine Weise, die ihre Enkelin von ihr geerbt hatte. „Warum kommt ihr zu spät?“ wollte sie wissen und erlaubte keinem von beiden eine Ausrede.

Laurel feuchtete sich die Lippen an. Wenn sie nur wenige Minuten hätte, würde ihr wahrscheinlich eine großartige Lüge einfallen. „Nun, sieh einmal, Großmutter …“

„Es ist vollends mein Verschulden, Miss Olivia“, warf

Matthew ein und handelte sich einen dankbaren Blick von Laurel ein, der wirklich nichts Passendes einfiel.

„Was haben Sie“, begann Olivia majestätisch, „mit der Verspätung meiner Enkelin zu tun?“

„Ich habe sie unter der Dusche abgelenkt“, sagte er leichthin.

„Matthew!“ Laurel warf ihm einen entsetzten Blick zu, der drohend wurde und ihm bevorstehendes Unheil verkündete.

„Ich verstehe.“ Olivia nickte. „Das ist eine akzeptable Entschuldigung“, entschied sie, und Laurel blieb der Mund offen stehen. „Mach deinen Mund zu, Mädchen“, sagte sie sich geistesabwesend, während sie fortfuhr, Matthew anzusehen. „Sie haben sich damit Zeit gelassen, aber es ist etwas Vernünftiges dabei herausgekommen. Sie werden sie bald heiraten.“

Das war keine Frage. Matthew konnte nicht anders, er musste grinsen, als Laurel zu stottern begann. „Sehr bald“, bestätigte er Olivia.

„Willkommen in der Familie …“ Sie lächelte und bot ihm ihre Wange, „Yankee.“ Sie blinzelte ihrer Enkelin zu, reichte Matthew die Hand, damit er sie formell um das Haus herum zur Terrasse geleiten konnte.

Keine ist wie sie, dachte Laurel voller Stolz und Zuneigung. Absolut niemand.

Olivia beherrschte die Runde mit ihrer üblichen Großtuerei. Ihr Sohn saß an einem Ende des Tisches und die jüngere Generation zwischen ihnen. Wie immer, hatte sie für die Sonntagstradition großen Aufwand getrieben: weißes Leinen, funkelndes Silber und Kristall und frische Blumen in Schalen aus der Zeit vor dem Krieg.

Das Gespräch floss ruhig und leicht dahin. Laurel stellte fest, dass Susan eine ganz andere Frau war als die, welche vor der Lokalredaktion die Nerven verloren hatte. Ihre Finger zitterten nicht mehr. Auch die Traurigkeit in ihren Augen schwand langsam dahin. Sie warf Laurel einen Blick zu, der ihr vollkommenes Vertrauen ausdrückte. Das machte die Sache für Laurel nur noch schwerer.

Jetzt nicht, sagte sie sich, während sie an ihrem kühlen, trockenen Champagner nippte. Morgen war es früh genug, wieder auf diese Sache zurückzukommen. Heute brauchte sie das Gefühl der Verzauberung und der Zeitlosigkeit. Wo sonst, überlegte sie, konnten sechs Menschen an einem Tisch sitzen, auf dem das Silber in der Sonne funkelte, das älter als ein Jahrhundert war? Die Vögel sangen und eine köstliche Brise wehte, die bald vorüber sein mochte. Diese Stimmung war zu selten, um sie mit Sorgen und Verdächtigungen zu belasten. Und sie war verliebt.

Sie sah zu Matthew hin, und ihre Augen sagten ihm alles.

„Das wird eines Tages deine Aufgabe sein, Laurellie", stellte Olivia fest und teilte gekonnt ihr Crêpe auf dem Teller. „Traditionen wie diese sind wichtig – mehr für die Kinder als für deren Eltern. Du und Matthew seid im westlichen Flügel willkommen, sobald ihr verheiratet seid. Entweder für immer oder wann ihr es für richtig halten mögt. Das Haus ist groß genug, sodass wir uns nicht auf die Füße treten werden."

„Noch etwas Kaffee, Mutter?" unterbrach William und warf ihr einen Blick zu, der ihr sagte, was er davon hielt, jemanden zu verkuppeln. „Ich möchte mich mit euch beiden unterhalten." Er nickte seiner Tochter und Matthew zu. Sein Blick glitt flüchtig in Susans Richtung, aber er reichte, um Laurel anzudeuten, dass es um Anne Trulane gehen würde. „Am Montag früh in meinem Büro."

„Geschäftliches erst am Montag." Olivia begegnete dem Blick ihres Sohnes nicht minder dickköpfig. „Ich möchte mich über die Hochzeit unterhalten. Für eine Sommerhochzeit könnte der Garten nicht geeigneter sein. Ihr könntet hier auf der Terrasse feiern."

„Wie wäre es mit dem kommenden Wochenende?" fragte Matthew nun und griff nach seinem Kaffee.

„Matthew, ermutige sie nicht“, riet ihm William. „Sie wird sonst Curt beauftragen, dich wegen Bruchs des Eheversprechens zu verklagen.“

„Verdammt richtig!“ Der Gedanke ließ Olivia laut auflachen, während sie die Hand auf Laurels legte. „Jetzt haben wir ihn, Laurellie. William!“ Sie ertappte ihren Sohn dabei, wie er ein Lachen mit einem Husten vertuschen wollte. „Wirst du diesem Jungen nicht all dic unverschämten Fragen stellen wollen, die ein Vater zu stellen hat? Ein Vater kann nicht sorgfältig genug sein, wenn ein Mann seine Tochter heiraten will – besonders ein Yankee.“

„In Wahrheit“, fing Laurel an, noch ehe ihr Vater etwas sagen konnte, „heiratet Matthew mich nur des Hauses wegen und nur als Vorwand, damit er hinter Grandma her sein kann.“

Das Lächeln ihres Vaters verwandelte sich in blankes Erstaunen. „Scherzt du?“

„Nein“, sagte Laurel leichthin und tauchte eine Erdbeere in die Sahnecreme. „Matthew ist verrückt nach Grandma.“

„Laurel ...“ William fing mit einem Halblachen an, brach dann aber ab, weil er nicht wusste, was er sagen sollte.

„Sie macht keinen Scherz“, murmelte Curt und musterte seine Schwester. Er warf Matthew einen Blick zu, als ihm wieder einfiel, wie sehr sein Zimmergenosse von dem Foto fasziniert gewesen war und all die Fragen, die er ihm gestellt hatte. „Die ganze Zeit lang?“ fragte er leise.

„Ja.“ Matthew sah zu Laurel hin und lächelte. „Die ganze Zeit.“

„Nun, das war ein wohl gehütetes Geheimnis“, stellte ihr Vater fest. „Nicht einmal ich habe etwas bemerkt.“

Lächelnd hielt Laurel ihm die Hand hin. „Hast du etwas dagegen?“

Er ergriff ihre Hand. „Nichts könnte mir mehr gefallen.“ Er sah zu Matthew hin. „Nichts. Allerdings …“ Er lächelte und seine Finger entspannten sich, „hatte ich nicht gedacht, dass ihr beide euch überhaupt mögt. Wie ich mich erinnere, hast du für Matthew immer ein bestimmtes Adjektiv gehabt.“

„Unerträglich“, half Laurel ihm nach. „Das stimmt immer noch.“

„Das ist die Würze an dieser Verbindung“, fand Olivia und erhob sich zum Zeichen, dass der formelle Brunch beendet war. „Susan, seien Sie doch so nett und gehen Sie in mein Zimmer. Dort finden Sie in meiner Schmuckschatulle ein kleines Medaillon aus Gold, mit Perlen besetzt.“

Kaum war Susan gegangen, wandte Olivia sich an Curt. „Willst du dir von diesem Yankee etwas vormachen lassen, Curt?“

Curt stand auf und beschäftigte sich angeblich damit, ein Staubkorn von seiner Jacke zu entfernen. „Pardon?“

„Er hat ein ganzes Jahr dafür gebraucht. Ich denke doch, es wird dir möglich sein, dieses Mädchen in der Hälfte der Zeit herumzukriegen.“

„Mutter.“ William kam zu ihr herüber und legte ihr die Hand auf die Schulter. „Sei mit einem Sieg zufrieden.“

„Wenn ich mit Curt fertig bin“, fuhr sie unbeeindruckt fort, „werde ich mich mit dir befassen.“

Er nahm dies mit einem Nicken zur Kenntnis, bevor er sich zu seinem Sohn umwandte. „Selbst ist der Mann. Ach, Matthew, es gibt da etwas, worüber ich mit dir sprechen wollte.“

„Feigling“, murmelte Olivia, als ihr Sohn Matthew mit sich fortzog.

„Ist es das, Miss Olivia?“

„Ja, vielen Dank.“ Sie lächelte, als Susan ihr das Medaillon gab. „Curt, warum machst du nicht mit Susan einen Spaziergang im Garten? Der Garten gefällt Ihnen doch, nicht wahr, Susan?“

„Ja.“ Susan sah auf ihre Hände hinunter, dann richtete sich ihr Blick auf Curt. „Ja, er gefällt mir.“

„Na bitte, siehst du, der Garten gefällt ihr. Nun geh schon, beeile dich." Ohne Atem zu holen, wandte sie sich an Laurel.

„Grandma." Laurel umarmte sie. „Ich verehre dich."

Olivia genoss die Wärme und Ausstrahlung der Jugend, ehe sie Laurel fortschob. Auf die ihr eigene, gekonnte Art musterte sie ihre Enkelin. „Du bist glücklich."

„Ja." Lachend warf Laurel das Haar zurück. „Wenn du mich vor einem Monat gefragt hättest – du meine Güte, noch vor einer Woche – was ich davon hielte, Matthew Bates auf der Terrasse zu heiraten, dann hätte ich geantwortet ..." Sie hielt inne und lachte wieder. „Lieber wiederhole ich nicht, was ich gesagt hätte."

„Du hast so getan, als hättest du dich nicht von Anfang an zu ihm hingezogen gefühlt."

„Das ist mir glänzend gelungen."

Olivia lachte auf. „Ah, aber du bist ganz wie ich, Kind!"

„Welch großes Kompliment."

Olivia ließ das Medaillon auf ihren Schoß fallen und nahm Laurels Hände. „Wenn wir lieben, wirklich lieben, dann mit allem, was wir haben, wir verschenken uns nicht leichtfertig. Dein Großvater ..." Einen Moment lang sah sie versonnen und jung aus. „Himmel, wie habe ich diesen Mann geliebt. Fünfzehn Jahre an seiner Seite waren nicht genug. Als er starb, trauerte ich und war sehr bedrückt, aber das Leben … man muss das Leben nehmen, wie es kommt. Die anderen, die nach ihm kamen, waren …" Sie schüttelte den Kopf und lächelte wieder. „Die waren nur zum Vergnügen. Diese Liaisons waren nie ernsthafte Angelegenheiten. Ich mochte jeden Mann, mit dem ich zusammen gewesen bin, aber nur einem habe ich alles von mir geschenkt. Du wirst das verstehen", murmelte sie. „Auch dein Yankee wird das verstehen."

„Ja." Laurel fühlte, wie sich ihre Augen mit Tränen füllten und blinzelte sie zurück. „Ich liebe dich, Grandma."

„Dies ist für dich", sagte Olivia, nachdem sie Laurels Hände kurz gedrückt hatte. Olivia nahm das Medaillon vom Schoß hoch, schloss es einen Augenblick lang in ihrer Hand ein, als wollte sie es wärmen. „Dein Großvater hat es mir geschenkt, als wir uns verlobten. Ich habe es getragen, als ich ihn heiratete. Es würde mir viel bedeuten, wenn du es bei deiner Hochzeit mit Matthew tragen würdest."

„Oh, Grandma, es ist wundervoll." Laurel nahm das Medaillon. Es war mit winzigen Perlen besetzt, die einen ganz leichten Blauschimmer aufwiesen. „Ich habe es nie an dir gesehen."

„Seit seinem Tode habe ich es nicht mehr getragen.

Es ist an der Zeit, dass es wieder getragen wird und zwar von einer Braut."

„Ich danke dir." Laurel beugte sich vor und küsste Olivias Wange, dann drehte sie lächelnd das Medaillon in ihrer Hand. Wie hübsch, dachte sie, und es würde mit einem fließenden, romantischen, weißen Kleid so ausgezeichnet wirken. Vielleicht ein Kleid mit Spitzen und …

Die Erinnerung endete plötzlich in einem Missklang und sie presste eine Hand gegen die Schläfe.

„Laurellie?"

„Nein." Geistesabwesend klopfte sie ihrer Großmutter auf die Hand. „Mit mir ist alles in Ordnung. Mir ist nur gerade etwas eingefallen. Ich muss einmal telefonieren."

Sie sprang auf und rannte mit dem Medaillon in ihrer Hand in das Haus. Sie kannte die Nummer von „Heritage Oak" auswendig und wählte. Da sie auf das Medaillon sah und in Gedanken woanders war, vernahm sie kaum die Stimme am anderen Ende der Leitung.

„Oh, Binney", sagte Laurel schnell. „Hier ist Laurel Armand." Als Binney schwieg, sprach sie hastig weiter. „Bitte, Binney, ich weiß zwar, dass du mir böse bist, weil ich dich ausgefragt habe. Es tut mir Leid, wirklich, falls ich zu aufdringlich damit war."

„Ich habe nicht das Recht, mit Ihnen ärgerlich zu sein, Miss Laurel“, erwiderte sie ruhig. „Es ist nicht meine Sache, Fragen zu beantworten.“

„Bitte, es gibt etwas, das ich wissen muss. Es könnte sehr wichtig sein. Ein Medaillon“, sagte sie in die abwartende Stille der Leitung hinein. „Das Medaillon, welches Louis noch vor der Heirat Elise gegeben hat. Sie trug es an ihrem Hochzeitstag, und, wie ich meine, auch immer danach. Ich erinnere mich, dass ich sie nie ohne dieses Schmuckstück gesehen habe. Erinnerst du dich daran, Binney? Du musst“, fuhr sie fort, ehe eine Antwort möglich war. „Sie hat Louis' Bild darin getragen.“

„Ich kann mich an das Medaillon erinnern.“

Etwas begann in ihrer Brust zu klopfen – nicht Aufregung, keine Furcht. Eher, wie Laurel erkannte, Desillusion. „Sie hat es stets getragen, nicht wahr? Es war sehr klein und elegant, etwas, das sie jeden Tag umhaben konnte und das auch zur Abendgarderobe passte.“

„Es war ihre Gewohnheit, es zu tragen.“

Laurel schluckte und bemühte sich, ihre Stimme ruhig klingen zu lassen. „Binney, hat Elise sich vor den Sümpfen gefürchtet?“ Sie kannte die Antwort selbst, aber sie wollte sich jetzt nicht auf ihre Kindheitserinnerungen verlassen. Jetzt war der Zeitpunkt für Tatsachen gekommen, gleichgültig wie weh sie auch tun mochten.

„Das ist schon sehr lange her."

„Bitte, Binney. Du kanntest sie."

„Sie mochte die Sümpfe nicht", sagte Binney entschieden. „Sie kannte die alten Geschichten."

„Aber manchmal ist sie dort hingegangen", flüsterte Laurel.

„Ja, manchmal ging sie dorthin, aber nur mit Mr. Louis."

„Ja, ja, ich weiß." Laurel gab einen Stoßseufzer von sich. „Nur mit Louis. Vielen Dank, Binney."

Laurel legte auf und starrte auf das Medaillon in ihrer Hand. Zärtlich ließ sie es in ihre Tasche gleiten und ging Matthew suchen.

Matthew sah Laurel über den Rasen kommen. Nach einer kurzen Entschuldigung zu ihrem Vater ging Matthew ihr entgegen. Selbst aus der Entfernung erkannte er den Blick in ihren Augen. „Was ist los, Laurel?"

Sie schlang die Arme um ihn und legte ihre Wange an seine Brust. Für einen Augenblick brauchte sie die Stärke, die Zuversicht. Das Hin und Her ihrer Gefühle hatte sich fast gelegt. Es überraschte sie nicht, dass sie Louis noch immer liebte, den Louis, den sie gekannt hatte. „Matthew, wo ist der Teil von dem Medaillon, dass du im Sumpf gefunden hast?“

„Ich habe es in das Polizeilabor gebracht. Sie wollen es untersuchen.“ Er hielt sie auf Armeslänge von sich, damit er ihr ins Gesicht sehen konnte. „Warum?“

Sie atmete ruhig durch. Dann richtete sie sich auf und blieb vor ihm stehen. „Sie werden feststellen, dass es im Freien gelegen hat, dass es von Schmutz bedeckt und vom Regen rein gewaschen wurde, immer wieder und immer wieder – und das seit zehn Jahren.“

„Zehn …“ Er unterbrach sich, als ihm die Erkenntnis kam. „Es gehörte Elise.“

„Mir fiel ein, wo ich es gesehen hatte. Ich habe gerade ‚Heritage Oak‘ angerufen und mich mit Binney unterhalten, um mich zu versichern. Elise hat dieses Medaillon jeden Tag getragen.“

Weil sie so blass war und weil er sie liebte, entschloss Matthew sich, des Teufels Advokat zu spielen. „Schön, aber das ist immer noch kein Beweis. Sie hätte es dort jederzeit verlieren können.“

„Nein, es ist kein Beweis“, stimmte Laurel ihm zu. „Aber ich glaube nicht, dass Elise es da einfach nur verloren hat. Erstens hing sie zu sehr daran, und zweitens ist sie nicht oft in die Sümpfe gegangen. Sie fürchtete sich nicht so davor wie Anne, aber sie hatte einen gehörigen

Respekt vor den alten Legenden. Das einzige Mal, wo sie dort hingegangen ist, war sie in Begleitung von Louis. Das hat Binney soeben bestätigt."

Er erkannte den Gefühlsaufruhr in ihren Augen. Dieses Mal fühlte er nichts mehr von Enttäuschung und der Eifersucht, die ihn geplagt hatte. Zärtlich umfasste er ihr Gesicht. „Es tut mir Leid, Laurel."

Sie ergriff seine beiden Handgelenke und hielt sie fest. „Oh, Matthew, mir auch."

„Ich glaube, wir sollten deinen Vater ins Bild setzen", sagte er bedachtsam. „Aber wir sollten es eine Weile von Susan fernhalten. Wir haben noch immer keinen soliden Beweis für die Polizei."

„Für den Moment sollten wir sie aus dem Spiel lassen. Mein Vater kann wahrscheinlich genügend Druck ausüben, um die Ermittlungen über Anne wieder aufzunehmen, und die über Elise und Charles zu schüren."

„Wir haben genügend Beweise", stimmte Matthew ihr zu, „um an den richtigen Stellen Druck ausüben."

„Lieber Himmel, Matthew, ist dir klar, dass, falls das zutrifft, was wir denken ... Louis schrecklich krank sein muss. Bei Charles und Elise könnte es ein Anfall blinder Wut gewesen sein, aber er muss in all diesen Jahren darunter gelitten haben. Und dann lernte er Anne kennen." Sie drückte die Fingerspitzen auf die Augenlider. Würde es ihr je gelingen, Gefühl von Verstand zu trennen? „Er braucht Hilfe, Matthew. Kannst du dir vorstellen, in welcher Düsternis er diese ganze Zeit gelebt hat?“

„Er wird Hilfe bekommen. Aber, Laurel …“ Er hielt sie bei den Schultern, mit so festem Griff, dass sie zu ihm hochsah … „Zuerst müssen wir es beweisen. Ich denke, wenn wir uns auf den ersten Fall konzentrieren – auf Charles und Elise“, sagte er vorsichtig „wird uns das zu Anne führen. Es wird für dich nicht leicht werden.“

„Nein“, stimmte sie zu, „nicht leicht, aber notwendig.“ Sie sah ihm in die Augen. „Woran denkst du Matthew?“

„Druck“, murmelte er. „Druck an der richtigen Stelle.“ Er wandte ihr wieder seine Aufmerksamkeit zu. „Louis muss bereits am Rande der Verzweiflung sein. Er hat dich dreimal gewarnt. Was glaubst du, wie er reagieren wird, wenn er diesen Teil des Medaillons zu sehen bekommt?“

„Ich glaube …“ Laurel griff automatisch nach dem Medaillon in ihrer eigenen Tasche, „es würde ihn vernichten.“

„Das denke ich auch.“ Er legte ihr den Arm um die Schultern. „Wir werden morgen noch einmal nach ‚Heritage Oak‘ fahren müssen.“

12. KAPITEL

Ihre Notizen lagen noch in einem einzigen Durcheinander auf Laurels Klapptisch, zusammen mit den Verpackungen ihres mitgebrachten Imbisses. Ihre – und einige seiner – Kleider lagen über den Boden verstreut. Laurel schloss die Tür hinter ihnen beiden und klimperte mit den Schlüsseln, die sie in der Hand hielt.

„Du bist ein Ferkel, Matthew."

„Ich? Das ist deine Wohnung. Außerdem …" Er stieß mit dem Fuß sein Hemd aus dem Weg und setzte sich hin. „… warst du diejenige, die mich auf den Fußboden gezerrt hat und nach meinem Körper so verrückt war. Und …", fuhr er fort, als sie schnaubte, „du warst auch diejenige, die mich heute Morgen hier herausgescheucht hat, als stünde das Haus in Flammen."

Er lenkte sie – und sie lenkte ihn ab –, um nicht an das zu denken, was ihnen bevorstand: Louis Trulane und was mit ihm geschehen sollte.

Laurel brachte ein Lächeln zustande. „Matthew, ich werde mit dieser Sache um Louis klarkommen. Wirklich."

Vielleicht, dachte er. Vielleicht nicht. Aber erst wollte er sie auf die Probe stellen. „Gut. Ich will zum Labor hinüberfahren und das Medaillon zurückholen, ob man es nun untersucht hat oder nicht. Ich werde mich besser fühlen, wenn es wieder in meinem Besitz ist."

Laurel nickte. „Und am Morgen können wir es dann Louis zeigen."

Ich werde es dahin bringen, korrigierte er sie im Stillen, aber er nickte nur. Das war etwas, was er erledigen würde, wenn der richtige Zeitpunkt dafür da war. „Wenn er dabei nicht die Nerven verliert, werden wir noch viele Laufereien haben, aber wir bringen die Polizei ins Spiel."

„Einverstanden", sagte sie einfach. Ihr Herz war bereits wie betäubt.

Matthew richtete sich auf. „Willst du jetzt mit mir kommen?"

„Nein." Sie gab einen Stoßseufzer von sich. Was hatte ihre Großmutter gesagt? Das Leben – man muss es durchstehen. „Ich werde dir sagen, was ich für dich machen werde, Matthew, und glaube mir, du bist der erste Mann, dem ich das anbiete."

Er stand auf und lächelte sie an. „Faszinierend."

„Ich werde für dich zu Abend kochen."

„Laurel, ich bin – überwältigt."

„Du wirst vielleicht mehr als nur das sein, nachdem du es gegessen hast", murmelte sie.

„Wir könnten auch außerhalb essen."

„Sei kein Feigling“, sagte sie obenhin und fragte sich, was sie im Kühlschrank hatte, das man verwenden konnte. „Bring lieber etwas Wein mit.“ Sie lachte auf. „Und etwas Natrium.“

„Natrium“, murmelte er. „Das klingt nicht sehr Vertrauen erweckend.“

„Nein, aber vielleicht ist es notwendig.“

„Ich werde nicht lange brauchen.“

„Nimm meine Schlüssel mit, falls ich in der Küche beschäftigt sein sollte. Und, Matthew“, flüsterte sie und schlang ihm die Arme um den Hals, „sieh zu, dass es nicht zu lange dauert.“

Er küsste sie und gab ihr einen freundlichen Klaps auf den Po. „In einer Stunde“, versprach er und verließ sie.

Eine Stunde, überlegte Laurel, und streckte die Arme gegen die Decke, als sie die Eingangstür zufallen hörte. Das würde ihr genügend Zeit geben für den ersten Versuch, sich als Hausfrau zu betätigen.

Sie brauchte nicht lange, um mit der Unordnung in ihrem Apartment fertig zu werden, und zu erkennen, wie geschickt Matthew es vermieden hatte, ihr zur Hand zu gehen. Sie entschied, dass es für ihn Strafe genug sei, ihr Gekochtes zu essen. Sie ging in die Küche und sah im Kühlschrank nach.

Ein bisschen Saft, noch weniger Milch, zwei Pfund

Butter. Zwei Pfund, wunderte Laurel sich. Wie war das passiert? Wenigstens hatte sie die notwendigen Sachen für einen Salat auf Vorrat. Das war immerhin ein Anfang. Vielleicht eine Kasserolle, dachte sie. Sie war fast sicher, irgendwo ein Kochbuch zu haben.

Fünfzehn Minuten später war sie vertieft in die Herstellung von Thunfisch-Makkaroni-Salat, von dem das Kochbuch behauptet hatte, es sei narrensicher. Sie lächelte verlegen, als ihr Blick über die in Unordnung gebrachte Küche glitt. Wer immer der Verfasser dieses Buches war, er hatte Laurel nicht gekannt. Sie wollte gerade weitermachen, als das Telefon klingelte.

Das wird Matthew sein, dachte sie und säuberte sich die Hände, während sie zum Apparat ging. Wahrscheinlich möchte er wissen, ob er ein Fertiggericht aus irgendeinem chinesischen Lokal mitbringen solle. So leicht kommst du mir nicht davon, Matthew. Lächelnd hob sie den Hörer auf.

„Hallo."

„Oh, Laurel, welch ein Glück, dass du zu Hause bist."

Augenblicklich verspürte Laurel ein Kribbeln im Nacken. „Marion? Was ist denn?"

„Laurel, ich wusste nicht, was ich tun sollte. Wen ich sonst anrufen könnte. Es geht um Louis."

„Ist er verletzt?“ fragte Laurel schnell. „Ist etwas mit ihm passiert?“

„Nein – ich weiß nicht. Laurel ...“ Ihr brach die Stimme, und sie fing an zu weinen.

„Marion, beruhige dich, und erzähle mir, was geschehen ist.“

Ihr Atem klang rau durch das Telefon. „Ich habe ihn noch nie so schlimm erlebt. Den ganzen Tag lang wollte er mit niemandem reden, aber das ist manchmal der Fall. Oh, Laurel“, brach es plötzlich aus ihr heraus, „es war so eine Belastung, schlimmer, seit Anne ... Laurel“, fing sie wieder an und ihre Stimme zitterte nervös. „Ich brauche Hilfe.“

„Ich werde dir helfen“, sagte Laurel so ruhig wie möglich. „Was ist passiert?“

„Gerade eben, vor wenigen Minuten.“ Laurel hörte, wie Marion tief einatmete. „Er bekam einen Wutanfall. Er sprach – ganz wirres, unverständliches Zeug. Er sagte alles Mögliche über Elise und über Anne. Ich weiß nicht – es klang, als würde er sie in seiner Vorstellung durcheinander bringen.“

Laurel presste die Lippen zusammen. Sie musste die Ruhe bewahren, musste klar denken können. „Wo ist er jetzt?“

„Er hat sich in seinem Zimmer eingeschlossen. Dort

tobt er herum, ich kann hören, wie die Möbel … Laurel, er will mich nicht zu sich lassen."

„Marion, ruf einen Arzt an."

„Oh Laurel, denkst du nicht, darauf wäre ich nicht schon gekommen? Er will keinen sehen, und er war noch nie so – so außer Kontrolle wie jetzt. Bitte, komm. Du warst immer unsere Freundin. Louis stand dir früher so nahe – bevor dies alles geschah. Du bist vielleicht in der Lage, ihn zu beruhigen, und dann könnte ich mir vielleicht überlegen, was zu tun wäre, damit er Hilfe bekommt." Zum Schluss flüsterte sie nur. „Laurel, bitte, ich kann ihn in dem Zustand, in dem er sich jetzt befindet, nicht Außenstehenden aussetzen. Ich wüsste nicht, wem ich sonst trauen sollte."

„In Ordnung, Marion." Sie stellte sich Louis vor, wie er, eingeschlossen in seinem Zimmer, am Rande des Wahnsinns stand. „Ich werde so schnell ich kann bei dir sein."

„Laurel … bitte komm als Freundin, nicht als Reporterin, bitte." „Als Freundin, Marion." Nachdem sie den Hörer aufgelegt hatte, drückte Laurel die Handballen gegen die Augen.

Matthew nahm die Tüte, die er mitgebracht hatte, in die andere Hand und steckte Laurels Schlüssel in das Schloss. „Ich habe roten und weißen Wein gekauft", rief er. „Du hast nicht gesagt, was es zu essen gibt." Mit einem Blick durch das Wohnzimmer erkannte er, dass Laurel bereits aufgeräumt hatte. Das würde sie ihm bestimmt unter die Nase reiben, dachte Matthew lächelnd. „Ich rieche nichts Angebranntes."

Er schlenderte in die Küche und zog die Augenbrauen hoch. Was sie da gerade vorbereitete, schien jeden Zentimeter der Arbeitsfläche zu benötigen. Matthew stellte den Wein im Spülbecken ab – dem einzigen freien Platz – und schüttelte den Kopf. Das sollte die Frau sein, deren Unterlagen stets peinlich akkurat in Ordnung waren? Deren Schreibtisch aufgeräumt und ordentlich am Ende eines jeden Tages zurückblieb? Er tauchte seinen Zeigefinger in eine Schale und hob einige kalte, klebrige Makkaroni hoch.

„Laurel", fing er an und ließ die Makkaroni fallen. „Da gibt es ein entzückendes Lokal in der Canal Street, das wunderbare Meeresfrüchte anbietet. Warum gehen wir nicht …" Am Eingang zum Schlafzimmer blieb er stehen. Leer. Er spürte die ersten Anzeichen der Unruhe. „Laurel?" wiederholte Matthew und stieß die Tür zum Badezimmer auf. Leer. Furcht überkam ihn, die er verdrängte. Sie war nur schnell weggegangen, um eine fehlende Zutat für ihr Rezept zu besorgen. Wahrscheinlich hatte sie ihm eine Nachricht hinterlassen.

Als er in das Wohnzimmer zurückgestürmt kam, fand er sie neben dem Telefon. Doch noch ehe er sie gelesen hatte, spürte er weniger Erleichterung, sondern große Furcht.

„Matthew – Marion hat mich ganz aufgeregt angerufen. Louis verliert die Beherrschung, redet von Elise und Anne. Er hat sich in seinem Schlafzimmer eingeschlossen. Sie braucht Hilfe. Ich konnte ihr das nicht abschlagen. Laurel."

„Verdammt noch mal!" Matthew warf den Zettel hin und raste zur Tür. Die Furcht war noch immer in ihm.

Die Schatten wurden länger, als Laurel in die Einfahrt nach ‚Heritage Oak' einbog. Um sie herum war die Stille des Spätnachmittags. Ein Vogel rief, als wolle er diese Stille prüfen, und schwieg dann wieder. Als sie den Wagen am Ende der Auffahrt anhielt, rannte Marion ihr über die Vordertreppe entgegen.

Ihr Haar hatte sich gelöst, ihr Gesicht war bleich und tränenüberströmt. Laurel fuhr es durch den Sinn, dass sie Marion noch nie so völlig außer Fassung erlebt hatte.

„Dem Himmel sei Dank, Laurel." Marion griff nach ihr, als hinge ihr Leben davon ab. „Ich konnte ihn nicht aufhalten. Ich konnte ihn nicht aufhalten!"

Instinktiv blickte Laurel hinüber zum Fenster von

Louis' Zimmer. Sie hatte die Furcht erregende Vorstellung, er könnte tot dort oben liegen, hingestreckt von der eigenen Hand. „Wovon, Marion? Was hat er getan?"

„Der Sumpf. Er ist in die Sümpfe gegangen." Sie bedeckte ihr Gesicht mit den Händen und schluchzte. „Ich glaube, er hat den Verstand verloren. Was er alles gesagt hat … Er hat mich beiseite gestoßen."

Nicht tot, sagte Laurel sich. Er ist nicht tot. Du musst ruhig bleiben. „Was hat er gesagt?"

Marion ließ ihre Hände sinken. In ihren Augen stand Entsetzen. „Er sagte", fing sie flüsternd an, „er sagte, er gehe fort, um Elise zu finden."

„Elise", wiederholte Laurel und zwang sich, sich nicht von dem Grauen, das sie erfasste, leiten zu lassen.

„Wir müssen etwas unternehmen!" Marion griff erneut nach ihr. „Laurel, wir müssen etwas tun, hinter ihm hergehen – ihn finden. Er hat einen Nervenzusammenbruch oder …"

„Marion, wie können wir ihn dort finden? Wir sollten die Polizei benachrichtigen."

„Nein! Keine Polizei. Es geht um Louis." Sie schien sich in den Griff zu bekommen und ließ Laurel los. „Ich kann ihn finden. Ich kenne die Sümpfe ebenso gut wie er. Du musst nicht mit mir kommen – das wäre zu viel von dir verlangt."

Laurel fuhr sich mit beiden Händen durchs Haar, während Marion sich über den Rasen hin in Bewegung setzte. Louis hatte sie auf ihr erstes Pony gesetzt, fiel ihr plötzlich ein. Geduldig hatte er mit ihr Schach gespielt und ihren weitschweifigen Geschichten gelauscht. Was immer er auch getan haben mochte, wie konnte sie fortgehen, ohne wenigstens versucht zu haben, ihm zu helfen?

„Marion warte. Ich komme mit dir."

Marion blieb stehen und streckte ihr die Hand hin.

Sie gingen schnell auf das sumpfige Gelände zu. Heftige Abscheu erfasste Laurel, als sie am Rand zum Morast standen, aber sie verdrängte das Gefühl des Ekels. Es ist nur ein Ort, hielt sie sich vor. Und Louis war hier.

Lange Schatten fielen jetzt auf den Boden. Das Tageslicht wurde immer fahler. Ihnen blieb eine Stunde, vielleicht etwas mehr, beruhigte Laurel sich, ehe es zu dunkel zum Sehen wurde. Bis dahin hätten sie ihn längst gefunden. Ohne zu zögern, betrat sie das Sumpfgelände.

„Ich glaube, er könnte zum Fluss gegangen sein – dorthin, wo man Anne gefunden hat." Wie viel wusste – oder argwöhnte Marion? fragte sich Laurel. Im Moment hielt sie Marion nicht für fähig, auf Fragen oder Theorien einzugehen. „Wird es dir nicht zu unbequem werden?" fragte sie mit einem Blick auf Marions wehenden, pastellfarbenen Rock und ihre eleganten Pumps. „Es wird schwierig werden, da durchzukommen."

„Das spielt keine Rolle", sagte Marion ungeduldig. „Louis ist mein Bruder."

„Es wird schon alles wieder in Ordnung kommen", versicherte Laurel ihr und glaubte fast selbst an ihre Worte.

„Ich weiß." Marion brachte ein Lächeln zustande.

Sie kamen langsam voran, Seite an Seite, und als der Pfad schmaler wurde, ging Laurel vor. Die Gegend war voller Geräusche – Vögel, Insekten. Einmal sah sie einen Graureiher sich graziös in die Luft erheben und davonsegeln. Sie näherten sich dem Fluss.

„Vielleicht sollten wir nach ihm rufen und ihn wissen lassen, dass wir hier sind", schlug Laurel vor. „Er könnte sich erschrecken, wenn wir plötzlich vor ihm stehen."

„Er wird dich nicht hören."

„Nicht, wenn er die andere Richtung genommen hat, aber wenn er in der Nähe des Flusses sein sollte, dann ..." Laurel brach ab, als sie sich umdrehte.

Marion hielt einen schimmernden Revolver in der Hand. Der Chromteil blitzte kurz im Sonnenlicht auf. Eine Sekunde lang konnte Laurel nichts weiter tun als verständnislos darauf starren. Dann hob sie langsam den Blick zu Marion hoch. Trotz der rot geränderten Augen, den Tränenspuren und dem unordentlichen Haar, war ihr Gesichtsausdruck ruhig und gefasst. Etwas dröhnte in ihren Ohren, das Laurel noch nicht als tödlichen Schrecken erkannte. Sie hielt den Blick auf Marion gerichtet.

„Marion." Sie sprach ganz ruhig, gelassen und sehr leise. „Was machst du da?"

„Das, was ich tun muss", antwortete sie sanft.

War der Revolver für Louis? dachte Laurel außer sich. Wenn er für Louis war, warum richtete Marion ihn dann auf sie? Sie würde nicht auf den Revolver sehen – noch nicht – sie würde nur in Marions klare, graue Augen sehen. „Wo ist Louis, Marion? Weißt du es?"

„Natürlich, er ist in seinem Arbeitszimmer beschäftigt. Er hat den ganzen Nachmittag gearbeitet."

„Den ganzen Nachmittag", wiederholte Laurel und zwang sich, nicht in Panik zu geraten, die ihre Selbstbeherrschung zerstören würde. „Warum hast du mich gerufen?"

„Ich musste es." Marion lächelte, ein sanftes Lächeln. „Nachdem ich heute Morgen mit dir wegen Elises Medaillon telefoniert hatte, wusste ich, dass die Sache zu weit gegangen war. Du bist zu weit gegangen."

„Mit mir gesprochen? Aber ich habe mit Binney geredet …" Sie hielt inne. „Du warst das?"

„Ich bin erstaunt, dass du dich nicht daran erinnerst, dass Binney die Sonntage bei ihrer Schwester verbringt. Du hast es mir schrecklich einfach gemacht, Laurel. Du hast Binney am Telefon erwartet, also war ich Binney." Ihr Lächeln schwand. Marion zog die Augenbrauen zusammen, wie sie es stets tat, wenn sie verärgert war. „Ich bin sehr enttäuscht von dir, Laurel. Ich habe dich gewarnt, dich hier herauszuhalten. Kannst du dir vorstellen, welche Scherereien du verursacht hättest, wenn Binney mit dir gesprochen hätte? Einen Dienstboten über Familienangelegenheiten auszufragen." Sie schüttelte den Kopf, und ein Anflug von gereizter Missbilligung verdunkelte ihre Augen. „Du bist besser erzogen worden, als so etwas zu tun."

Besser erzogen? dachte Laurel schwindlig. War sie verrückt? Oh, Himmel, dachte sie, während Furcht sie packte. Natürlich, sie war verrückt. „Marion, was wirst du tun?"

„Du musst bestraft werden", erklärte ihr Marion ruhig. „Genau wie die anderen."

Matthew bremste seinen Wagen neben Laurels Auto ab. Er hatte nicht aufgehört zu fluchen, seitdem er ihren Zettel fortgeworfen hatte. Fluchen half, die Furcht zurückzuhalten. Wenn Louis ihr etwas getan hat, dachte

Matthew und stürmte die Treppen hinauf. Ich schwöre es, wenn er sie auch nur angefasst haben soll … Er hob die geballte Faust und hämmerte gegen die Tür.

„Trulane!“ Wieder hämmerte er, krank vor Angst. Als die Tür geöffnet wurde, war er in Sekundenschnelle im Zimmer und fasste Louis mit hartem Griff am Hemdkragen. „Wo ist Laurel?“

„Was, zum Teufel, machen Sie da?“ Unbeirrt stand Louis vor ihm, seine Augen funkelten vor Zorn.

„Was haben Sie mit Laurel gemacht?“ schrie Matthew ihn an.

„Ich habe nichts mit Laurel gemacht. Ich habe sie überhaupt nicht gesehen.“ Er sah auf die Hände herunter, die sein Hemd festhielten. „Nehmen Sie Ihre Hände von mir weg, Bates.“ Am liebsten würde er mich verprügeln, stellte Matthew fest. Seinem Zorn auf die einfachste Art Luft machen – durch eine Schlägerei. Matthew konnte es seinen Augen ansehen.

„Wir können uns gerne schlagen, Trulane“, versprach Matthew ihm grimmig. „Nichts, was ich lieber täte – aber erst, nachdem Sie mir gesagt haben, was Sie mit Laurel gemacht haben.“

Louis fühlte eine unbestimmte Regung in sich aufsteigen. Dieses Gefühl, das er zum ersten Mal seit Wochen empfand, hatte nichts mit seinem Kummer zu tun. Es war reiner Zorn. Irgendwie war es befreiend. „Ich habe Ihnen gesagt, dass ich sie nicht gesehen habe. Sie ist nicht hier."

„Erzählen Sie mir etwas anderes." Matthew machte eine wegwerfende Bewegung zur offenen Tür hin. „Ihr Auto steht vor dem Eingang."

Louis sah hin und runzelte die Stirn. Sein aufgestauter Ärger verwandelte sich in Verwirrung. „Sie muss hergekommen sein, um Marion zu treffen."

„Marion hat sie angerufen." Matthew stieß ihn gegen die Wand, überrumpelte ihn. „Sie hat sie gebeten, hierher zu kommen, weil Sie verrückt spielten und sich in Ihrem Zimmer eingeschlossen haben."

„Sind Sie nicht ganz bei Trost?" Louis stieß ihn fort, und sie starrten sich gegenseitig an, beide hoch gewachsen, beide bereit, miteinander zu kämpfen. „Marion würde Laurel wohl kaum anrufen, wenn ich mich in meinem Zimmer eingeschlossen hätte. Zufällig habe ich den ganzen Nachmittag lang gearbeitet."

Matthew stand schwer atmend da und bemühte sich um Fassung. Wenn er Trulane einen Schlag versetzte, nur einen, könnte es gar geschehen, dass er nie wieder aufhörte. Er fühlte, wie er vor Zorn kochte. Nicht, ehe er Laurel zu Gesicht bekommen hatte, versprach er sich. Aber danach …

„Laurel hat mir eine Notiz hinterlassen, dass sie nach einem Anruf von Marion hierher käme. Ihr Zustand sei bedenklich."

„Ich weiß nun wirklich nicht, wovon Sie eigentlich reden."

„Laurels Auto steht draußen", stieß Matthew zwischen den Zähnen hervor. „Und Sie sind hier."

Louis starrte ihn mit kalten Augen an. „Vielleicht möchten Sie das Haus durchsuchen."

„Genau das werde ich tun", gab Matthew zurück. „Und während ich das tue", fuhr er fort und griff in seine Tasche, „könnten Sie sich das hier ansehen und sich überlegen, welche Erklärung Sie dafür haben."

Er öffnete die Hand und hielt ihm das Teil des Medaillons hin. Louis umklammerte sein Handgelenk so stark, dass seine Finger sich in Matthews Fleisch gruben. „Elise … Wo haben Sie das her?" Mit dunklen, gequälten Augen sah er schnell zu Matthew hoch. „Wo, zum Teufel, haben Sie das herbekommen?"

„Aus dem Sumpf." Matthew schloss die Hand wieder über dem Medaillon. „Auch Laurel hat es wieder erkannt und hat es sich heute Morgen am Telefon von Ihrer Haushälterin bestätigen lassen."

„Binney?" Louis starrte auf Matthews geballte Faust hinunter. „Nein, Binney ist nicht hier. Aus dem

Sumpf? Im Morast?“ Wieder hob Louis den Kopf. Sein Gesicht war weiß. „Elise ist niemals ohne mich dorthin gegangen. Und das hat sie immer getragen, immer. Sie trug es an dem Tag, an dem ich nach New York flog, ehe sie …“ Er schüttelte den Kopf, und die Farbe kam in sein Gesicht zurück. „Was, um Himmels Willen, haben Sie im Sinn?“

Matthew versuchte, Schritt für Schritt vorzugehen. Eine andere, neue Angst kroch in ihm hoch. „Laurel hat mir mitgeteilt, sie habe hier – gegen Mittag – angerufen und mit Ihrer Haushälterin gesprochen.“

„Ich sage Ihnen, Binney ist nicht hier, war den ganzen Tag nicht hier! Sie besucht ihre Schwester. Am Sonntag haben alle Dienstboten frei. Nur Marion und ich befinden uns im Haus.“

„Nur Marion?“ murmelte Matthew. Marion, die angerufen hatte – Marion, die sie durch ihre nervöse Art auf Brewster gebracht hatte. Und Marion war es, wie Matthew plötzlich einfiel, die gesagt hatte, Anne habe Susan berichtet, Brewster mache sie nervös. Wie hätte sie das wissen können, außer sie kannte – sie kannte die Briefe. „Wo ist sie?“ wollte Matthew wissen und war schon den halben Korridor hinuntergerannt. „Wo ist Ihre Schwester?“

„Warten Sie doch eine verdammte Minute.“ Louis

hielt Matthew am Arm fest. „Was haben Sie im Sinn? Woher haben Sie dieses Medaillon?"

„Aus dem Sumpf!" explodierte Matthew. „Verdammt, begreifen Sie denn nicht, dass Marion Laurel getäuscht hat?" Sein Gesicht war sehr bleich und wie erstarrt. „Im Sumpf", wiederholte er. „Sie hat sie in die Sümpfe geführt, genau wie die anderen."

„Welche anderen?" Louis hielt ihn fest, ehe Matthew eine Bewegung machen konnte. „Welche anderen?"

„Ihre Schwester ist eine Mörderin", schrie Matthew ihn an. „Sie hat dreimal getötet, und jetzt hat sie Laurel."

„Sie sind verrückt!"

„Ich bin nicht verrückt." Er öffnete seine Faust noch einmal und zeigte auf das auf seinem Handteller matt glänzende Medaillon. „Wir waren in den Sümpfen, vor Kurzem, irgendjemand hat sie angegriffen. Dieselbe Person, die ihr die tote Schlange geschickt hat und die sie gestern am Telefon bedrohte. Dieselbe Person", sagte er gelassen, „die sie jetzt hierher gerufen hat. Laurel ist Ihretwegen hergekommen", erklärte Matthew Louis und sah ihm dabei in die Augen. „Werden Sie mir helfen?"

Louis starrte auf das Medaillon hinunter. Sein Atem kam stoßweise. „Wir werden hingehen. Warten Sie hier."

Er drehte sich um und ging in einen Raum, der dem Salon gegenüber lag. Sekunden später kam er mit einer kleinen Pistole zurück. Wieder war alle Farbe aus seinem Gesicht gewichen. Schweigend händigte er Matthew die Waffe aus. „Sie hat den Revolver mitgenommen.“ Ihre Blicke kreuzten sich. „Ich habe ihn – aus Sicherheitsgründen – immer in der Schublade meines Schreibtisches … geladen.“

Gerate nicht in Panik, renn nicht davon. Laurel wiederholte diese Worte immer wieder im Stillen, während sie Marion beobachtete.

Sie sieht jetzt so ruhig aus, als ob sie jeden Augenblick lächeln und mir Tee und Gebäck anbieten würde. Wie lange ist sie schon verrückt? Laurel schluckte langsam, sorgfältig darauf bedacht, sich nicht zu bewegen. Rede – sie will sich aussprechen.

„Bestraft?“ wiederholte Laurel. „Du hast die anderen bestraft, Marion?“

„Ich musste es.“

„Warum?“

„Du warst immer ein kluges Kind, Laurel, aber nicht klug genug.“ Wieder lächelte sie, von Freundin zu Freundin. „Sieh dich selbst, wie einfach es für mich war, deine Aufmerksamkeit auf Brewster zu lenken, nur weil ich dir die Wahrheit erzählte. Anne hätte Louis nie verlassen. Sie betete ihn an.“

„Weshalb musstest du sie dann bestrafen, Marion?"

„Sie hätte nicht zurückkommen sollen." Marion gab einen kleinen, zitternden Seufzer von sich. „Sie hätte nie zurückkommen dürfen."

„Zurückkommen?" wiederholte Laurel und riskierte einen kurzen Blick über Marions Kopf. Falls es ihr gelänge, sie abzulenken und einige Sekunden Vorsprung zu gewinnen, würde sie sich dann im Unterholz verlaufen?

„Sie konnte mich nicht zum Narren halten", sagte Marion und lächelte wieder. „Oh, sie hat alle anderen an der Nase herumgeführt – besonders Louis –, aber ich wusste Bescheid. Natürlich tat ich so, als wüsste ich nichts. Ich kann sehr gut heucheln. Sie fürchtete sich vor dem Sumpf", sagte Marion gedankenverloren. „Ich wusste, weshalb, natürlich wusste ich weshalb. Sie war schon früher hier gestorben, sie musste hier noch einmal sterben."

Laurel starrte sie an, während ihr die ganze Entsetzlichkeit von dem, was in Marions Kopf vor sich ging, klar wurde. Sprich weiter, sprich weiter, sprich weiter, sagte sie sich, als eine Drossel in der Zypresse hinter ihr zu singen begann. „Warum hast du Elise umgebracht?"

„Sie besaß kein Recht!" brach es so heftig aus Marion hervor, dass Laurel unwillkürlich einen schnellen Schritt zurücktrat. „Sie besaß kein Recht auf das Haus. Es gehört mir, es hat mir immer gehört. Louis wollte es ihr testamentarisch vermachen. Ihr! Sie besaß nicht das Blut der Trulanes, war keine von uns. Ich bin die Älteste", tobte sie. „Nach dem Recht gehörte das Haus mir. Vater machte einen Fehler, als er Louis das Haus vererbte."

Ihre Brust hob und senkte sich, doch als Laurel hinuntersah, stellte sie fest, dass der Revolver immer noch mit sicherer Hand auf sie gerichtet war. „Es war immer mein Eigentum. Ich liebe es. Alles hier." Ihr Blick glitt durch die Gegend und wurde weich. „Es ist das Einzige, das ich je geliebt habe."

„Aber warum, Elise?" unterbrach Laurel sie. Ein Haus, dachte sie verzweifelt. Brachte man jemanden eines Hauses wegen um, wegen eines Stück Rasens und Schmutz? So etwas geschah nicht das erste Mal, hielt sie sich vor. Wieder und wieder, schon seit der Steinzeit. „Warum hast du nicht Louis ermordet, Marion? Dann hättest du ihn beerbt."

„Laurel." Ihre Stimme klang weich. „Louis ist mein Bruder."

„Aber – aber Charles", fing sie an.

„Ich wollte Charles nie schaden." Tränen traten Marion in die Augen. „Ich liebte ihn. Aber er hat uns gesehen, er hat sich eingemischt." Eine einzelne Träne rann ihr über die Wange. „Mir blieb keine andere Wahl. Elise und ich machten einen Spaziergang – sie war ohne Louis so einsam. Als wir weit genug vom Haus entfernt waren, habe ich die Waffe hervorgeholt. Diese Waffe", sagte sie und hob sie höher. „Erkennst du sie wieder, Laurel?"

Sie erkannte sie. Laurel hatte sie einmal in der Bibliothek auf Louis Schreibtisch liegen sehen. Ihr hatte damals geschaudert, als sie noch ein Kind war. Ihr schauderte jetzt. „Ja."

„Ich wusste, ich musste diese Waffe benutzen." Sie fuhr mit der Fingerspitze über den Lauf. „Mir war, als würde sie auf mich warten, als ob mir jemand riete, Elise damit zu bestrafen. Verstehst du das?"

„Ich versuche es."

„Arme Laurel", murmelte Marion. „Immer so verständnisvoll, so fürsorglich. Das ist der Grund, weshalb ich sicher war, du würdest heute nach meinem Anruf kommen."

Laurel fühlte, wie ihre Knie zu zittern begannen. „Du hast gerade von Charles gesprochen."

„Ja, ja. Er sah uns, weißt du. Er hat beobachtet, wie ich Elise mit vorgehaltener Waffe in die Sümpfe gezwungen habe. Zumindest muss er das gesehen haben ... Ich hatte keine Zeit, ihn das zu fragen, alles ging so schnell. Wir waren hier, als er uns fand. Genau hier."

Sie sah sich um, als wären sie am Ende doch nicht

allein. Laurel machte sehr langsam einen kleinen Schritt nach rechts. „Lass das, Laurel“, flüsterte Marion und hob den Revolver ein bisschen höher. Laurel blieb still stehen. „Elise hat sich gewehrt – wahrscheinlich ist ihr Medaillon dabei zerbrochen. Ich hätte besser aufpassen sollen. Ich musste sie erschießen. Dann hat Charles mich zu Boden gestoßen. Mein eigener Bruder – er schrie mich an. Die Waffe schien wieder loszugehen, wie von selbst. Dann war er tot.“

Jetzt waren ihre Tränen versiegt und ihr Blick wieder klar. „Zuerst wusste ich nicht, was ich tun sollte, aber dann fiel es mir ein. Sie hatten sich geliebt, genauso wie die beiden anderen, die hier gestorben sind. Ich musste nur eine andere Nachricht fälschen. Dieses Mal würde Elise Louis mitteilen, sie habe ihn für Charles verlassen. Ich musste sie in den Treibsand schleifen.“

Laurel schloss vor Entsetzen die Augen, aber Marion bemerkte es nicht.

„Ich habe einige ihrer Sachen zusammengepackt. Alle Dienstboten waren außer Haus, weil es ein Sonntag war. Um ein Haar hätte ich Charles Malgeräte vergessen, aber ich habe sie auch eingepackt. Natürlich wäre er nie ohne seine Malutensilien fortgegangen. Ich habe sie auch in den Treibsand gebracht. Das war einfach. Natürlich war Louis verletzt. Er litt.“ Ihre Augen bekamen für einen

Moment einen trüben Glanz. „Ich weiß, er gab sich selbst die Schuld, aber ich konnte ihm kaum sagen, dass alles wieder in Ordnung war. Das Haus gehörte wieder mir, und er stürzte sich in seine Arbeit. Aber manchmal", flüsterte sie, „manchmal kann ich sie hier hören. Des Nachts."

Laurel schluckte den bitteren Geschmack des Grauens. „Charles und Elise?"

„Ich höre sie – ich werde davon wach und muss hierher kommen, nach ihnen sehen. Ich habe sie nie entdeckt …" Wieder blickte sie sich um, als würde sie jemanden erwarten. „Aber ich habe sie gehört."

Es hat sie um den Verstand gebracht, dachte Laurel. Wie konnte es sein, dass niemand etwas bemerkt hatte, niemand Verdacht schöpfte? Sie erinnerte sich an Marion bei einer Wohltätigkeitsveranstaltung vor nur wenigen Monaten – grazil, elegant, mit einem Veilchenstrauß an ihrem Revers. Wieder sah sie auf die Waffe.

„Dann kam sie zurück", sagte Marion tonlos. „Sie sagte, ihr Name sei Anne, und Louis hat ihr geglaubt. Ich wusste es besser. Sie sah mich mit diesen weichen, scheuen Augen an und lachte! Ich ließ sie in dem Glauben, sie habe mich getäuscht."

„Und du hast sie noch einmal umgebracht."

„Diesmal musste ich vorsichtiger sein. Louis hat sie

kaum aus den Augen gelassen, und sie selbst wäre nie, niemals in die Nähe der Sümpfe gegangen. An jenem Abend hat er noch bis spät gearbeitet. Ich habe sie im Arbeitszimmer mit ihm gehört. Er erklärte ihr, er werde wahrscheinlich noch einige Stunden beschäftigt sein und sie solle ohne ihn zu Bett gehen. Ich wusste, der Zeitpunkt war gekommen. Ich ging in ihr Zimmer und drückte ein Kissen auf ihr Gesicht. Oh, ich musste aufpassen, ich konnte sie da noch nicht umbringen. Dieses Mal musste es wie ein Unfall aussehen. Sie war sehr klein und nicht sehr kräftig. Es brauchte nur eine Minute, bis sie ohnmächtig war. Dann habe ich sie hierher getragen."

Marion lächelte bei der Erinnerung. „Ich hatte die Waffe, aber sie wusste nicht, dass ich es mir nicht erlauben konnte, sie zu benutzen. Als sie den Revolver sah, war sie zu Tode erschrocken. Elise wusste, sie musste noch einmal sterben. Sie bat mich, sie gehen zu lassen, aber ich zwang sie zum Aufstehen. Ich hielt es für das Beste, wenn sie im Fluss ertrank. Als sie fortzulaufen begann, ließ ich sie gewähren. Es wäre leichter, wenn sie sich zuerst ermüdete und ich ihr auf den Hacken blieb. Und dann hörte ich sie schreien. Die Schlange, eine junge, Elise war direkt über das Nest hinweggerannt. Du siehst, es war Vorsehung", erklärte Marion ihr. „Es musste so sein. Dann brauchte ich nur noch die Zeit, bis das Gift zu wirken begann – und eine Nacht, eine ganze Nacht da draußen in der feuchten Luft. Ich wartete, bis sie zu rennen aufhörte, bis sie bewusstlos war, hier, genau hier, wo sie schon einmal gestorben war. Dann ging ich nach Haus." Marion lächelte, aber jetzt waren ihre Augen ausdruckslos. „Noch einmal wird sie nicht wiederkommen."

„Nein", sagte Laurel leise. „Sie wird nicht zurückkommen."

„Ich habe dich immer gemocht, Laurel. Wenn du nur gehört hättest, dann würde das alles nicht passieren."

Laurel befeuchtete sich die Lippen und betete darum, ihre Stimme möge sicher klingen. „Wenn du mich erschießt, Marion, dann bringt man dich aus ‚Heritage Oak' fort."

„Nein!" Ihre Hand umklammerte fester die Waffe, dann entspannte sie sich. „Nein, ich werde dich nicht erschießen, außer ich muss es tun. Wenn ich es tue, werde ich Louis die Schuld geben müssen. Ich kann nicht anders, du wärest dafür verantwortlich."

Das Atmen fiel Laurel schwer. Sie konnte kaum Luft holen. Wenn sie sich darauf konzentrierte, dann würde sie nicht schreien müssen. „Ich werde deinetwegen nicht in den Fluss oder in den Treibsand gehen."

„Nein", stimmte Marion ihr zu. „Du bist nicht wie

die anderen, dich versetzt man nicht so leicht in Furcht. Aber da ist etwas …“ Während sie den Revolver weiter auf Laurel gerichtet hielt, machte sie einen Schritt auf das Schilfrohr zu. „Du bist hierher gekommen, um herumzuschnüffeln, du konntest die Sache ja nicht auf sich beruhen lassen. Und du hast einen tragischen Unfall erlitten. Genau wie Elise – Anne.“ Sie zog einen Weidenkorb aus dem Gebüsch. „Diese hier“, sagte sie ruhig, „ist nicht tot.“

Laurel wusste, was darinnen war, und die Angst schlug über ihr zusammen. Mit einem langen, glatten Stock schob Marion den Korb näher heran, stieß den Deckel herunter. Laurel fror auf der Stelle ein, fühlte die Leere in ihrem Kopf, den Knoten in ihrem Magen, als die Schlange herausglitt. Dann eine andere.

„Ich wollte kein Risiko eingehen“, murmelte Marion. Sie legte den Revolver ab und hielt den Stock mit beiden Händen. Sie sah zu Laurel und lächelte. „Du hast dich schon immer vor ihnen gefürchtet, nicht wahr? Wie gut ich mich erinnere, dass du in Ohnmacht gefallen bist wegen einer kleinen Viper. Harmlose Geschöpfe.“ Sie stieß mit ihrem Stock nach den Schlangen, bis sie sich zusammenschlängelten und zischten. „Diese sind es nicht.“

Laurel wollte davonrennen, wollte schreien. Der Revolver wäre ihr lieber gewesen. Aber ihre Stimme versagte vor Angst, sie konnte sich nicht rühren.

„Es spielt keine Rolle, ob du dich bewegst oder nicht", sagte Marion gelassen. „Sie sind gereizt. Ich kann sie noch mehr reizen." Wieder stach sie auf die Schlangen ein, stupste sie näher an Laurel heran. Eine züngelte nach dem Stock, und Marion lachte.

Es war dieses Lachen, das Matthew hörte. Es ging ihm durch und durch. Als er die beiden erblickte, waren die Schlangen nur noch einen Schritt weit von Laurel entfernt, zischend, schlängelnd, wütend, während Marion nicht aufhörte, sie zu reizen. Matthew nahm die Waffe in beide Hände, sprach ein Stoßgebet und schoss.

„Nein!" Marions Schrei war lang und wild, als ein Schlangenkörper in die Höhe schnellte, dann still liegen blieb. Sie wirbelte herum, stolperte, spürte nicht einmal den Biss an ihrem Knöchel, ehe Matthew wieder abdrückte. Und sie rannte davon, brach durch das Unterholz wie ein Tier, das gejagt wird.

„Laurel!" Matthew warf die Arme um sie, zog sie an sich. „Dir ist nichts passiert." Verzweifelt küsste er sie. „Es ist vorbei. Ich bringe dich heraus."

„Matthew." Sie wollte in heftiges Schluchzen ausbrechen und kämpfte heftig dagegen an. „Sie ist wahnsinnig. Sie hat sie alle getötet – sie alle, Matthew. Die Schlangen …“

„Sie sind fort“, sagte er schnell und zog sie noch enger an sich.

„Sie sind nicht mehr da. Du bist in Sicherheit.“

„Für das Haus“, sagte Laurel an seiner Brust. „Mein Gott, sie tötete sie für das Haus. Louis …“

Matthew wandte den Kopf. Nur wenige Schritte von ihnen entfernt stand Louis und starrte sie an. Sein Gesicht war aschfahl. Nur seine Augen schienen zu leben. „Sie ist gebissen worden“, sagte Louis so leise, dass Matthew es kaum hören konnte. „Ich werde ihr nachgehen.“

„Louis …“ Matthew sah sich zu ihm um und fand, dass ihm nichts, aber auch nichts zu sagen blieb. „Es tut mir Leid“, murmelte er.

Louis nickte und ging in das Schilf. „Bring nur Laurel von hier fort.“

„Komm.“ Matthew presste seine Lippen an ihre Schläfe. „Kannst du gehen?“

„Ja.“ Tränen rannen ihr über das Gesicht, aber sie brachten Erleichterung. „Ja, es geht mir gut.“

Er wartete, bis sie auf der Lichtung waren, dann zog er Laurel auf das Gras herunter. Sie ließ den Kopf auf die Knie sinken. „In einer Minute werde ich wieder in Ordnung sein. Wir müssen die Polizei benachrichtigen.“

„Darum hat Louis sich gekümmert, ehe er das Haus verließ. Sie müssen jeden Augenblick hier sein. Kannst du es mir jetzt erzählen?“

Zuerst behielt sie den Kopf auf den Knien, während sie sprach. Als ihre Benommenheit langsam schwand, hob sie ihn. Als sie die Sirenen hörte, fasste sie nach Matthews Hand und hielt sie fest.

Es gab ein großes Durcheinander – überall war Polizei – es gab viele Fragen zu beantworten. Erschöpft lehnte sie den Kopf an Matthews Schulter. Es wird nicht mehr lange dauern, beruhigte sie sich. In wenigen Minuten werde ich meine Ruhe haben. Sie ließ sich von Matthew zum Haus zurückbringen und trank den Brandy, den er ihr aufdrängte.

„Ich fühle mich besser“, sagte sie. „Hör auf, mich anzusehen, als ob ich mich auflösen würde.“

Er starrte sie einen Augenblick lang an, dann zog er sie in die Arme und vergrub sein Gesicht in ihrem Haar. „Tu mir so etwas nie wieder an, Laurel. Ich dachte schon, ich käme zu spät. Noch fünf Minuten …“

„Hör auf“, murmelte sie beruhigend, „sprich nicht mehr darüber, Matthew. Oh, ich liebe dich.“ Sie schloss die Augen. „Ich liebe dich so sehr.“

Sie küssten sich wild, und alle ihre Ängste schwanden.

Matthew war bei ihr und hielt sie fest. Nichts anderes war von Bedeutung. Sie strich ihm mit der Hand über das Gesicht, als die Eingangstür zufiel. „Das ist Louis“, sagte sie ruhig.

Er kam langsam herein. Sein Haar und seine Kleidung waren fleckig und unordentlich. Sein Blick war traurig und verletzt. Ohne zu zögern, stand Laurel auf und ging zu ihm hin. „Oh, Louis.“

Er schlang die Arme um sie und hielt sie einen Moment, ehe er das Gesicht auf ihren Kopf legte. „Wir haben sie gefunden. Sie ist … Man bringt sie ins Krankenhaus, aber ich weiß nicht, ob … Sie fantasiert“, brachte er heraus und zog sich von Laurel zurück. „Hat sie dir wehgetan, Laurel?“

„Nein, nein, ich bin in Ordnung.“

Sein Blick glitt zu Matthew. „Ich schulde Ihnen mehr als nur eine Entschuldigung.“

„Nein, das tun Sie nicht.“

Louis nickte. „Bist du in der Lage, mir jetzt die ganze Geschichte zu erzählen, Laurel?“

Er nahm das Glas Brandy von Matthew an, und während Laurel ihm alles erzählte, was Marion ihr gesagt hatte, stand er mit dem Rücken zu ihnen gekehrt. Dann schüttelte er den Kopf und bat Laurel mit einer Handbewegung aufzuhören.

„Ich muss mit Susan sprechen“, sagte er in das Schweigen hinein.

„Sie ist bei meiner Großmutter.“

Louis schenkte sich noch einen Brandy ein und nickte. „Falls sie mich sehen will, gehe ich morgen zu ihr.“

„Sie wird dich sehen wollen“, murmelte Laurel. „Bitte, bitte, gib dir hierfür nicht die Schuld.“

Langsam drehte er sich zu ihr um. „Würdest du etwas für mich tun?“

„Natürlich, das weißt du doch.“

„Ja“, sagte er mit einem schwachen Lachen. „Ja, ich weiß, dass du das wirst. Schreib deinen Artikel“, sagte er mit fester Stimme, „und schreib einen guten. Ich möchte alles ans Tageslicht gebracht haben. Vielleicht kann ich dann damit leben.“

„Matthew und ich werden ihn zusammen schreiben“, erklärte Laurel ihm und stand auf, um seine Hand zu ergreifen. „Du wirst damit leben, Louis. Ich werde darauf Acht geben.“ Sie strich ihm über die Wange. „Ich liebe dich.“

Er küsste sie und lächelte schwach. „Du passt gut zu ihm, Laurel“, meinte er und sah zu Matthew hin. „Du bist genauso eigensinnig wie er. Komm wieder“, schloss er und drückte ihre Hand. „Ich werde dich brauchen.“

Als sie einige Minuten später das Haus verließen,

atmete Laurel tief durch. Die Nacht roch herrlich. Das Leben war wunderbar. „Es ist schön, nicht wahr?“ Sie sah zu den Sternen auf. „Wir sollten meinen Vater anrufen und ihm mitteilen, welch verdammt gute Exklusivstory wir herausbringen werden.“

„Wenn du das nächste Mal wieder hinter einer her bist“, sagte er trocken, „dann erinnere dich, dass wir Partner sind. Keine Verabredungen mehr, zu denen du allein gehst.“

„Du hast es erfasst.“ Es klang wie eine Zustimmung. „Lass uns deinen Wagen nehmen“, beschloss Laurel, weil sie sich zum Fahren viel zu abgespannt fühlte. „Ich kann meinen morgen holen. Oh je, Matthew!“ Sie ließ sich auf den Sitz fallen und sank gegen die Rücklehne. „Eine Nacht wie diese möchte ich nicht noch einmal durchmachen, selbst für den Pulitzer-Preis nicht.“

„Das hast du davon, wenn du davonrennst, bevor du das Essen fertig hast.“ Seine Hände waren wieder ruhig, wie ihm auffiel, als er den Schlüssel in das Zündschloss steckte. „Ein Mann kann sich da nur wundern, welche Art von Frau er bekommt.“

„Ein Juwel“, versicherte sie ihm. „Du bekommst ein Juwel, Matthew.“ Sie beugte sich zu ihm hin und küsste ihn. „Ich habe dir noch gar nicht gedankt, dass du mir das Leben gerettet hast.“

„Nein.“ Er lächelte und umfasste mit der Hand ihren Nacken, damit er den Kuss voll auskosten konnte. „Welche Art von Dank schwebt dir vor?“

„Die gleiche wie dir.“ Sie lächelte ihn an. „Wir gehen essen.“

– ENDE –

Nora Roberts

Das Geheimnis von Orcas Island

Band-Nr. 25134
6,95 € (D)
ISBN: 3-89941-173-0

Sandra Brown

Unbestechliche Herzen

Band-Nr. 25136
6,95 € (D)
ISBN: 3-89941-175-7

Deutsche Erstveröffentlichung

Tess Gerritsen

Verrat in Paris

Band-Nr. 25135
6,95 € (D)
ISBN: 3-89941-174-9

Nora Roberts
Sommerträume 1
Band-Nr. 25059
6,95 € (D)
ISBN: 3-89941-074-2

Nora Roberts
Sommerträume 2
Band-Nr. 25096
6,95 € (D)
ISBN: 3-89941-129-3

Nora Roberts
Sommerträume 3
Band-Nr. 25143
7,95 € (D)
ISBN: 3-89941-182-X

Nora Roberts
Sommerträume 4
Band-Nr. 25186
6,95 € (D)
ISBN: 3-89941-244-3

Nora Roberts

Nachtgeflüster 1
Der gefährliche Verehrer
Hörbuch

Band-Nr. 45006
4 CD's nur 10,95 € (D)
ISBN: 3-89941-222-2

Nora Roberts

Nachtgeflüster 2
Der geheimnisvolle Fremde
Hörbuch

Band-Nr. 45008
4 CD's nur 10,95 € (D)
ISBN: 3-89941-224-9